U0895624

1912—1949 现代古体文学大系

词集 1

总主编 黄霖

本集主编 朱惠国

XIANDAI
1912—1949
GUTI WENXUE
DAXI

东方出版中心

图书在版编目（CIP）数据

现代（1912—1949）古体文学大系. 词集 / 黄霖总主编；朱惠国分集主编. －上海：东方出版中心，2021.5
ISBN 978-7-5473-1789-1

Ⅰ. ①现… Ⅱ. ①黄… ②朱… Ⅲ. ①词(文学) - 作品集 - 中国 - 民国 Ⅳ. ①I216.1

中国版本图书馆CIP数据核字（2021）第071233号

策　　划　郑纳新　梁　惠
统　　筹　梁　惠
责任编辑　朱荣所　裴宏江　高淑贤
封面设计　陈绿竞

现代（1912—1949）古体文学大系·词集
总 主 编　黄　霖
本集主编　朱惠国

出版发行　东方出版中心
地　　址　上海市仙霞路345号
邮政编码　200336
电　　话　021-62417400
印 刷 者　山东韵杰文化科技有限公司

开　　本　890mm×1240mm　1/32
印　　张　81.75
字　　数　2031千字
版　　次　2021年5月第1版
印　　次　2021年5月第1次印刷
定　　价　580.00元（全6卷）

《现代（1912—1949）古体文学大系》
总前言

黄　霖

“五四”前后的文学思潮，正如唐弢在《中国现代文学史》中所说的：“当时的倡导者们对于自己民族的古典文学大多采取轻视甚至一概否定的态度，而把人们的视线完全引向西方。”在这样的潮流中，所有用文言与传统体式写作的文学作品一律被视为“旧文学”，写这类作品的被定为“旧文人”，甚至认为他们都是在传播“病菌”式的“封建的小市民文艺”。一部现代文学史就此而成为“新文学”的独家天下，有的就干脆将中国现代文学史称为“中国新文学史”。

本来，历史的发展并非如此简单。在写古体文学的作者队伍中，不可否认有一些保守的遗老，甚至是反动的文人，但其主流是经戊戌、辛亥、五四、抗日，乃至解放战争而一路走来的文人群体。他们都曾经积极地参与社会实践，也被卷入了时代的潮流，他们所用的文体是传统的，所写的内容却是极其前卫的。也有的在国内接受过新式的教育或拥有出国留学的经历，也有的在家中从报章杂志、流行书籍中无声无息地呼吸着从欧西向东土刮来的一些新鲜的空气，这些都使他们的思想观念、知识结构与传统的士大夫有所区别，在他们所写的古体文学中或多或少地流露了一些新的气息。更何况，现代的古体文学，本身也有不少是由新文学家，乃至共产党人写的，其中不乏古体文学的高手。因此，不能简单地用一个“旧”字来将全部古体文学矮化、丑化，甚至彻底地予以摒弃。

实际上，当时将文学与文人分为“新”与“旧”，简单地认为“新的”就是进步的，“旧的”则是没落的，在很大程度上这是不科学的，因为这基本上是建立在进化论的基础上，并非用历史唯物主义与辩证法的眼光来看待新与旧、古与今、中与西之间的关系，甚至有的是以圈子来划分的。如今我们要科学地、全面地研究与总结中国现代文学史，就必须从一些历史的惯性中解放出来，坚持历史唯物主义与辩证法，正视中华民族的优秀传统，我们要清醒地认识到现代的古体文学尽管长期消隐匿迹于主流的话语之中，而在实际上也夹带着时代的新鲜气息，实实在在地流淌在中国文学历史的滚滚长河之内，为百姓的解放，为国家的富强，为艺术的承传，默默地灌溉着大江南北、长城内外，其功不可没。因此，今天我们很有必要站在尊重历史事实和民族传统的立场上，将长期被遮蔽、歪曲的现代古体文学作一番认真的梳理与研究，为学界重新认识这段文学历史而铺路。

我们将这部选集名之曰“现代（1912—1919）古体文学大系”，所录文章的时段为1912—1949年间，也即起自辛亥革命至中华人民共和国成立；地域当然包括大陆及台、港、澳地区。

至于不用“旧体文学”之名而称“古体文学”，就是要为这批文学作品正名。本来，文学有新旧、古今之分纯属自然，古代对此一般并不包含着新即进步、旧则落后的价值判断，甚至认为古的、旧的才是正宗的。但自梁启超以下，在进化论流行之后，“旧体文学”“旧派文人”之称实则已包含着贬义。特别到“五四”前后，一批年轻人以西欧文学思想为指导，将白话作品称为“新文学”，而将用传统体式与文言写作的作品一律称为“旧文学”。之后“新文学家”们长期处于主导地位，“旧文学家”们则处于边缘状态，渐渐就约定俗成，甚至有的古体文学家也自认为自己是落后的“旧派文人”了。

历史走过了一个世纪，如今回望，这种夹带着贬义的“旧文学”

“旧体文学”“旧派文人”之类的提法并不妥当。这是由于：(一)古体文学在事实上并非都是陈旧、落后的，相反，一些“旧文学家”们在倡导语言白话化、译介海外文学、提倡“新”“旧”文学的“和衷共济”等方面，在当时甚至走在“新文学家”们的前面。(二)“新”与“旧”本身是相对的。今即为新，过则即旧。梁启超在1902年倡导“小说界革命”时，办的杂志名曰《新小说》，而在“五四”作家眼里，古体文学作品已成“旧文学”了，这正像现在看“五四”时期的作品，也不觉得怎么“新”了。(三)事实证明，用古代传统的体式和文言来创作，一直到现在，还是有巨大生命力的，仍拥有一支庞大的创作队伍，不断地创作出反映新时代的新作品，何“旧”之有？于此，我们想起了梁启超在号召“诗界革命”时，曾指出革命的方向是新理想、新语句、古风格“三长兼备”。其中“古风格”，大致是指传统诗词的格律风味，与我们现在所说的“古体”意义相近。以此为鉴，我们摒弃“旧文学”“旧体文学”“旧派文人”的提法，称现代以传统体式及文言表述的文学作品为“古体文学”。

大系，现在统指为丛书。《现代古体文学大系》，就是一套规模较大的选编现代各类古体文学与文论作品的丛集，下分诗集、词集、散文集、戏剧集、小说集、文论集及文献集等七集，以思想标准与艺术标准相兼顾，选录现代创作的，在文学史上有价值、有影响、有代表性的作品。

然而，选文又岂易哉！套用袁枚《随园诗话》中说的“改诗难于作诗”一语，选诗之难，实也不亚于作诗、改诗。明代李东阳曾说：“选诗诚难，必识足以兼诸家者，乃能选诸家；识足以兼一代者，乃能选一代。一代不数人，一人不数篇，而欲以一人选之，不亦难乎!”(《麓堂诗话》)又有人说：“今欲以一人之目，尽见天下之诗，一人之可否，定天下诗人之得失，其势有所不能。”(施闰章《扶轮续集序》)虽然，我们现在的工作已不是凭一己之力，但毕竟也人数不多，识力有限，要当此重任，想来真有点不自量力。但面对着时代的召唤，我们还是决定知难而上，用勤勉以补才学之浅陋，以公心而定篇章之取舍，希望能完成第一部大致像样的《现代（1912—1949）古体文学大系》。知我罪我，任人评说吧！

前　言

朱惠国

现代[①]词与唐宋词、金元词、明清词一样，是中国千年词史的一部分，代表了一个历史阶段的创作风貌和创作成就。但习惯上中国文学史的近代与现代部分以“五四”为界，传统的词学研究一般到王国维结束，而现代文学的研究又往往将旧体词创作归入传统文学的范围而不加关注，因此相当一段时间，现代词事实上成了近代、现代文学都不管的研究盲点，大量留存的现代词以及词学资料也在一定程度上成了无人关注，更无人整理和研究的边缘化文学资料。这种状况直到二十世纪九十年代才开始有所改变。进入新世纪以后，随着整个民国史研究日益受到重视，也随着唐宋词研究呈现出相对饱和的状态，民国词研究逐步趋热，不仅每年发表研究文章的数量不断增多，一些以前较少涉及的问题，如民国中小词家年谱的编撰、民国词集的整理、民国词社的研究等也均有进展。从目前的发展态势看，民国词的研究在今后一段时间还会得到进一步的重视。在此背景下，编纂本书，初步展示民国词的大致情况与基本特点，并就民国词的一些基本问题谈一些看法，显得很有必要。

一、民国词的界定与分期

何谓民国词，这是一个很初级，但又很难处理的问题。二十世纪

① 本书中的“现代”指 1912.1—1949.9，即民国时期，为行文方便，以下用民国词指代现代词。

时，前辈学者也有从事民国词基础性研究的，如编写《近代词钞》（其中相当部分是民国词）、撰写民国词人年谱等，但他们一般是将民国词视为晚清词的延伸，并没有刻意把它们从晚清词中区分出来，作为一个独立的时段来研究，因此基本上都不涉及这一问题。现在明确是民国词研究，这就有一个断代的问题，需要将民国词作两方面的区分：一是和晚清词作区分，二是和1949年以后共和国时期的词作区分。这种区分并非想象的那么容易。事实上，任何断代的词学研究，如明词研究、清词研究等，都有词人、词作的朝代归属问题，只是明代、清代等朝代的时间跨度比较大，这一问题不是很突出。如清代历时267年，前面和明代相交，后面和民国相交，需要厘清的词人、词作、词集的数量和整个清代相比，比例不是很大。而中间二百余年是纯粹的清词，无须与其他时代作区分。民国的情况则很不同，从1912年民国元年到1949年民国结束，连头带尾也就38年，前半与晚清交集，后半与共和国时期交集，绝大部分词人至少跨越两个时代，其中还有不少横跨晚清、民国、共和国三个时代的词人，真正意义上的所谓民国词人几乎没有，因此民国词的断代问题十分突出。

这个问题直接影响了民国词的收集和整理。从我们目前从事的工作看，民国词的存在形态固然多样，但从搜集的角度看，最主要的是两种：词集和单首的词作。前者包括民国时期的排印本、石印本、刻本、油印本、稿抄本等，后者主要是发表在民国时期各类报纸杂志中的词作以及未结集的、保存在公私藏家手中的零星抄本和作品等。但两者都有同样的一个问题：是按创作时间来算，还是按发表时间来算？我们认为，发表在民国时期的词作未必作于民国时期，如不少民国时期发表的词事实上创作于晚清，同样，创作于民国时期的词未必结集、刊刻于民国时期或发表于民国的报纸杂志上。据我们所知，有相当一部分词人的词作在民国时期并没及时刊载，直到1949年以后才结集刊行或者发表。从理论上说，用创作时间来界定最为准确，创作于民国时期的就是民国词，反之则不是。如果按这种方法界定，民国词实际上包括两部分：一是民国时期发表、出版的词作、词集，剔除其中作于晚清的词作；二是1949年后发表的，但创作于现代时期的词作。但事实上这样操作起来很难，且不说一首一首甄别的工作量，在民国词家已经离世的情况下，很多词作即使花费了工作量也难以甄别。词不同于诗，离开小序和其他史料，光凭作品很难确定其创作时间。因此，用创作时间来界定，虽然准确，但操作上有一些具体困难。相比之下，按发表时间来界定，虽不很准确，但操作起来比较方便。从目前情况看，以第二种为主，兼顾第一种的方法比较妥当。也就是说，以民国时期发表、出版的词作、词集为主，尽可能剔除其中可以辨别的晚清作品，加上可以辨别确定的创作于民国时期，但1949年后发表的作品。我们认为，这是一种比较切合实际的做法。

但目前也有一部分学者采用以人定词的方法，将那些现代时期比较活跃的词人，如由清入民国的老辈朱祖谋、张尔田、陈曾寿等，或者由民国入共和国时期的下一辈龙榆生、夏承焘、唐圭璋等列为民国词家，认为他们创作的词全都是民国词，这是很不专业的做法，会出问题。比如朱祖谋《彊村词》三卷，定稿于光绪三十年（1904），收录的是丁酉（1897）至乙巳（1905）间词作，如果因为朱祖谋被定为民国词人，就将此《彊村词》三卷也视为民国词，这不仅不科学，而且也很不严肃。又比如龙榆生、夏承焘、唐圭璋等词人，有相当一部分词作是在1949年以后创作的，这在词的小序上写得清清楚楚，如果将这些作品视为民国词，也同样讲不过去。可见以人定词的办法存在很多问题，根本行不通。另外还有一个再创作的问题，具体来说有两种情况：晚清时期创作，但民国时期修改后发表的，算不算民国词？同样民国时期创作，1949年以后修改、发表的，算不算民国词？这也是需要考虑的。

除了时间上的界定外，民国词的搜集还有一个空间拓展的问题。民国时期和中国历史上的其他朝代都不同，它的空间不是封闭的，从一开始就和海外有相当密切的联系，因此海外的词作是否应纳入民国词的范畴加以搜集和研究，也应该加以考虑。这里有两种情况需要重点关注：其一是民国时期海外创作的词。晚清以降，随着对外交流的增加，不少文人因公因私出国，在海外创作了不少词作，比较著名的如廖恩焘、吕碧城就有不少创作于海外的词，目前这部分作品已经开始引起学界的注意，对这部分作品进行搜集和研究应该没有太大的问题，因为这部分作品虽然创作于海外，但绝大部分发表、刊行于国内。问题是还有一些作品不仅创作于海外，发表也在海外，对这部分词应该如何处理？我们认为，在搜集民国词资料时，这部分资料也应该列入搜集范围。如果将这部分收藏遗漏，民国词研究将受到明显影响。

民国词如何分期？这也是一个必须解决的问题。现在比较多的分法是将“五四”和“抗战”作为分界点，把民国时期的词分为三段，至于研究二十世纪百年词史的学者则分得更为疏一点，将1919年和1949年作为两个重要分界点，在百年词史的视野中，将民国期间的词分为两段。应该说，这样的分期法都有一定的道理，重大的社会事件自然会对文学创作产生重大影响。但问题是词的创作虽然在民国时期依然十分活跃，但毕竟已不是主流的文学样式，它对不同社会事件的敏感性有所不同，比如五四新文化运动和抗战全面爆发对民国词创作的影响就很不同。为了说明这一问题，我们不妨参考求洁《民国词集研究》① 中的一些数据。据作者自己介绍，她的资料是通过实地翻检图书馆卡片和搜寻网络相结合的方式收集而来的，主要查找了中国国家图书馆、上海图书馆、浙江图书馆、北京大学图书馆、北京师范大学图书馆、华东师范大学图书馆等国内主要图书馆的藏书目录，另外还利用北京大学、北京师范大学、南京大学、四川大学等高校的图书馆合力创建的“学苑汲古——高校古文献资源库”，对其他高校的图书馆收藏的民国词集作了搜索与统计。通过统计，总共查找到900余种词

① 华东师大2010年硕士学位论文，见“中国知网”（www.cnki.net）硕士学位论文数据库。

集，其中“出版年月不详者，约有240余部；出版年月已知者约670部”[①]。从作者的说明看，这670部词集只是上述图书馆收藏的可以断定出版年份的词集，并非民国时期全部的词集。而据笔者所知，这670部词集尚有遗漏，另外，根据求洁的论文，还有一些晚清词集混入其中，因此统计数字并不精确。但尽管如此，民国时期能够确定出版、刊刻时间的主要词集大致都在这了。通过这些数据，大体能够看出整个民国时期词集出版、刊刻的概况和词集在民国三十余年中的大致分布情况。我们从数据中发现一个比较有趣的现象，1919年的五四新文化运动以扫除旧文学为号召，轰轰烈烈，但1919年的词集出版数非但没有下降，相反还有明显上升，如果说该年出版数的增加是前一年的延续，那么1920年、1921年的词集出版数依然呈上升的态势，这就难以解释了。很显然，五四新文化运动实际上并没有对传统词的创作以及词集的出版产生影响，相反，词集的出版在“五四”当年，以及之后几年还形成了一个小高潮，出现繁荣的景象。除了词集的出版数，传统词的内容、形式等，在“五四”前后也没有明显的变化。且不说清末民初主流词家，如朱祖谋、郑文焯等对五四新文化运动不敏感，即使一般词家至少在传统词的创作上也对此事件不敏感[②]，基本不会因为五四新文化运动而发生创作上的改变，相反倒是“五四”新文化作家，在提倡白话文学的同时，并没有真正放弃传统诗词的创作。至于“五四”对传统词学理论的影响，那是另一个话题了。可见，从创作的层面上看，“五四”事实上并没有改变传统词的创作路向，因此，以“五四”作为民国词分期关节点的做法值得商榷。事实上民国词集出版数出现明显变化，开始呈直线上升态势的是1929年，这种情况一直持续到1936年。这里有个重要的背景，就是1927年北伐战争

① 求洁《民国词集研究》（华东师大2010年硕士学位论文），出处同前页注。

② 当时也有一些现代词家积极参与了五四运动，如浙江的冯幵，但是他们的传统词创作并没受到此事件的明显影响。

胜利，国民政府取得名义上的全国统一，民国词家的生活环境和创作环境相对改善。由于词的结集需要一个创作的准备期，因此1927年当年词集出版数并没有立即上升，到了1928年开始缓慢上升，1929年则见出成效，明显上升。因此1927年对于民国词的创作具有重要意义。民国词创作环境发生重大改变的另一个重要事件是抗战全面爆发，民国词家原本相对平静的生活被打破，有的去了西南，有的躲进租界，有的则直面战争的威胁，大部分词社停止了活动，词的创作数量和词集出版数量均呈现明显的下降。从求洁的数据看，1936年当年还保持一个相对高的数字，但从1937年开始就明显地呈下降趋势，除了1941年前后有一个小的反弹外（1940年12月底《同声月刊》创刊），这种词集出版低迷的情况直到1949年基本没有变化。

因此，如果要将民国词作分期的话，我们认为可以大致分为三期：1912年到1927年为第一期，1928年到1936年为第二期，1937年到1949年为第三期，这种区分法主要考虑词的创作实际，其中第二期是民国词创作的繁盛期，无论词的创作数量、词集的出版数量，还是词社的活跃程度，都达到一个相对繁荣的状态。如果与整个民国史相比较，这与民国史研究中所谓的"黄金十年"基本一致。如果我们进一步将第二期作区分，那么1931年底的朱彊村去世是一个重要事件，在此之前朱彊村绝对是词坛的领袖人物，而之后以龙榆生为代表的1900年左右出生的新一代词人开始崭露头角，并随着《词学季刊》的创刊（1933年4月），中国词学研究和创作的格局有所变化。因此如果再要细分，第二期中1928年至1931年，以及1931年至1936年可以细分为两期，这样民国词从1912年至1949年的38年，总共可以分为四期。

二、民国词的作者群体

文学的发展必然受到时代的影响，晚清到民国的一百余年，是中国社会发生巨大变化的特殊时期，词所表现的内容、思想感情，乃至表现方式，都会带有这个时代的独特印记。而更为重要的是，由于社会形态的变化，词作者的身份发生了巨大的变化，出现了多元化的特征，这就使得民国词作者形成了几个不同的群体，并一定程度上影响了词的表现内容和表现方式。下面我们以民国词集的作者为中心，对民国词作者的基本情况作一些初步的介绍和分析。

1. 遗民词人群体

民国词集，尤其是前期的词集，晚清遗民是比较大，也比较有特点的一个作者群体。这一群体不仅作品数量在整个民国词中占有不小比例，而且创作成就也非常突出。这种情况的出现与词是一种传统文学样式，比较适合传统文人的特性有关，更与民国存世时间较短的特殊情况有关。中国历次的改朝换代，基本上都会产生一个比较庞大的遗民群体，但如果朝代存世时间较长，遗民作品的数量和质量都不会在整个朝代占太大的比重，如民国之前的清代存世二百六十余年、明代存世二百七十余年，早期遗民群体的创作虽然也比较兴盛，但延续的时间并不是很长，从整个朝代的创作看，无论作品数量还是作者数量，所占的比重都不是很大。可是民国不一样，从创立到消亡，连头带尾，总共也就三十八年。清道光以后出生的词人，基本上都入民国，并在民国初期占据主流地位。他们不仅人数众多，实际创作成就和影响力也远高于其他词人群体。如晚清四大家中，除了出生于道光二十九年（1849）的王鹏运外，朱祖谋、郑文焯、况周颐三人均入民国，成为民国初期词坛的主要词人，尤其是朱祖谋，无论是名声还是实际贡献，被公认是民国早期词坛的“祭酒”。至于王鹏运，总共活了五十六年，如果天假以年，照样可以在民国词坛从事创作活动，并产生特有的作用。其他三人，朱祖谋去世于1931年、郑文焯去世于1918年、况周颐去世于1926年，朱、况二人差不多参与了民国词坛一半时间的活动。因此，遗民词人群体在民国词坛占据的比重之大、名声之显，均是宋以来所未有的。

遗民词人词集中，最为瞩目的自然是四大家中的三位。三人的创作均由晚清延续到民国，词集版本较为复杂，但都在现代时期有重要的结集和刊刻。朱祖谋的《彊村语业》《彊村语业卷三手稿》《彊村词剩稿》《彊村集外词》均在民国时期刻印。《彊村语业》托鹃楼本是朱氏于1924年在《彊村乐府》的基础上删订而成的；《彊村语业》卷三则主要收录癸亥（1923）后词作，由龙榆生将其与前二卷合刊，编入《彊村遗书》，并于1934年将手稿交付开明书店影印出版；《彊村词剩》二卷、《彊村集外词》一卷，则收录《彊村语业》删余之词以及其他未刊手稿。郑文焯《樵风乐府》九卷也在1913年由仁和吴昌绶双照楼刊刻。郑氏南下苏州后开始大量作词，渐次编成《瘦碧》《冷红》《比竹余音》《苕雅》诸集，《樵风乐府》即在此四部词集的基础上删存而成。可见郑文焯词主要创作于晚清，但民国时期刊刻的《樵风乐府》却是其生前认定的精华本。况周颐《第一生修梅花馆词》中，《餐樱词》《菊梦词》《秀道人修梅清课》三种均在民国时期创作并刊刻。至于1926年上海中国书店印行的《蕙风丛书·第一生修梅花馆词》，则是收录况氏词作较为齐全的集子。另外二卷本的《蕙风词》是民国时期由武进赵氏惜阴堂刊刻出版的。可见晚清最重要词人中的三位，都在民国时期有创作活动，一些重要的词集也都在民国时期结集与刊刻。他们的词学活动是民国前期乃至中期词坛的重要组成部分，并产生了相当大的影响力。

此外，晚清遗老中冯煦的《蒿庵词剩》一卷，也是在1924年刊刻。冯煦早年曾自编《蒿庵词》，被陈乃乾收入《清名家词》，而《蒿庵词剩》则主要收录清亡之后创作的词，且多为与朱祖谋唱和之作，有较浓的遗民情绪。词集卷前朱祖谋甲子年（1924）所作的序，专门提到这一点："辛亥国变后先侨海上，同作流人，忧离伤生，往往托之谣咏，以遣其无涯之悲，而与孝臧唱酬为独多。逃空谷者闻足音而喜，君与孝臧殆有同感矣。"[①] 这种"忧离伤生"的"无涯之悲"是遗民词

① 朱祖谋《蒿庵词剩序》，冯煦《蒿庵词剩》卷首，1924年刻本。

人词集中较为普遍的情绪，也往往是他们创作的重要动力。清亡后寓居上海的遗老沈曾植，其《曼陀罗寱词》一卷也在1924年由上海商务印书馆铅印出版。据沈曾植之子沈颎介绍，沈曾植生前手定的词稿有四种，“曰《偻词》，曰《海日楼余音》，曰《东轩语业》，曰《曼陀罗寱词》。经朱古微文删定，统题为《曼陀罗寱词》”[①]，由商务印书馆铅字印行，收词105首。后复经朱氏删削去取，1933年刻入《彊村遗书》。遗书本虽比商务本晚出，但有十多首词遗书本并未收入，编次顺序上也有不同。其他遗民词人，如魏元旷的《潜园词》《潜园词续钞》、李绮青的《草间词》、李孺的《仑闇词》等，也都有民国时期的刊本。至于朱祖谋所编《沧海遗音集》，包括沈曾植《曼陀罗寱词》一卷、裴维侒《香草亭词》一卷、李岳瑞《郢云词》一卷、曾习经《蛰庵词》一卷、夏孙桐《悔龛词》一卷、曹元忠《凌波词》一卷、张尔田《遯庵乐府》一卷、王国维《观堂长短句》一卷、陈洵《海绡词》二卷暨《海绡说词》一卷、冯幵《回风堂词》一卷、陈曾寿《旧月簃词》一卷，共计有11位遗民词人别集，可谓遗民词人词集的一次集中展示。这些遗民词作多寓故国之思、世变之慨，正如李绮青《草间词自叙》所云：“生际承平，晚遭末季，牢愁山谷，无补于国，莫救于时。一以黍离之思，托之歌词，百世之下，犹想见其怀抱。余于昔贤辨律辨韵，实未能窥其一二也，而无补于国、莫救于时。空山偃蹇，假托咏歌，排遣永日，则与昔贤有同慨焉。”[②] 至于为何“一以黍离之思，托之歌词”，沈曾植《偻词自序》则有所提示：“其不可正言者，犹将可微言之，不可庄语者，犹将以谲语之，不可以显譬者，犹将隐譬之！微以合，谲以文，隐以辨，莫词若矣！”[③]

遗民词人词集是民国早期词坛一个重要的组成部分，现在来看，这些词集表现出来的末世情怀和黍离之悲只是遗民对前朝消亡的悲叹，

---

① 沈颎《〈曼陀罗寱词自序〉跋》，见沈曾植《曼陀罗寱词》，《彊村遗书》本。

② 李绮青《草间词自叙》，李绮青《草间词》卷首，1918年铅印本。

③ 沈曾植《偻词自序》，见沈曾植《曼陀罗寱词》卷首自序，《彊村遗书》本。

是他们特殊心态的反映，但这些内容毕竟反映并记录那个时代一类人的思想感情，具有一定文学和史学价值，至于词集的艺术特点则得到普遍的认同，可以说达到了民国词的较高水准。

2. 大学教授群体

大学教授是民国词集作者中另一个比较大的群体。大学教授群体的形成，和现代大学的大量出现有关。民国时期的高等学校普遍比较重视传统的诗词教育，不少大学都专门开设词学课程，既讲授词作、词史，也重视词的创作实践。当时一流的词学家，如吴梅、王易、刘永济、龙榆生、易孺、夏承焘、唐圭璋、卢前等人，都到高校担任过词学教授，从事词学人才的培养。一些学校还有学生词学社团，由词学教授具体指导词的创作，师生互动，进行具有一定教学性质的创作，如南京的潜社、梅社，上海的因社，等等。有的词社还刊出社集。高等学校词学教学的兴盛，一方面吸引词学专家到高校从教，另一方面也进一步促进了高校师生的创作，形成民国时期词集作者中的教授群体。这一群体从创作时间上看，整体上要比遗民词人群体晚一些，但人数较多，影响力也不小。暨南大学教授龙榆生先生1933年创办《词学季刊》时，创刊号“词坛消息”栏目有一条题为“南北各大学词学教授近讯”的消息，曰：“南北各大学学词教授，据记者所知，南京中央大学为吴瞿安梅、汪旭初东、王简庵易三先生，广州中山大学为陈述叔洵先生，湖北武汉大学为刘洪度永济先生，北平北京大学为赵飞云万里先生，杭州浙江大学为储皖峯先生，之江大学为夏臞禅承焘先生，开封河南大学为邵次公瑞彭、蔡嵩云桢、卢冀野前三先生，四川重庆大学为周癸叔岸登先生。上海暨南大学为龙榆生沐勋、易大厂韦斋两先生。除吴卢两先生兼治南北曲外，馀并词学专家，且大多数赞助本社，愿为基本社员云。”可略见当时高校中词学的兴盛和词学教授的大致分布情况。这里提到的还只是比较大的国立大学和教会大学，人员也限于比较知名的词学专家，如果加上其他较小的大学和私立大学，人数是比较可观的。尤需指出的是，上述词学教授大部分在民国时期都有词集刊出，如吴梅有《霜厓词录》，文通书局1942年铅印本，又有民国时期的油印本；王易有《镂尘词》，1912年石印本；陈洵有《海绡词》，1923年铅印本；邵瑞彭有《扬荷集》，双玉蝉馆1930年刻本，又有《山禽馀响》，壮学堂1936年刻朱印本；蔡嵩云有《柯亭长短句》，上海中华书局1948年铅印本；卢前有《中兴鼓吹》，独立出版社1938年铅印本；周岸登有《蜀雅》，1931年铅印本；龙榆生有《忍寒词》，1948年铅印本；易孺有《大厂词稿》，上海商务印书馆1935年石印本；等等。一些未及在民国时期专门结集刊刻的，1949年后也基本上有词集刊出。

除了上述消息中提到的，民国刊出词集的高校教授可以开列一份庞大的名单，其中不少教授在词的创作上取得较高成就，并有一定的知名度和影响力。如杨铁夫，曾历任无锡国专教授、香港广州大学教授、国民大学教授等，曾师从朱祖谋治梦窗词，以《吴梦窗词笺释》擅名学界，创作上也奉梦窗为宗，有《抱香词》，1934年铅印本。詹安泰，早年任教于广东省立第二师范学校（韩山师范学院前身），后以名士身份受聘中山大学，1937年刊有《无盦词》。此集为詹安泰任教于广东省立第二师范学校期间，由弟子蔡起贤辑录而成，收词100首。黄侃，民国时期著名的经学和小学专家，先后任教于北京大学、武昌高等师范、中央大学等，室名量守，有《量守庐词钞》，1945年铅印本。顾随，先后任教于燕京大学、北平大学、中法大学、北京大学、中国大学、辅仁大学等高校，有《无病词》，1927年铅印本。刘肇隅，民国时期曾任教于湖南省立一师、上海光华大学、正风文学院、群治大学等高校，刊有《阏伽坛词》，收词74首，1933年铅印本。至于1946年杨公庶收入《雍园词钞》的词集，作者基本都是抗战时期重庆一带的大学教授，其中有叶麐（《轻梦词》）、吴白匋（《灵琐词》）、乔大壮（《波外乐章》）、沈祖棻（《涉江词》）、汪东（《寄庵词》）、唐圭璋（《南云小稿》）、沈尹默（《念远词》《松壑词》）、陈匪石（《倦鹤近体乐府》），等等。如果将履历中有担任过高校教授经历的词集作者，如著有《摩西词》的黄人，著有《春灯词》《春灯词续》的刘麟生，刊有《柳溪长短句》的向迪琮，刊有《珏庵词》的寿鑈等也算入教授群体的话，这份名单将会更加庞大。毫无疑问，民国时期的大学教授作为文化精英，在传统诗词创作中比较活跃，留下了相当数量的词集。

3. 报人和编辑群体

报人和编辑也是民国词集的重要作者群体，这个群体规模不小，并且富有民国特色。这个群体的出现与民国时期报业、出版业的迅速发展息息相关。中国历史上也有从事书籍刊刻的书业，但总体规模偏小，从事编辑职业的词人就更少，谈不上有群体的概念。晚清以后，尤其是进入民国后，随着西方现代印刷技术的传入和现代书报业态的出现，各类报纸和出版社（书馆、书店）迅速发展，吸引一大批优秀的文人加入报人、编辑的行列。这些文人大致又可分为两大类。一类是具有一定政治色彩的文人，他们兼具政治家或社会活动家的身份，主要出于事业的需要，创办报刊，宣传自己的政治主张。在清末民初的社会背景下，这类文人数量不小，也非常活跃。另一类则供职于商业性的报纸、出版社，他们或是出于商业的需要办报、办刊，或者成立出版社，印发书刊以牟利；或是作为一个职员，谋生于报社和书馆。然而从人数上说，能够办报办刊成为商人的是少数，大部分是在报馆、书馆谋生，是以编辑为职业的普通文人。

先看第一类。这类词人当时大部分是南社成员，具有明显的反清意识。他们一方面是革命家，积极参加社会变革活动，创办报纸宣传自己的政治主张，另一方面则加入南社，通过诗词创作来抒发自己的情怀。这类词集作者中，所谓“南社四剑”具有一定的代表性。“四剑”中，词名最显，成就最大的当为“说剑词人”潘飞声。潘飞声晚清时曾执教于德国柏林大学。后赴香港，任《华字日报》《实报》主笔。1907 年到上海定居，加入南社。后又参加淞社、希社、沤社、鸥隐社等诗词社团的活动。所刊词集有《海山词》《花语词》《长相思词》

《珠江低唱》四种，另有《饮琼浆馆词》《花月词》两种未付刊。此后他将这六种词集综合选录，重加编辑，名之曰《说剑堂词》。潘飞声是晚清以来广东词坛名家。陈璞称其词“以精妙之思，运英隽之才，发为倚声，绮艳中时露奇矫之气”，又说：“岭表词坛，洵堪独秀。”[①] 评价甚高。“君剑”傅熊湘也是著名报人。傅熊湘早年与宁太一等创《洞庭波》杂志，继办《竞业旬报》，“抨击清吏不遗余力。复与江苏柳亚子、广东蔡哲夫等结南社，一以文字鼓吹革命，名益大噪”[②]。先后主办《湖南月报》《天问周刊》《通俗日报》《醴陵旬报》《民国日报》等。后主持《南社湘集》。其词以雄健清旷为主，气魄阔大，用语自然，基本上走苏东坡、张孝祥一路。有《钝庵词》一卷，均为辛亥以后词作，收入1932年铅印出版的《钝安遗集》。其实傅熊湘词还有一个抄本，共两卷，收录从己酉（1909）至壬子（1912）的词作。卷前有宁调元、卜世藩、张无为、高旭、刘师陶、胡德莹、黄堃等人题辞，以及作者甲寅年（1914）的自序和跋尾。此抄本少为人知，因此未被编入《钝安遗集》。“纯剑”高旭则以从事社会活动为主，但也有一段任编辑的经历，早年曾和年龄相仿的叔叔高吹万一起在家乡上海金山创办《觉民》月刊。后留学日本，参与编辑《二十世纪之支那》。1905年初与宋教仁订交，成为密友。同年创办《醒狮》杂志。回国后又与柳亚子等人编辑《复报》。为南社主要创始人之一。著有《微波词》六卷，收入《天梅遗集》，1934年万梅花庐刻本。“四剑”中的“剑华”俞锷也能作词，且有词集存世。俞锷早年留学日本，加入同盟会。1906年回国，先后在上海、北京等地编辑《民国时报》《民国新闻》《七襄月刊》等报刊。民国成立后，一度任临时政府秘书。后赴印尼爪哇，执教华侨中学，继续办报宣传革命。是南社重要成员。有《蜚景词选》一册，民国间抄本。

---

① 陈璞《花语词序》，潘飞声《说剑堂词》卷首，1934年刻本。

② 李澄宇《钝安先生行状》，《钝安遗集》卷首，1932年铅印本。

第二类词人中，徐珂、王蕴章等具有一定的代表性。徐珂为南社成员。据《南社丛谈·南社社友事略》，他曾“师事周茗湄，谭复堂，宗啸吾，俞小甫”①。1901年在上海担任了《外交报》编辑，随该报一起进入商务印书馆编译所。后任《东方杂志》的编辑，1911年接管杂志“杂纂部”。作为编辑家，徐珂编纂了不少书籍，其中影响最大的是《清稗类钞》，该书仿照清初潘长吉《宋稗类钞》体例，辑录清初至宣统朝二百多年间的朝野佚闻。作为谭献的入室弟子，徐珂在词学研究领域也多有建树，撰有《近词丛话》《清代词学概论》，同时还选编了《历代词选集评》《清词选集评》《历代闺秀词选集评》等。其中《清代词学概论》影响颇大，被认为是清词研究的主要著述。徐珂喜欢填词，谭献在日记中多次提到其词，以为其词“婉约有度”，又说他“年少才弱，有句无篇，然往往有清气”②。比较客观。有《纯飞馆词》一卷（《天苏阁丛刊一集》，1914年铅印本）、《纯飞馆词续》一卷（《天苏阁丛刊二集》，1923年铅印本）、《纯飞馆词三集》（胥山朱氏《宝彝室集刊》，1926年铅印本）。徐珂是民国时期比较重要的词家。王蕴章在民国词坛也十分活跃，具有一定影响力。王蕴章身份比较多元，既是鸳鸯蝴蝶派重要作家，又从事传统诗词创作，先后担任过编辑、高校教师、大学校长等职，一度还任职于南京中华民国临时政府，但主要以办刊、办报著名。他清末即任商务印书馆编辑，参与编辑首版《辞源》。清亡后再度加入商务，出任《小说月报》和《妇女》杂志主编，时间长达10年之久。后出游南洋，回国后任上海《新闻报》秘书、编辑、主笔。王蕴章早年加入南社，后参与上海两大词社（春音词社和沤社）的酬唱活动，是两大词社的重要成员。他在上海创办正风文学院，聘有陈方恪等词家，十分注重诗词教育。在他主持下，正风学院的词学活动十分活跃，有词社“因社”，该社虽具有教学性质，但客观

① 郑逸梅《南社丛谈》，中华书局2006年版，第230页。
② 谭献《复堂日记》，河北教育出版2001年版，第175、332页。

上为师生提供了一个良好创作平台，师生酬唱，气氛活跃。因社刻有社集，这在上海的高校中并不多见。王蕴章撰有《秋平云室词话》《梅魂菊影室词话》《词史卮谈》《词学》四部词话，并有词集《秋平云室词钞》，可惜词集已经亡佚，至今寻访未果；其词被收入《南社丛刻》和《沤社词钞》，并有部分散见于各种民国报刊。

上述两类词人在创作上各有特点，均留下一定数量的词集，成为民国时期重要的词集作者群体。

4. 各类官员群体

官员也是民国词集重要的作者群体，这一群体的人数不少。此群体与其他群体在人员上有一定的交叉，但区分还是比较清楚的，即主要身份是官员或退职的官员。由于科举和出仕是中国传统社会文人的进身正途，词人中的官员群体历来就存在，并且往往是最大的一个群体。但民国时期科举已经废弃，知识分子的出路更加多元，加之社会形态发生变化，官员的构成和职能也有所变化，因此同样是官员群体，民国时期也有一些自己的特点。其中最明显的一个特点是出现了具有职业特点的外交官词人。中国传统社会自然也有外交使节，但由于中国中心论的观念以及交通的限制，对外交往的主要是周边的国家，且外出的时间和空间都有一定的局限。1840 年鸦片战争开始，中国被迫打开国门，与世界各国的交往日益频繁，驻外使节的人数多了起来，并出现了带有职业性质的外交官。这些职业外交官中不少就是词人。其中较有代表性的是廖恩焘和林葆恒。

廖恩焘是廖仲恺之兄，毕业于日本东京帝国大学政治系，曾任晚清政府的外交官。入民国后，代表中国政府先后出使古巴、朝鲜、智利、巴拿马、菲律宾等国，其中在古巴时间最久，留下印象也最为深刻。廖恩焘自谓五十岁始致力为词，但收入词集的词作则出现于民国十年（1921）之后。相比其他民国词人，其作词经历并不算太早，但其域外词，尤其是古巴词则蜚声词坛，特色鲜明。其词集有《忏庵词》八卷，1931 年铅印本；《忏庵词续稿》四卷，1934 年刻本；《半舫斋诗馀》一卷，1940年铅印本。此外还有《扪虱谈室词》《影树亭词沧海楼词合刻》等。《忏庵词》八卷，录词人第二次使古巴旅途以及归国所作词，创作时段是从1926年至1931年秋。八卷各自成集，包括卷一《初航集》、卷二《梦彊集》、卷三《柳雪集》、卷四《啸海集》、卷五《拜梦盦集》、卷六《读山海经集》、卷七《知稼集》、卷八《咏而集》。据作者自识，词稿原共有一百五十余首，经朱祖谋汰存为一百二十八首。朱祖谋评其词“胎息梦窗”“惊采奇艳”①。由于其词多作于域外且多因国际情事而发，故朱祖谋激赏道：“得于寻常听睹之外，江山文藻，助其纵横，几为倚声家别开世界矣。”②《忏庵词续稿》主要为归国之后所作，创作时段从1931年至1934年，大致写于上海、南京、广东等地。四卷也各自成集，包括卷一《鸣蛰集》、卷二《枌榆集》、卷三《秣陵集》、卷四《教箫集》。词作总体风格上追踪梦窗，吴梅称其“学梦窗而不囿于梦窗者”③。《半舫斋诗馀》一卷，主要收录作者1936年至1940年在南京、上海两地的词作。当时中日处于战争状态，局势极为紧张，词中经常表现出作者对时局的忧思。与前期追踪梦窗词风的作品比，笔触比较深沉。另《扪虱谈室词》1949年印本，收录壬午（1942）后、己丑（1949）前作品；《影树亭词沧海楼词合刻》则是1949年后旅居香港时作品，刊于1951年，严格来说，已不算民国词集。词集《半舫斋诗馀》之“半舫斋”得名于驻节古巴时所筑园亭，后《扪虱谈室词》出版时，作者将之作为“半舫斋词集之三”，并有意将《扪虱谈室集外词》作为“半舫斋词集之四”。可见在词人后来的意识中，有将一生词用“半舫斋”进行总体编名的意图。显然，出使古巴的经历，对其一生创作有重要影响。夏敬观《忍古楼词话》有“廖忏庵”条，录其词作多首，并云“海外奇景，古今人罕以入词”④。

① 朱祖谋《忏庵词题注》，廖恩焘《忏庵词》卷首，1931年铅印本。

② 同上。

③ 吴梅《忏庵词续稿题识》，廖恩焘《忏庵词续稿》卷首，1934年刻本。

④ 夏敬观《忍古楼词话》，唐圭璋《词话丛编》，中华书局1986年版，第4799页。

林葆恒是民国时期另一个比较著名的外交官词人。林葆恒为林则徐侄孙，毕业于美国哥伦比亚大学。1912年任中国驻小吕宋（今菲律宾）副领事，一年后离职，1914年初复署，至1917年开缺。后于1922年、1925年分别出任驻温哥华领事和驻印度尼西亚泗水领事，直至1927年因北洋政府解体，才失去了在政府的职位。和廖恩焘一样，林葆恒学词也较晚，据他自己说“余夙不工填词，戊辰（1928）夏，徐丈姜庵、郭君啸麓结须社于析津，强余入社，遂勉学为之”[①]。但却是民国词坛比较活跃的词人。如其所言，他1928年与郭则沄、徐沅等一起在天津参与创立须社，成为该社的重要成员。1930年南下上海，又与朱彊村、程十发等人发起创立沤社，参与词社的酬唱活动。须社与沤社，一南一北，是当时规模较大、影响也较大的两个词社。太平洋战争爆发后，他在上海租界与夏敬观、林锟翔等人发起午社的酬唱活动，并利用其生活比较优渥的条件，为词社活动提供便利。据我们掌握的材料，在午社可考的二十余次活动中，有十一次的地点选在林葆恒家中（另有八次是在另一外交官词人廖恩焘的家中，还有几次是在公共场所）。抗战后期还参与了瓶社的活动。先后辑有《词综补遗》《闽词征》《集宋四家词联》等，叶恭绰编《全清词钞》，也得其襄助。其词集《瀼溪渔唱》为1938年刻本。所收主要是在须社与沤社的词作。徐沅以为其词得东坡之法，是“以诗为词者”[②]，对其评价颇高。夏敬观《忍古楼词话》有“林子有”条，则以“清声逸响，饶有韵味”[③] 称其词。其词被《广箧中词》收录。

外交官词人最具民国特色，但人数不多。至于一般意义上的官员或退职官员写词，并有词集问世的就比较多了。比较著名的有叶恭绰、汪兆铭、夏敬观、夏仁虎、三多，等等。如果粗略划分，大概又可分为两类：

一类是曾任官员，赋闲后对词用力颇勤，且确有成就的。如叶恭

① 林葆恒《瀼溪渔唱跋》，林葆恒《瀼溪渔唱》卷尾，1938年刻本。

② 徐沅《瀼溪渔唱序》，林葆恒《瀼溪渔唱》，1938年刻本。

③ 夏敬观《忍古楼词话》，唐圭璋《词话丛编》，中华书局1986年版，第4779页。

绰，曾任北洋政府交通总长、孙中山广州国民政府财政部部长、南京国民政府铁道部部长等，后将较多精力用于词学活动上，除了和龙榆生一起创办《词学季刊》外，还主持了《全清词钞》的编修工作，并编有《广箧中词》。他自己的词集有《遐庵词甲稿》，1943年铅印本。后又刊出《遐翁词赘稿》石印本。又如夏敬观，早期入张之洞幕府，办两江师范学堂，任江苏提学使，后又兼上海复旦公学、中国公学等校监督。民国后不以遗老自居，曾任浙江省教育厅厅长。1924年辞职后闲居上海，将最主要精力用于词学活动。是继朱祖谋之后民国词坛有相当声望的词家之一。撰有《忍古楼词话》，先在《词学季刊》上连载，后被单独辑出，收入唐圭璋先生所编的《词话丛编》。有词集《吷盦词》四卷，上海中华书局1939年铅印本。又如郭则沄，曾任北洋政府的铨叙局局长、国务院秘书长、侨务局总裁等职。直奉战争后去职，遂将主要精力用于传统学问及诗词创作上。除编有《清词玉屑》十二卷外，先后作有词集九种，其中八种收入《龙顾山房全集》，分别是《潇梦词》《镜波词》《絜尘词》《苹雪词》《冰蚕词》《沤影词》，以及后加的《护春词》和《瓶花词》。另有一卷《独茧词》为全集刻印后所作，附于《龙顾山房诗赘集》，有1944年铅印本。再如夏仁虎，从二十五岁以拔贡身份到北京参加殿试开始，官宦生涯长达三十载。清亡后历任国务院政务处长、财政部次长、代理总长和国务院秘书长。北洋政府垮台后，夏仁虎弃官归隐，专事著书和讲学。他是北平蜇园律社、瓶花簃词社的中坚人物，也是民国词坛比较活跃的人物。有词集《啸庵词》，内含《淮波词》《和阳春词》《燕筑词》《梁尘词》，即甲、乙、丙、丁稿四卷，刊于1913年秋。1920年重刊时，又增入《零梦词》一卷。整个民国时期，此类因政治变动而赋闲的官员词人甚多，如撰有《听潮音馆词集》《沧浪渔笛谱》的蔡宝善等。如果将曾经在幕府或政府部门任职，后闲居著述吟咏的词人，如著有《雨屋深镫词》《雨屋深镫词续稿》《雨屋深镫词三编》的汪兆镛，著有《味莼词》的汪曾武等都算上的话，则人数就更多，可以列出一份长长的名单。

另一类则是政府时任官员，他们喜爱诗词创作，有的还颇有造诣，但总体上说，主要精力用在官场事务上，对词的创作只能算是业余喜好。这类官员词人大约可以汪兆铭和廖仲恺为代表。汪兆铭是职业的政治家，且在中国现代政治史上留下了可耻的一笔，但他在诗词创作上却颇有天赋，取得了较高成就。他和民国时期的诗词界交往颇多，与一些词人结有私人情谊，甚至还会为一些词集作题跋，如廖恩焘《忏庵词续稿》就有他的跋识，另外有一些词学活动也得到了其推动与支持，如《同声月刊》的创刊，一般就认为得到了他的支持。汪氏有诗词合集《双照楼诗词稿》，民国时期版本众多，仅就部分图书馆的馆藏目录看，就有1930年民信公司铅印本、1932年泽存书库刻本、1941年北京大北京社铅印本、1941年《中华日报》社铅印本以及民间的各种抄本，等等。这众多版本的产生当然和他的政治地位有关，但另一方面也说明其诗词集在当时的确流传颇广，影响较大。廖仲恺的情况和汪兆铭有所不同，他虽然喜爱诗词，有时也会创作，但和大多数官员词人一样，创作上所花精力比较有限，因此两人在诗词创作上的名声和实际成就均有一定程度的差距。廖仲恺撰有《双清词草》。集名“双清”，取其妻何香凝《念奴娇》词“愿年年此夜，人月双清”之语，可见伉俪相得，且均能作词。《双清词草》兼收诗词，但词作数量远胜诗作。集子由廖氏生前编定，在其遇刺身亡后的第三年，即1928年，由上海开明书店按原稿本影印出版。集前有汪兆铭1925年所作的《廖仲恺先生传略》。和廖仲恺相似的词人还有胡汉民。胡汉民早在1905年9月即加入同盟会，任《民报》主编，从此成为孙中山主要助手之一。孙中山逝世后，他主持编辑了《总理全集》，曾先后任国民党中央政治会议主席、国民政府主席、立法院院长等。胡氏同样爱好诗词，每有所感，往往发为吟咏，有《不匮室诗钞》八卷、《不匮室诗馀》一卷，在其患脑溢血病逝的当年，即1936年，由国葬典礼委员会刊印。这三人是当时政治地位比较高的词人，至于官职次一等的词人就多一些了，比如任援道，政治上声名狼藉，却也能写词，有《青萍词》一卷，1940年金陵刻印。但相对而言，这部分现任官员在词学上不能专心用力，无论实际成就还是影响力，都不能与落职后期赋闲的官员相比。

5. 书画家群体

除了以上四个群体外，民国时期书画家也是民国词集不可忽视的作者群体。诗画同源，书画和诗词本来就有许多的共通性，书画家作词，词人学书作画均是常见的现象。当时溥儒、寿鑈、张伯驹、吴湖帆、陈翠娜等人，不仅是书画艺术家，同时也都是著名词人，并能将词与书画艺术结合起来。如著名书画家吴湖帆虽然作词较晚，直到中年方始学词，但曾得到朱祖谋等老辈词人的指点，其词风格清丽，富有画意，又喜欢用词来题画，词画结合颇为自然。词集《梅景书屋词集》是他与夫人潘静淑词作的合刊本，包括他自己《佞宋集》中的二十八首，夫人潘静淑《绿草集》中的十三首，有1939年吴氏四欧堂铅印本。另外，吴湖帆还是沤社、午社的成员，频繁参与词社的唱和活动，与词学家多有交往。龙榆生先生曾感恩于朱彊村临终授砚，邀书画家作《彊村授砚图》，吴湖帆所作《授砚庐图》是其中较为著名的一幅，有诸多词家题跋，一时传为佳话。其他书画家中，寿鑈有《珏庵词》，1930年刻印；张伯驹有《丛碧词》，1938年刻印；陈翠娜有《翠楼吟草》，其中包含《绿梦词》一卷，有上海著易堂1927年铅印本。寿鑈、张伯驹的身份并非单纯的书画家，但他们的书画比较有名，也常被视为书画家。至于以教师或编辑为主业，亦作书画，并有一定名声的词人就更多了，如撰有《碧虑商歌》（即《鲖厂词乙稿》）的黄公渚，一生以高校教书为主，同时也是有名的书画家，曾与潘天寿、俞剑华、王雪涛、李苦禅等共同举办过画展，其画富有诗词意境，为人称道。总起来看，这些书画家词人具有良好的文化修养，往往画中有词的意境，词中有画的美感，具有比较鲜明的特色。此外中学教师、银行职员，甚至商人中参与词创作，并撰有词集的也大有人在，同样可以形成一些作者群体，只不过这些群体的规模没有上述几类大，取得的创作成就以及在词界的实际影响力也不如上述几类词人。

上述几个作者群体只是一种大致的区分，事实上许多词人的身份具有一定的复杂性，很难用一种身份加以归类。如撰有《晓珠词》的女词人吕碧城，曾任《大公报》编辑、北洋女子公学堂总教司、总统府机要秘书，后又担任参政一职，从政府机构辞职后又经商取得成功，最后远赴海外定居。一生经历丰富多彩，很难说属于哪个词人群体。又如撰有《入秦草》《长沙章先生桂游词钞》等的章士钊，清末任上海《苏报》主笔，辛亥后任大学教授、大学校长，期间参与政治，任护法军政府秘书长、南北和平会议中的南方代表、政府司法总长兼教育总长等职，以后又从事律师职业，同样很难将他归入某一词人群体。再如撰有《墨巢词》的李宣龚，曾任湖南桃源县知县，官至江苏候补知府，入民国后以办水泥厂等实业及经营商务印书馆著名，出任商务印书馆经理、合众图书馆董事等职，既是文人，也是成功商人，同样也难归到哪类词人群体。即使已被列入前清遗老、大学教授、编辑报人、政府官员以及书画家等群体中的词集作者，也有不少是兼跨两类，甚至三类的，如陈洵被归为遗民词人群体，同时也是大学教授；王蕴章被归为编辑报人，其实也一度在高校任教。职业变化、身份变更在民国时期的读书人中非常普遍，可说是常态。这一方面是由于晚清民国时期国体更迭，社会动荡，读书人的职业容易变动，另一方面由于社会形态发生变化，传统意义上的读书人开始分化，从单一身份逐渐变化为多元化的身份。而作词基本上是一种业余性质的创作活动，各行各业的文化人都可以参与，这就造成民国词集作者身份多样而且多变的历史状况。

三、民国词内容与风格的新变

晚清民国，是中国传统社会大变革的关键时期，社会结构、政治制度、意识形态、国际环境，甚至器物工具、技术手段都发生了翻天覆地的大变化。尤其是文化领域掀起了轰轰烈烈的新文化运动，在语体改革和文体改革的激荡中，诗、小说、戏曲等各种文学形式及其观念发生了巨大的变化。而词由于其“调有定格、字有定数、韵有定声”[①]的形态规范和倚声、按谱、次韵的创作方式等因素，受到的影响较小，被认为“缺席”了“诗界革命”[②]。但是民国词人词坛，对于其背后的社会结构、政治体制、文化理念、生活方式以及器物工具等全方面的时代大变革，不能没有一定程度的反映与表现，又不能不受其影响与冲击。社会转型所带来的方方面面的变化对于词的影响都是有迹可循的，其最直接、最主要地表现在词作内容方面：其一，以摹写新式艺术表演、技术操演为题材的新型观演词逐渐兴起；其二，以歌咏现代性器物为题材的新型咏物词应运而生；其三，新的社会气象、思想观念成为词作的特色主题；其四，域外词空前勃兴，词的表现范围进一步拓展。

（一）以摹写新式艺术表演、技术操演为题材的新型观演词逐渐兴起

词本为佑觞助兴之物，即《花间集序》所谓“用资羽盖之欢”者，故于酒席宴会之间的音乐、舞蹈艺术不能不多有着笔，“绮筵公子、绣幌佳人，递叶叶之花笺，文抽丽锦；举纤纤之玉指，拍按香檀。不无清绝之词，用助娇娆之态”[③]。作为词体产生的文化背景而存在的歌舞表演，向来是词人热衷的咏写对象。元明清时期，词的佐酒助兴功能逐渐退化，沦为一种案头文学形式，民国时期的创作更不必说。受此影响，面向歌席舞宴的词创作逐渐减少。民国词作中所写的表演艺术，虽不乏传统酒席宴会之间的歌舞表演，但更夺人耳目的是诸如戏剧、电影、飞机或飞艇试演等具有时代新气息的表演及操演形式，作为一种词作题材，具有鲜明的现代特色。

---

① 徐师曾《文体明辨》，《四库全书存目丛书》集部第三一二册收录北京大学图书馆藏明万历建阳游榕铜活字印本。

② 张宏生《诗界革命：词体的“缺席”》，《南京大学学报》2006年第2期。

③ 欧阳炯《花间集叙》，赵崇祚辑、李一氓校《花间集校》，人民文学出版社1981年版，第1页。

观剧词在民国词作中较为常见，虽然并非此一时期所独有，但作为民国词的重要主题之一，其成就是非常突出的，尤其是观剧词专集如《秀道人咏梅词》《广咏梅词》的出现，足以彰显这一题材在民国时期的特殊性。两部词集皆以梅兰芳及其表演艺术为题材内容，故名“咏梅”，不仅呈现其形象、动作、声音、神态等，更有向外扩展到舞台、观众及相关生活场景，向内直接深入其剧目、剧情者，全方位呈现了梅兰芳的绝代风姿及其精湛的戏剧表演艺术。况周颐《秀道人咏梅词》一卷，民国惜阴堂刻本，录《清平乐》二十一首，重见于《秀道人修梅清课》。卷首云：“庚申春，畹华重来沪滨，叔雍公子赋《清平乐》赠之。余亦继声，得廿一解，即以题《香南雅集图》，博吾畹华一粲。”[①] 二十一首词作虽未必全为舞台表演所写，但大都不离梅氏戏剧。如写其表演之“一声檀板，省识春风面。吩咐梁尘飞莫倦，不是寻常歌管”“弦繁管急，大遍霓裳彻。此际微闻兰气息，万籁一时俱寂”“乌衣公子翩跹，羽衣仙子婵媛”；写其神态之“倚竹无言堪绝世，何况歌珠舞翠”“芙蓉妒颊，小立人如月”；写其动作之“散花天女，衣袂飘飘举”；写其表演场所之“凤楼十二，那是销魂地”；写其观众之“坐中词客狂颠”；写其表演效果之“道是遏云歌婉转，云也为伊留恋”；写其表演剧目之“断井颓垣随处是，愁绝嫣红姹紫”等。[②] 林鹍翔《广咏梅词》继《咏梅词》而作，有1920年铅印本，一卷，收《清平乐》词二十二首，序曰：“读《秀道人咏梅词》，意有所触，即拈是调赋之，得二十二解，为《广咏梅词》。梅耶？非耶？或亦秀道人所云，当于无声无字处求之者与？”[③] 不同于《咏梅词》的实笔皴摹，《广咏梅词》多用虚笔勾勒，清寒之味更浓，在“年时彩袖当筵，只今别路千山”“几回换羽移商，匆匆粉墨歌场”等追忆性的整体氛围中，穿插着对于梅氏戏剧内容、妆容情态等正面咏写，如“多少英雄儿女事，

---

① 况周颐《秀道人咏梅词》，民国惜阴堂刻本。

② 同上。

③ 林鹍翔《广咏梅词》，1920年铅印本。

并入欢场铅泪”“广寒不远，顾影成凄恋。药竟有灵如尔愿，争奈海天心眼”“梦中惊梦，冷暖春宵共”“舞衣叠损年年，珠喉重度花前”“弦清调苦，心事凭伊诉”“如卿我见犹怜，罗浮缟袂仙仙。直恁被人看煞，镜中惊换朱颜”“新妆点额，粉黛无颜色”等。① 相较于况氏所作，林鹍翔《广咏梅词》更得“梅耶，非也”“于无声无字处求之”之趣。

除了况周颐、林鹍翔的两部观剧词专集之外，另有众多观剧词散见于各别集、报纸、杂志中，如姚华《弗堂词》有《鹊桥仙·七夕查楼观演〈长生殿〉归，月赤如血》《鹧鸪天·元辰广和楼演富连成部》，严既澄《初日楼少作》有《高阳台·观某女伶剧示王调甫》《水龙吟·观女伶卢月霞剧》，王芃生《莫哀歌草》有《南歌子·全州观剧有感》（丁丑冬作），王渭《花周集》有《满江红·观欧阳予倩新排之〈卧薪尝胆〉剧》，辛际周《梦痕词》有《一斛珠·与仲詹观剧作有赠》，阔普通武《华鬘室词》有《长相思·观剧》，高燮有《临江仙·观〈家庭恩怨记〉新剧》，俞律有《满江红·己丑春，少卿老师命余赴梅兰芳思南路寓所，约临票社活动。余观梅剧多矣，而亲晤其面则初次也》等，民国观剧词的作者和作品数量都非常可观。

与观剧词相比，观电影、观演飞机或飞艇、观演新式交响乐、观演新式舞蹈、观演溜冰等作品在数量上或许略少，但无疑更具有时代色彩。李绮青《草间词》有《沁园春·观电影戏》一词云“黑幕低垂，万目齐看。微露曙光，有稠人来往”“层楼耸峙，忽呈车毂，旋见周航。偶说闲情，居然真个拍掌。儿童笑若狂”“俄而桦烛辉煌。又傀儡纷纷再出场。便鹳鹅成列，叱咤垓下，虫沙俱化，震动昆阳。蜃阙将收，蚁柯才醒，惊见山僧乍熟粱”②，小词从开幕前写到电影结束后，电影内容、观众反响及作者观后感逐次展开，将国人对早期电影艺术最直观的认知和感受娓娓道来，虽出之以传统文辞、意象，但口吻中

① 林鹍翔《广咏梅词》，1920 年铅印本。

② 李绮青《草间词》，1918 年铅印本。

处处洋溢着新奇之感。刘尧民《废墟词》有《百宜娇·观〈中夏夜梦〉电影》与此不同，全词由夏夜写到欢梦，由欢梦写到醒别，“晨光催动”之际“深偎密拥”[①] 的早起送别场景及情感主题，与《花间集》之“玉楼明月长相忆。柳丝袅娜春无力。门外草萋萋，送君闻马嘶”（温庭筠《菩萨蛮》）、“出兰房。别檀郎。角声呜咽、星斗渐微茫”（韦庄《江城子》）、“窗寒天欲曙。犹结同心苣。啼粉污罗衣。问郎何日归”（牛峤《菩萨蛮》）等尤其相似。[②] 全词虽紧扣《中夏夜梦》的电影内容，但所营造出的艺术氛围与效果，与传统词作无异，展现出了与李绮青《沁园春·观电影戏》完全不同的艺术追求。

王永江《铁龛诗馀》有《偷声木兰花·飞机》一词云“橐腰鼓翼，天风软中有飞”“疑是令威，化鹤辽东今又归”[③]，不仅描摹了飞机的机械造型，更能化新为古，以古典诗词中的常用典故进行巧妙构思，一方面很好地化解了新事物所带来的突兀感，另一方面又能赋予整个作品以深长韵味，显得机趣横生。

洪汝冲作有观演飞艇词，调寄《八声甘州》，词中云“趁东风一舸正凌霄，冲开蔚蓝天。看星河槎犯，轻逾缑鹤，巧斗输鸢”“粉碎虚空，真个访三间”“料高寒、琼楼玉宇，到夜来，人月未双圆”[④]，将飞艇表演的视觉震撼与传统神话、文学意象对接，赋予其更深厚的人文内涵，也可视作观演词写作方式的一种有效探索。

刘冰研有《大江东去》一词描写新式交响乐表演：“蜀山毓秀，是天生一个，无双英杰。万马军中金鼓震，写出英雄奇特。气壮河山，目空海岳，一扫胡尘灭。悲歌慷慨，唾壶一样敲缺。　再见盖世拿翁，咽呜叱咤，百战英风发。金石激唱歌声裂，谱入钢丝难得。破阵

---

① 刘尧民《废墟诗词》，1939 年铅印本。

② 赵崇祚辑、李一氓校《花间集校》，人民文学出版社 1981 年版，第 3、40、67 页。

③ 王永江《铁龛诗馀》，民国铅印本。

④ 洪汝冲《候蛩词》，民国六年（1917）铅印本。

乐翻，金铙齐奏，国耻伫看雪。铜琶铁板，一声奏出双绝。”[①] 词作借贝多芬为拿破仑谱《英雄交响乐》歌颂音乐家陈厚安为杨森将军所谱《英雄进行乐》，在激烈的疆场生活与隆重的演奏现场的交织中，将此交响乐气势如虹、激动人心的特点呈现得淋漓尽致。与上述其他词作不同，刘冰研借助外国典实来表现中国新型表演艺术的写作方式，在词作中显得尤为新奇。林修竹《澄怀阁词》有《南歌子·闺情，拟六一居士》一词，与传统闺中题材作品大异其趣：“雪地惊鸿影，冰盘见鹭姿。刀鞋踉跄喜相支。爱道与郎比翼试双飞。　　不惜身全裸，只穿水冰衣。美人鱼在沼中戏，但愿与郎比目永不离。”[②] 词作将传统爱情主题置入溜冰场景中，在服饰装备、动作姿态的生动描写中表达对爱情的期许，令人耳目一新。林氏另有《生查子·舞场》一词云：“悠扬起舞场，西乐开心窍。对对作鸳鸯，伸臂向郎抱。　　比翼试旋风，狐步姿更俏。沉醉并蒂莲，直到东方晓。”《一斛珠·舞伴》一词云：“悠扬音乐，繁弦急管同时作。火山伴侣细探索。合抱入怀、纤手轻轻握。　　比翼捷如飞燕掠。并头妍似莲花婥。探戈摩荡旋风落，臀扭腿光，别有娇风格。”[③] 两首词将男女环抱共舞的西洋舞场景逼真地呈现出来，不仅无隔膜之感，甚至相比传统男女题材作品的绮艳之风，有过之而无不及。在此之外，仍有一些词人在作品中表现传统技艺，如邓潜有《满江红·傀儡戏》、李遂贤有《点绛唇·题江湖觅食图》（七阕）分别描写“耍猴戏”“马戏”“厂店百戏”等。这种新旧并存的创作局面，正是民国作为一个过渡时代的社会特色在词坛的体现。

随着社会大变革，许多新的器物、技术传入境内，形成了社会上诸多新型的表演门类和技术类型，再加上由传统表演艺术或者外国表演艺术改良而形成的新型表演艺术，民国人所能见到的演艺、娱乐、

---

① 刘冰研《剪淞梦雨词》，民国二十一年（1932）铅印《寒杉馆丛书》本。

② 林修竹《澄怀阁词》，民国三十年（1941）澄怀阁本。

③ 同上。

休闲、技术操练等形式大不同于以往各时期，且更趋于多元化。前者如飞机、飞艇、汽车等器物的传入，带来了驾驶技术训练的需求，甚至是操演的需要；电影设备和技术的传入，丰富了表演艺术。后者如京剧、话剧等，催生了梅兰芳、欧阳予倩等一批艺术大师，反过来，这些大师又以各自的方式不断丰富着戏剧表演艺术，扩大了其社会影响力。民国时期丰富多元的艺术表演和技术操演，有力地推动了各种新型观演词的诞生，成为民国词的特色之一。如况周颐、林鹍翔等人的观剧词，李绮青、刘尧民的观电影词，王永江的观演飞机词，洪汝冲的观演飞艇词，刘冰研的观演交响乐词，林修竹的观溜冰、观西洋舞词等，皆是时代大变革中表演艺术革新和各种技术操演陆续兴起的结果。

（二）以歌咏现代性器物为题材的新型咏物词应运而生

随着时代大变革的推进，中西交流的深入，许多前所未见的现代性新事物不断涌现，对包括词作者在内的晚清民国人士产生了强烈的冲击力和吸引力。尽管众多词人在创作中对此持审慎的态度，但仍然刺激了相当一部分词人的创作欲望，促使其有意无意地在词作中摹写这类新事物、新见识，具有强烈时代色彩的新型咏物词应运而生。1912年以前即有"滇南香海词人"《沁园春·洋场咏物词》（四阕）歌咏"地火""电线""马车""轮船"[①]，但新型咏物词的集中涌现，是在民国时期。

张克家著有《如法受持馆诗馀》，对于现代化器物表现出浓厚的兴趣，集中《台城路·电灯》《水龙吟·留声机》《柳色黄·风扇》《高阳台·摩拖车》等作品，皆以现代性器物为题，写得新奇有趣，别开生面。《台城路·电灯》云："频邀月入华堂里，不分晴暝弦望。夕照笼烟，暮霞余绮，一颗掌珠擎上。是光明藏。任雨箭风梭，更教神王。

① 滇南香海词人《沁园春·洋场咏物词四阕，并附来书》，《申报》1872年9月4日第109号。

透彻中边，金丝卷茧早荷样。”[①] 词人利用错觉以月光写灯光，不仅将月光的美感嫁接于灯光，符合传统审美习惯，更在无意的对比中巧妙地突出了电灯不受限于天气、节候制约的优点。《水龙吟·留声机》云：“一盘圆走乌珠，便摩出、可人情韵”“正洋洋、盈耳鹅鸾呼叫，忙扶起，斜行璺”“扬州小调，邯郸小区，转喉犹吝。手握枢机，眼明炉锤，傲他香吻。绕梁能几日，真听遍、廿四番花信”，[②] 将留声机的形状、工作状态、播放内容及艺术效果等一一写入词中，内容上具有浓郁的现代气息，而语言依然纯正得体。《柳色黄·风扇》上片“火伞高张，少女潜踪，小阁人闷。乍添一缕秋飔，疑是晚凉来趁。轻罗叠雪，珊珊玉骨冰肌，已无汗液融香粉。移坐向檀栾，情话容相近”，通过对比的手法突出风扇的奇特效果，下片“雷车激荡，蚁磨盘旋，不差分寸。大转轮王，恰好解吾民愠”则重在勾勒风扇运转时的状态。[③]《高阳台·摩拖车》以典雅风趣的口吻称：“大陆仙人，偏能驾屋遨游。排空御气追飞燕，窄路逢哮喘如牛”“列子凭虚，天风不住飕飗。何期地藏王开眼，蓦尔间两盏灯球”，[④] 既能以夸张的笔法突出表现摩托车的速度特点，又不失传统词作之雅趣。

林修竹《澄怀阁词》有《蝶恋花》一阕，虽以“无线电台女郎”为题，实亦歌咏无线电：“世界大千天风散。玉女音传，飞电原无线。江上峰青人不见。眼前呖呖莺声软。　消息不问朝共晚。仔细转来，中外并无限。咫尺天涯人隔远。空来妙语供清玩。”[⑤] 词作通过“玉女音传”的意象表现了无线电突破时间与空间的限制传播消息、不见其人而闻其声等技术特点，并化用唐人钱起的名句“曲终人不见，江上数峰青”[⑥]，赞美之情，溢于言表。

---

① 张克家《如法受持馆诗馀》，民国八年（1919）仿聚珍铅印本。
② 同上。
③ 同上。
④ 同上。
⑤ 林修竹《澄怀阁词》，民国三十年（1941）澄怀阁本。
⑥ 钱起《省试湘灵鼓瑟》，《四部丛刊》集部所收《钱考功集》上海涵芬楼藏明活字本。

宣哲《寸灰词》有《金缕曲·咏颇黎窗》一词云："一片春冰薄。是何人、翻成别样""素月玲珑浮枕簟，却清寒、未许罗衣觉""欲试兰汤灯上后，恐萧郎狂眼偷窥着。呼侍婢，更垂幕"，[①] 通过"春冰""未许罗衣觉""狂眼偷窥"等，将玻璃的形态、触感、透明而不透风的特征表现得精准到位。这类作品以其强烈的时代气息，迥异于前代词人所作。

名家中也不乏此类作品，如邓潜《牟珠词》中有《聒龙谣·西洋留音机器》云："若有人兮，呼之欲出，宛转声情都肖。掐到音波，绝技西来巧。开银钥、融蜡盘圆，接玉管、旋螺针小。感江南、旧识龟年，也同向，曲中老"，[②] 将西洋留音机的形态描写与中国文化典故相穿插，记录了中国人初见现代化事物的新奇感受与想象，颇具时代特色。其《月华清·咏眼镜》上片"喜今后耳鬓厮磨，自带上烟云开散"，通过对比手法突出眼镜的明目效果，下片"万事雾中花看。任世界琉璃，劫尘都满。绊到金丝，谁见本来真面。望虚堂五色先迷，算薄海双清难现。休怨。且镂冰翦水，细抄经卷"，[③] 句句双关，表面在描写眼镜，实则表达对于时局的忧虑和自己的生活态度，深得"香草美人"之妙。在章法上，既与上片勾连，又深化了词作主题。王渭《花周集》有《南乡子·不倒翁》一词："拍手竞欢呼。这个天真烂缦徒。顽气一团张笑口，葫芦，依样描来总不如。体段十分粗，头脑冬烘眼半苏"，[④] 寥寥数语将不倒翁憨态可掬的新奇形象展现得淋漓尽致。吕碧城《晓珠词》有《玲珑四犯·日内瓦之铁网桥》《绛都春·拿坡里火山》《解连环·巴黎铁塔》《金缕曲·纽约港口自由神铜像》等，沈宗畸《繁霜词》有《菩萨蛮·信封》《江南好·题日本小纨扇》等，黎国廉、杨铁夫亦有"防空洞"之咏，调寄《安平乐慢》，皆出传统咏物

① 宣哲《寸灰词》，民国三十三年（1944）刻本。

② 邓潜《牟珠词》《牟珠词补遗》，民国十一年（1922）刻本。

③ 同上。

④ 王渭《花周集》，民国十三年（1924）铅印本。

之范围。

由于新器物的涌现，民国时期还出现了一些明显具有广告性质的词作，词的创作成为商业行为，这也是词史一大奇观。署名为“谦”的作者有《罗敷媚·咏国货双妹化妆品词》八首载于《广益杂志》，分别歌咏“双妹牙粉”“香皂”“玫瑰香蜜水”“雪花膏”“艳容霜”“兰花爽身粉”“生发油保发水”“粉纸”八种化妆品，内容新颖独特而语言不失本色。在美人容貌的渲染和身体感觉的描写中巧妙地突出各化妆品的功效，是这一组词的惯用手法。如《双妹牙粉》云：“美人齿亦骚人咏，欲领兰粉。先照朱唇。洁白须教擦得勤。　瓠犀自古形容肖，一笑堪亲。应共销魂。况有清香扑鼻闻”[①]，在朱唇白齿的描写中，突出牙粉的清洁功效及其嗅味清香的特点；《雪花膏》云“琼姿玉貌人能几，雪白肌肤。妒煞瑶裾。傅粉何郎笑不如。　谁知端赖杨枝露，撒上须臾。顿觉丰腴。娇懒容颜滑似酥”，[②] 雪花膏的美容、润肤功效不无夸张地通过艳压何晏的美人呈现出来。其他如《玫瑰香蜜水》“纤手调匀，涂上庞儿美十分”、《生发油保发水》“脱去还生。依旧青青。纵使徐娘也共称”、《粉纸》“粉痕只怕困风褪，曾步香街。易变尘埃。莫被檀郎又错猜”等，[③] 皆以富于美感的语言极力渲染化妆品的奇特效用，新颖别致，意趣横生。

刘述庭有《咏新亚药厂新药词》十首，分别为《忆江南·退暑病》《捣练子·甲种惟他命乙种惟他命》《长相思·痛必灵》《菩萨蛮·拍痨多膨》《卜算子·镁固素灵》《画堂春·肺而舒》《眼儿媚·血来必定》《西江月·百利多命》《醉花阴·康福那心》《浪淘沙·提那神古卡新》，这组词通过不同的词调歌咏了十余种西药的神奇功效，语言上虽俚俗粗鄙，但内容新奇，真实反映了国人在西药初现时期的猎奇心理，如《捣练子·甲种惟他命乙种惟他命》“惟他命。用非同。甲乙分明各有

---

① 谦《罗敷媚·咏国货双妹化妆品词》，《广益杂志》1919年第1期。

② 同上。

③ 同上。

功。百岁长生长不老，更能健步快如风”、《卜算子·镁固素灵》“何药最通神，功倍事偏半”、《浪淘沙·提那神古卡新》“良方妙药久驰名，百损诸虚都去尽，万象回春”等。①

以现代器物为题材的新型咏物词，是民国词坛独具特色的一道风景，是民国词人为词史作出的新贡献，它直接得益于时代大变革的影响：

一者，早在国门被打破之初，有识之士即主张学习西方器物制作、技术，大量西方什物也伴随着现代化的坚船利炮陆续输入。众多前所未见的器物、技术刷新着普罗大众的视野，对于国人的视觉冲击和心理震撼是难以想象的，甚至改变了许多人的工作、娱乐、出行、交游等生活习惯，持续激发着词人的创作热情。

二者，中国词史上素有咏物传统，咏物经验非常丰富且成熟。尤其是南宋遗民的咏物词集《乐府补题》所引导的咏物之风和咏物模式，经过浙西词派和常州词派不同层面的阐扬，在清代、民国时期产生了深刻的影响。而《乐府补题》的作者群体或无“词社”之名，但其限题集咏的唱和方式实具词社之实，尤便于词社之集咏。

三者，民国词社兴旺且咏物之风非常兴盛。在时代大变革的背景下，得益于现代交通运输业和信息传递技术的进步，民国词人的流动性空前增强而交流日益频繁，民国词社爆发式兴起。如火如荼的词社活动对于推动现代的咏物之风，助力颇多。部分词社热衷于咏物，如须社之咏苔、冬青、秋蝶、秋灯、残荷、雁、落叶、寒鸦等，春音词社咏绿樱花、河东君妆镜、宋徽宗松风琴、菊花、唐花、铜雀瓦砚、天平山红叶、寒夜等，② 六一词社咏西湖、盆兰、荷花、荷叶、萤、瑞云峰、秋柳、桂等，皆为其例。

在如此浓郁的咏物风气与大量现代器物刺激的双重作用下，词人

---

① 刘述庭《咏新亚药厂新药词》，《新医药刊》1932 年第 1 卷第 4 期。

② 春音词社无社集，此据吴晗《春音词社研究》（《华东师范大学 2017 年博士学位论文》），见“中国知网”（www.cnki.net）博士学位数据库。

将既有的咏物经验与方法运用于新器物的咏写上，新型咏物词便应运而生。如张克家的《台城路·电灯》，将传统意象“月光”的美感嫁接于灯光，《高阳台·摩拖车》以“列子御风”的典故比拟摩托车的速度，林修竹《蝶恋花·无线电台女郎》化用唐人诗句呈现无线电的技术特点，邓潜《月华清·咏眼镜》以双关的笔法通过眼镜隐喻对于时局的忧虑，等等。这些都是借传统咏物经验和资源歌咏现代新型器物的典型。

（三）新的社会气象、思想观念成为词作的特色主题

与器物、艺术形式等变化相比较，时代大变革更根本、更重要的内容是人的变革。外到衣着穿戴、社会习俗，内到精神气质、思想观念，晚清、民国人身上都呈现出许多新的气象。部分词人在创作中有意识地表现这种新的社会气象与思想观念，也存在一些为宣扬新思想、新观念而从事词创作的非专业作者。

咏美人词作为传统词作的一大分支，在民国出现的一些新变化，尤其鲜明地体现在社会气象、思想观念等的变化上。部分民国词人热衷于“咏新美人”，而所谓“新”在不同作者眼中又有不同层次的内涵。天虚我生陈栩曾见《紫兰花片·美人号》上载有《沁园春》三首咏“美人足”，于是“戏拈一阕，新美人足，拟乞同社分咏”。[①] 嗣后，“未飨和章”，[②] 又自作《咏新美人手》一阕，续作《新美人口》《新美人发》、相继有陈栩之女公子陈翠娜《新美人裙》《新美人手》《新美人发》、季娣《新美人目》、春梦《新美人目》、陈次蝶《新美人心》、顾佛影《新美人足》、顾青瑶《新美人足》、张晋福《新美人足》、金兆丰《美人天足》等，皆调寄《沁园春》，与传统咏美人词大异其趣。其中尤以王渭所作数首最见其时风尚，对于社会风气和思想观念变革的反映最具深刻性与广泛性。

---

① 陈栩《沁园春·新美人足》，《申报·自由谈》1923 年 7 月 25 日。

② 陈栩《沁园春·新美人手》，《申报·自由谈》1923 年 8 月 2 日。

王渭这组词有《新美人目》《新美人口》《新美人手》《新美人足》《新美人心》五首。《新美人目》歌咏的是一位从家务中解脱出来并渴望爱情自由的现代知识女性，她戴着金丝镜读书看报，“漾玻璃浅绿，玳瑁为梁”“油盐莫问家常，看小说丛谈日几章”，对待爱情热烈奔放——“爱情注，尽宾筵酬酢，饱眤檀郎”；[①]《新美人口》描写的是一位“自命英雌”且通晓西方学问的新女性，她不仅能够“快读西皮书半函”“莲花粲舌，欧语旁参”，更善于大庭广众之下高谈阔论——“登台说，也滔滔清辩，娓娓高谈”，俨然一种不逊须眉的卓越气质；[②]《新美人手》呈现的是一位娴于文艺而不屑女红的新异女性——她“坐按风琴缝纫抛”“回文字，笑苏家锦织，技类虫雕”，[③]其自视之高，连作《璇玑图》的著名才女苏惠都入不了法眼，更别说女红等俗务了。《新美人足》塑造了一位拥有天足的叛逆女性，她严厉呵斥裹脚旧习，欲起前人于地下而问其罪——“莲花朵，恨何人作俑，暗受严刑”，[④]俨然一副与传统决裂的新型女性形象。《新美人心》更是全方位地揭露旧制度的不合理，为女性平权大声疾呼，词云：“底事深闺，只解娇羞，对客赧颜。恨千秋弱质，同罹浩劫，三纲旧制，不予平权。免混雌雄，马鸣边塞，羡煞从征花木兰。周公礼，待周婆重订，眼底平反。　　不教滴泪轻弹。忍再把花枝摧折残。愿牝鸡留范。钗抛易弁。灵犀通点，觚破为圆。政事堂中，丝纶阁上，参与应添巾帼班。文明甚，怨家庭专制，自缔良缘。”[⑤]词作以女性的口吻义愤填膺地呼吁改变女性在待人接物、家庭地位、衣冠佩戴、从军从政、婚恋制度等方面的现状，争取女性的合理权利，全方位地反映了女性的现实需求和精神需求，反映了围绕着女性问题的现代社会风气、家庭风气的

① 王渭《花周集》，民国十三年（1924）铅印本。
② 同上。
③ 同上。
④ 同上。
⑤ 同上。

变化。除“咏新美人”组词外，王渭尚有咏珂罗版印画屏组词四首，调寄《满江红》，题作“风尘三侠”“红线取合”“昆仑盗绡”“桴鼓同仇”，描写了一组巾帼英雄、女侠客形象，也在一定程度上反映了现代女性的变化，与传统词作旨趣颇有出入。

林修竹虽未参与此次唱和，但是其《澄怀阁词》收录多首词作歌咏新女性，对于女性的新式装扮尤其敏感，“时髦装束随时变”是其词作着力表现的主题之一。除上文所录《南歌子·闺情》外，《醉太平·时髦女郎》云：“谁家女郎。西洋束妆。卷毛且喜新汤。满头花露香。　　高跟趾扬。臂光腿光。一身半裸衣裳。市街神气昂。”①《苏幕遮·春日马路所见》云：“裸腿罗衣刚半臂。密密相偎，体态任情恣。”“烫蓬松，梳卷髻。发乱唇红，新妆看自喜。”②《鹧鸪天·夏装》云：“红杏朱樱别样鲜。白纱马甲动人怜。长衫无袖深拖地，玉腿全光尽露肩。　　牵郎臂，步街前。高跟革履影翩翩。时髦装束随时变，别有风骚妙不传。”③《西江月·马路所见》：“飙似风轮电闪，翩若燕掠鸿惊。飞行街市一身轻。玉腿不嫌冰冷。　　淡淡女生装束，娟娟体态轻盈。风鬟云鬓惯飞腾。追逐任凭男性。”④林氏善于描写女性外在美，仅“发乱唇红”“高跟趾扬”“玉腿全光尽露肩”等简单几笔即勾勒出现代女性不同于传统时代的各种装束特点，呈现了一个个“市街神气昂”“牵郎臂，步街前”“追逐任凭男性”等走出闺阁、敢于展现自我的新时代女性形象及其所代表的新社会风气，虽然不及王渭之深刻性与全面性，但也在一定程度上反映了女性解放并走向独立的社会风气变革状况。阔普通武《华鬘室词》有《太常引·女学堂妆束》：“女儿偏爱学男装。发辫等身长。裹体窄衣裳。袭半臂鹅雏色黄。”⑤展现了

---

① 林修竹《澄怀阁词》，民国三十年（1941）澄怀阁本。

② 同上。

③ 同上。

④ 同上。

⑤ 阔普通武《华鬘室词》，民国石印本。

民国时期女性走出闺阁走入学堂的新社会气象。林修竹、阔普通武等人的意义在于——如果说陈栩等人的“新美人”唱和，不无偶然性的因素存在，那么并没有参与此次唱和的林修竹等人同样热衷于歌咏新时代女性，则不得不归于时代风气之必然。

女性问题只是民国词作所反映的社会气象、思想观念变革的突出典型之一。民国词作对于其时社会生活的反映是全方面的。仅以王渭《花周集》而言，除“咏新美人”组词之外，还有《摸鱼儿·感时》对于战争的现代性思考，《转应曲·感时》《金缕曲·感时》等对于政治的现代性思考。《摸鱼儿·感时》云“说甚么、和平统一，年来战祸蜂起”，词中流露出来的并非一般的反战思想，而是超出传统的忠君、忧民乃至政治是非之外，对战争的意义进行重新思考，认为“风声鹤唳，只在萧墙里”的内战是无意义的，与“充国筹边，伏波横海”的古人战争不可比拟，因此希望息争——“问侬何意。愿玉帐裁丁，银河洗甲，重返太平治”。[①]《金缕曲·感时》则以犀利的笔调揭露了政治家的虚伪面目——“看几辈装腔做样。面目虽然窥是假，究何人敢露穷奇状”，以及政治平静背后的波诡云谲——“谦恭当日称新莽。创千年胡虏画稿，寓争于让”“终不便，反颜相向”。[②] 如此细腻地呈现政治风云，在词作中或许不乏先例，但是其强烈的反政治意识，却带有鲜明的现代性色彩。如果说《金缕曲·感时》只是在普遍意义上对政治的反思而已，那么《转应曲·感时》则表现了对被认为非常先进的现代政治制度的嘲讽，词云：“民意。民意。一洗当年专制。闻风笑逐颜开。彼此商量上台。台上。台上。依旧魔高千丈。”[③] 表面上以“民意”为口号的民主政治，实际上仍逃不过少数集权者的操控，沦为“假民主”，王渭作品的深刻性，正在于此。

不同于王渭，女词人吕碧城以近代科学精神入词，其《望海潮》

---

① 王渭《花周集》，民国十三年（1924）铅印本。

② 同上。

③ 同上。

歌咏本调名，描写潮汐盛况，虽不是新题材，而能够以自然科学的眼光看待这一事物——“潮汐循环冰夷恨，数晨昏、清泪常滋”，自注“夜潮由月体吸引”①；《减字木兰花》也以现代科学观念，用诙谐的口吻调侃身处地球两侧的自己和朋友的书信往来——“彩笔调和两半球”②，颇有新趣；《风入松》将富有传统色彩的“蟾宫折桂”意象与近代航天科学联系起来，词中所谓“骞槎将见到天衢。探桂近何如”表达了“科学家谓航空将来可抵月球”的新型观念，③令人耳目一新。王艽生有《点绛唇·崩壁述所见并序，癸酉冬作》描写意大利某火山喷发遗迹，对其参观规则表示嘲讽，表现出男女平等的新诉求。顾毓琇《虞美人·祝新约成立》有句云“百年条约此更新。平等自由，共祝岁朝春”④，《好事近·自由中华》云“百年史笔此勾销，自由共争取”⑤，一为缔结新约而作，一为废除不平等旧约而作，为最具时代精神的作品。诸如此类，皆可见出部分民国词人思想观念与此前词人之不同。

王进珊有《忆江南·咏世新词》六阕，分别写“傀儡戏”“闹春荒”“平物价”“挪公款”“大酒馆”“咖啡座”，生动地描绘了一幅现代社会世态图。如“闹春荒。暴动趁伎俩。卖粮先且抬高价，抢米又自出主张。老子啥心肠”“平物价，平价不留情。经手已付回扣去，结账又将外汇赢。真是生意经”，⑥前者批判商人趁火打劫、哄抬物价的社会现象，后者揭露政府借抑平物价鱼肉百姓的丑恶嘴脸。再如“大酒馆，卅万称豪华。红灯高照天南主，玉盘托出地边蛇。飞机运活虾”“咖啡座，春笋雨后芽。英雄笑斟外国酒，商女曼舞后庭花。鬓影相摩挲”，⑦深刻揭露了现代上层社会沉溺于享乐、极尽奢靡的堕落生活。

① 吕碧城《晓珠词》，民国二十六年（1937）铅印本。
② 同上。
③ 同上。
④ 顾毓琇《虞美人·祝新约成立》，《时代精神》1943 年第 5—6 期。
⑤ 顾毓琇《好事近·自由中华》，《时代精神》1943 年第 5—6 期。
⑥ 王进珊《忆江南·咏世新词》，《民意》1940 年第 132 期。
⑦ 同上。

魏元旷《潜园词续钞》有《洞庭春色·咏开盒笑》一词，详细描写了民国时期的地方婚俗，词云："喜担挑来，吉人双前。群孩拢观。看红罗哑哑，柔荑手捧，朱绳转转，丫髻头攒。盉盖乍擎争莞尔，俨绿女、红男满彩盘。更有那、天长地久，媪叟相欢。　　佳期务多庆语，溯自昔、斯名孰传。任盟庚凤谱，果连五色，充庭羊酒，锦簇千端。宾客一堂须引噱，竟礼俗、相沿久不刊。好分共、茶瓶糖盒，乐意团圞。"词人自注云，所谓"开盒笑"，即"聘礼中所制锦孩之名"；又有翁媪一对，谓之"天长地久"。新婚时，由担子挑来，再由新人开启，在婚礼上女家用于茶糖喜果分送姻戚。词作由围观儿童，写到满堂宾客，将这一婚俗场景一一呈现，并称此乃"相沿久不刊"之婚俗。①

王芃生《莫哀歌草》附录《白话词》一卷，俨然是现代婚俗的一次巡礼，王氏以组词《蝶恋花·新闺情并序》分写"怀春""闻喜""惊遇""羞郎""叨絮""微波""私觌""薄怒""情柬""初恋""密语""嘉礼""佯恼""洞房""乐园""余霞"，不仅详细描写当时婚俗过程，还穿插着女性在这一过程中的心理动态变化，更难得的是：作者根据自己在世界各地的见闻，于词作中透露出对当时社会半新半旧、名为自由结婚而无其实的婚俗状况的自觉反思。其小序称："我生于新旧过渡时代，幼年见当时所谓摩登父母，许议婚男女晤谈来往者，便算自由结婚。其实社会环境和经济背景，都没具备，那能有广泛接触、自主择配的自由？其间不伦不类、半新半旧的曲折心境，描来好笑，却也有趣！真正的自由结婚，不知待到何时？普遍的家庭幸福，也许属于来者。……时予初识贤英，常同游西山、什萨海、中央公园等处。其间有目见耳闻，身历意度，信口拈来，曲意描出，藉留社会某一断面的残影，以供他时某一些时的咏叹。诗可称史，词岂不然？"② 词人对其所处时代的新变显然具有明确的认知，并且刻意以词来记录这一

① 魏元旷《潜园词续钞》，民国二十二年（1933）《魏氏全书》本。
② 王芃生《莫哀歌草》，民国三十四年（1945）油印本。

过渡阶段的社会风俗状况。此外，程幻庵《浪淘沙·新婚词》、程华魂《望江南·新婚词》等，皆为咏婚俗的组词。①

新的社会气象、思想观念成为词作的表现内容，是由时代特色所决定的。处于社会转型时期，作为社会主体的人，其革新是全方面的。衣着服饰层面，男性剪掉具有身份象征意义的长辫子，女性扯掉裹脚布，部分人穿起了各种各样的新式服装；思想观念层面，民主、科学等现代性观念逐渐刷新着国人的意识；社会气象也悄悄地发生着变化，许多传统风俗、习惯遭到前所未有的冲击，女性逐渐走向各行业，女性权利的保护和社会地位的提高，成为一股汹涌的社会潮流。在这种情况下，各种新型词作应运而生：新式美人的装扮、精神气质及其背后所代表的思想观念、时代风气，成为陈栩、王渭、林修竹等词人咏美人词的主题；科学、民主、平等、自由等思想观念促使王渭、吕碧城等一批具有卓越见识的词人在创作中流露出对自然、人文等现象的新观察与新思考；新的风俗、仪式、社会现象成为王进珊、魏元旷、王艽生等词人的作品主题。诸如此类新型词作的出现，无不是由社会大变革潮流激荡而生的词坛新象。

（四）域外词空前勃兴，词的表现范围进一步拓展

由于官方及民间对外交流越来越便利和频繁，晚清民国时期文人的域外创作拥有此前所不具备的优势条件。得益于此，词的表现范围得到了显著的拓展，域外词的创作也在民国取得了辉煌的成就，其中尤以廖恩焘、吕碧城等人为代表。②

廖恩焘，为廖仲恺之兄，曾三任古巴领事，长期居于国外，其《忏庵词》八卷中收录作者作为外交官第二次出使古巴时所作词，对于域外风光的描写尤为惊艳。如《西河·游马丹萨钟乳石岩，次梦窗

---

① 程幻庵《浪淘沙·新婚词》，载于《快活》1922 年第 14 期；程华魂《望江南·新婚词》载于《繁华杂志》（1914—1915）第 6 期。

② 域外词一般指“域外词人所作词”，夏承焘《域外词选》即用此义，本文以现代词作为对象，故取“现代词人在域外所作词”之义。

〈陪鹤林先生登袁园〉韵》："烟景霁。钩藤瘦杖融泄。闲寻禹穴下瑶梯，冻岩渗水。素妆仙女散花回，千灯猿鸟娟丽。　　绕危槛、看堕蕊。袜罗剪露层碎。晶虬细甲近娜嬛，洞天似咫。有人击壤按商歌，鸾箫吹又何世。　　汞成鹤氅半委地。沁残云、雕粉屏绮。壶里沽春无计。向冰泉试约，长房一醉。青玉簪宜寒光洗。"在"禹穴""瑶梯""击壤按商"这类传统意象、典故中，作者将马丹萨钟乳石岩"峭壁四起，滴水凝结，累累如贯珠，如水晶，如玉，作山川神佛、珍禽异兽形状。又肖笙磬琴筑，叩之铿然有声""电灯照耀如白昼"等奇伟瑰丽的景观呈现得真切可感，如身临其境。[①]《八声甘州·夜登逆旅楼，上最高层。岛国风光，奇瑰万态，以梦窗游灵岩韵写之》云："引天梯缥缈，溯虹河、飞杯载行星。正纤云连袂、华灯低阁、寒蜃荒城。"[②] 寥寥数语，已勾勒出一幅开阔荒寒而不失飞腾之势的奇伟画面。朱祖谋曾称其词"胎息梦窗""惊采奇艳""得于寻常听睹之外，江山文藻，助其纵横，几为倚声家别开世界矣"，[③] 洵非虚誉。

吕碧城有"近代女词人第一"[④] 之称，早年曾游学美国，中年卜居瑞士，其《晓珠词》中收录许多域外作品。如《玲珑四犯·意国多古迹，佛罗罗曼为千余年市场遗址，断楚残甃散卧野花夕照间，景最凄艳，赋此以志旧游之感》："一片斜阳，认古甃颓垣，蝌篆苔翳。倦影铜驼，催入野花秋睡。尽教残梦沉酣，浑不管、劫余何世。看凄迷、废垒萝蔓，犹似绮罗交曳。　　艳尘空指前游地，黯销凝、屟香黏蕊。大秦西望苍烟远，谁解明珠佩。重溯故国旧闻，记八骏、曾驰周辔。惹赋情绵邈，春痕长晕，穆瑶池际。"[⑤] 此词仿中国咏史怀古词的写法，用中国传统意象，在古与今的闪回交错中渲染出西方千年古市佛罗罗

① 廖恩焘《忏庵词》，民国二十年（1931）铅印本。
② 同上。
③ 朱祖谋《忏庵词题注》，《忏庵词》，民国二十年（1931）铅印本。
④ 钱仲联《近百年词坛点将录》，《梦苕庵清代文学论集》，齐鲁书社 1983 年版，第 173 页。
⑤ 吕碧城《晓珠词》，民国二十六年（1937）铅印本。

曼的历史沧桑感与文化厚重感，韵味浓厚，境界深远，融通中西，毫无隔膜之弊。《破阵乐》：“混沌乍起，风雷暗坼，横插天柱。骇翠排空窥碧海，直与狂澜争怒。光闪阴阳，云为潮汐，自成朝暮。认游踪、只许飞车到，便红丝远系，飙轮难驻。一角孤分，花明玉井，冰莲初吐。　　延伫。拂藓镌岩，调宫按羽，问华夏、衡今古。十万年来空谷里，可有粉妆题赋。写蛮笺，传心契，惟吾与汝。省识浮生弹指，此日青峰，前番白雪，他时黄土。且证世外因缘，山灵感遇。”词中写乘缆车游览欧洲冰山之所见所感，上片以万钧笔力渲染冰山之险绝新异，下片抒写登览冰山之无上荣耀，并情不自禁地感慨：“东亚女子倚声为山灵寿者，予殆第一人乎！”[①]《念奴娇·游白琅克冰山》与此词颇为相似，而结句“游踪何许，飞车天未曾挽”[②]尤令人绝倒。刘梦芙称“《晓珠词》一扫吾华女子千年柔弱之积习，英风侠骨，广抱灵襟”[③]，盖指此类作品。《摸鱼儿·暮春重到瑞士，花事阑珊，馀寒尤厉，旅居萧索，赋此遣怀》有“空惆怅。谁见蕊秾妆靓。瑶台偷坠珠粉。闲愁暗逐仙源杳，更比人间无尽。还自省，料万里乡园，一样芳菲退”[④]，将身居异国的孤寂之感寄寓于花事阑珊之中，遥想万里之外的乡园应同此景，更添心中惆怅。此外，如《江城梅花引·日内瓦湖畔樱花如海，赋此以壮其盛》《满庭芳·日内瓦湖畔，残夜闻歌有感》《好事近·登阿尔伯士雪山》《玲珑四犯·日内瓦之铁网桥》《陌上花·瑞士见月》《绛都春·日内瓦湖习桨》，等等，虽主题不同，风格各异，而“缕述异国事物”“开拓前人未有之境界，雄奇瑰丽，美不胜收，使人耳目为之一新”。[⑤]

罗振常《徵声集》有《浮海词》一卷，收作者东渡日本期间所作

---

① 吕碧城《晓珠词》，民国二十六年（1937）铅印本。

② 同上。

③ 刘梦芙《二十世纪中华词选》，黄山书社 2008 年版，第 1664 页。

④ 吕碧城《晓珠词》，民国二十六年（1937）铅印本。

⑤ 朱庸斋《分春馆词话》，广东人民出版社 1989 年版，第 113 页。

词二十首，多“身世飘零之感，乡关魂梦之思”[①]，风格及主题迥然不同于其境内所作《颓檐词》。《水龙吟·过长崎》其一云：“参差贝阙瑶宫，远山笼碧波摇翠。旧事人事，去年景物，眼前相对。别样情怀，一般行役，两般憔悴。怪白鸥闲煞，苍烟影里，还逐浪，飞成对。　西顾山河影乱，谁作成、者般零碎。待填东海，空馀白石，也无精卫。我欲从之，蓬莱在望，安期在未。看长鲸、吹起惊涛似雪，尽哀时泪。”[②] 作者身处异国，触景生情，见长鲸吹海，不觉老泪纵横，故国在望，而被迫侨居，以“浮海”名集，其漂泊无依之感、欲归不得之慨不难想见。作者在一首《浪淘沙》中曾描写其在日本的生活：“风日满晴都，士女嬉娱。绿杨密处走香车。山色波光无限好，错认西湖。”[③] 面对如此悠闲的生活，作者无心享受，神情恍惚，一心沉醉在对故国的思念中。

罗振常之女罗庄《初日楼稿》有《满庭芳》一词云：“是尘寰绝境，世外桃源。漫说终非吾土。”[④] 是随其父避居日本期间所作，词中所述的悠闲生活处境和心中漂泊、无归宿之感，与其父亲如出一辙。

林鹍翔也曾卜居日本，其《半樱词》两卷，起于1913年迄于1920年，“此数年中泰半旅居日本。去国万里”“遥情深致寄托于樱花者为多”[⑤]。《贺新郎·留别江户》一词较为独特：“行矣吾何念。念尊前、个人消瘦，泪绡红染。侧雨阑风都听惯，著意荒鸡茅店。怎禁得、丝杨搴揽。啼鸟一声春梦觉，剩潮痕、依约横波滟。归棹急，不须缆。　香词半箧愁重检。几销磨、花迎月送，茶甘酒酽。万一樱花能解语，说与绮情都忏。漫赢得、别魂销黯。故国莺花新画本，怕当歌、未许轻狂减。珍重意，托琴剑。”[⑥] 词人处于归去与惜别的矛盾之

---

① 罗振常《浮海词序》，《徵声集》民国十年（1921）刻本。

② 罗振常《浮海词》，《徵声集》民国十年（1921）刻本。

③ 同上。

④ 罗庄《初日楼稿》，民国十六年（1927）铅印本。

⑤ 况周颐《半樱词序》，《半樱词》民国十六年（1927）铅印本。

⑥ 林鹍翔《半樱词》，民国十六年（1927）铅印本。

中，一方面急于归国——“归棹急，不须缆”，另一方面又有诸多不舍——“万一樱花能解语，说与绮情都忏。漫赢得、别魂销黯”。这种复杂的心境，在域外词作中并不多见。此外，《莺啼序·十年去国，风近神山，万里乘槎，珍搜海市，有须臾意作如是观，慨然倚声，用梦窗韵》一词描绘了日本某博览会上所见之瑰丽新奇之什，《念奴娇·观樱感赋，用梦窗韵》《一萼红·八重樱，用白石韵》则着力描写了日本所见樱花的娟倩之美。

王艽生一生辗转东西洋，其《莫哀歌草》遍写域外风光及新奇事物。除上文所述《点绛唇·崩壁述所见并序，癸酉冬作》作于意大利之外，集中如《鹧鸪天》（乱世生涯特苦辛）、《临江仙》（久未休兵同是客）作于东京，《巫山一段云》（七国连营处）作于海参崴，《少年游》（香花展墓立多时）作于华盛顿，《好事近》（碧水映明霞）作于温哥华，等等。其中尤以《浣溪沙·由土京过巴尔干入苏联途中，乙亥季冬作》最具域外词特色：“验票查关闹换钱。恼人国小路相连。终宵赢得竟无眠。　　问伴才知经五国，计时犹未满三天。这番安睡过苏联。”[①] 以戏谑的口吻表现欧洲国家疆域之狭小所带来的新奇感受，此非域外词人不能道也。张昭汉《红树白云山馆词》有《浪淘沙·戊午夏避暑东美银湾》云：“故国湖山犹健在，归去何年。”[②]《浪淘沙·欧战后过法凡萨依宫》云：“赛因河上想雄风，霸业已随流水逝，剩有离宫。”[③] 一感念久别之家国，一吊伤所处之异邦，皆沉重悲凉，感人至深。此外，集中尚有《谒金门·自美渡大西洋之欧，舟中对雨》等词作于域外。

此外，民国域外词人词作众多，尚无确切统计，此不赘述。作为民国词的突出成就之一，域外词的勃兴，同样也缘于时代大变革的推动。由于西方现代交通设备和技术的输入，以及国人的建设，其时社

① 王艽生《莫哀歌草》，民国三十四年（1945）油印本。

② 张昭汉《红树白云山馆词》，民国二十三年（1934）刻本。

③ 同上。

会交通运输等事业呈现出突飞猛进式的大发展，新型的交通运输工具使国内与国外更为紧密地联系在一起，大大拓展了国人的社会活动空间，缩短了时间成本。就二维空间而言，通过公路、铁路、轮船等组成的交通网络，民国词人的足迹更便利地深入东洋、西洋各主要地方。王芃生《浣溪沙·由土京过巴尔干入苏联途中，乙亥季冬作》所谓“问伴才知经五国，计时犹未满三天”，极生动地说明了现代交通运输业给部分人带来的活动空间的拓展。就三维空间来说，借助于飞机、潜艇、索道缆车等交通工具，词人的域外活动空间也得到了相当程度的开拓，上可至高山之巅，如吕碧城乘缆车登上欧洲冰山时于所作《破阵乐》小序中直呼“东亚女子倚声为山灵寿者，予殆第一人乎”，更于《风入松》一词自注云：“科学家谓航空将来可抵月球”；下可至海中、地下，如廖恩焘《西河·游马丹萨钟乳石岩，次梦窗〈陪鹤林先生登袁园〉韵》一词序中云：“岩在古巴，距都城二百里，平地下百三十馀尺。道光末叶，吾国人垦地海岸，得隧道丛莽中，告居人，相率持火入。……相传岩由海底达美国边界，迄未能穷其究竟也。”[①] 借助现代交通工具，域外活动空间的全方位开拓大大拓展了词人的视野。曾身处异国的民国词人，不仅数量可观，非前代可比，更可以饱览域外自然、人文景观以及社会风俗等，现代域外词的蓬勃发展正得益于此。

民国词之于前代词作所呈现出的新变，远非上述诸点所能囊括，以上仅就其要者言之。此外，如女性词作也在这一时期呈现出明显的变化。女性的解放是当时社会风气转变的一大主题，女性逐渐走出闺阁，走进社会，参与到政治、文化、教育等社交活动中。与此相应，民国女性词作在很大程度上突破了传统闺阁的狭小格局，对于社会经济、文化、政治等表现出强烈的关注与干预诉求，虽然仍不乏传统闺阁生活的描写，但整体上呈现出更为深刻和广泛的社会内涵。上文所

① 廖恩焘《忏庵词》，民国二十年（1931）铅印本。

引吕碧城、罗庄、张昭汉的域外词、新思想词足见其气象，故此不再赘言。再如题赠词，在传统题画、题壁、卷前题词之外，又衍生出了众多新的形式，如题杂志词，如王芃生《莫哀歌草》之《西江月·题台湾青年杂志，癸未孟冬作》、楼巍《瑶瑟余音》有《满江红·代题国术馆汇刊》；题游记词，如李遂贤《望仙楼·题吕碧城女士〈欧美漫游录〉之重游瑞士记》；题学术著作词，如李国模《浣溪沙·题词学源流考》、马一浮《浪淘沙·为缪彦威题杜牧之年谱》；题照片词，如李遂贤《踏莎行》词小序自称曾为少年以来所照相片各题一词而结成巨帙《画影词心录》，高燮《浣溪沙·题西泠雅集照片》《减兰·题三潭泛舟照片》，楼巍《减字木兰花·题饮醴客小龙泓洞照相》，等等。

民国词呈现出的诸多新变，是近代社会转型在词坛上的映照。众所周知，清朝覆亡与民国诞生，并非一般的易代鼎革，而是伴随着深层次、全方位的社会大变革。从表演艺术、技术操演的更新到器物工具的创造，从人的衣着装扮、思想观念、社会习俗的变更到活动空间的开拓，民国社会各层面获得了一次全方位的刷新和洗礼。民国词人词坛，对于其背后从社会结构、政治体制、文化理念、生活方式以及器物工具等全方位的时代大变革，一方面不能没有一定程度的反映与表现，另一方面又不能不受其影响与冲击，或因其利，或受其弊，民国词的诸多变化皆是这一时代大变革在词体内容上最直接、最鲜明的映射。但这种变化主要是由外部力量所致，就词体内部规律而言，维持词体稳定仍是其主要内在需求和趋向，受制于“调有定格、字有定数、韵有定声”的形态规范和倚声、按谱、次韵的创作方式等诸多因素的影响，词体的稳定性非其他文体可比。这些新变是词体形式稳定状态下的词体内容上的变化，是词坛主体绝对稳定背景下的相对的有限变化。

四、关于本书的说明

本书为“现代（1912—1949）古体文学大系”之一种，主要展示民国旧体词的创作情况和作品风貌，时限控制在公元1912年至1949年。如上所述，这一历史时期较短，这时期的词人一般都横跨两个时代，甚至三个时代，严格意义上的民国词人几乎没有，因此如何从他们的作品中区分出民国时期的创作，其实颇为困难，尤其从晚清到民国初，作品的风貌非常相近。

尽管如此，本书在收录词作时，原则上以创作时间为准，有一些名家，由于其作品难以判定创作时间，一般采取比较谨慎的态度。如陈衍为晚清、民国时期重要文人，去世于1937年，在民国时期应该有词的创作，但现存《朱丝词》二卷，虽刻于民国七年（1918），所收词作却无证据表明创作于民国时期。在缺乏精深研究的情况下，宁愿不收。另有一些名家名作，如果作品创作在晚清时期，尽管脍炙人口，也一律不收，如朱彊村、况周颐等就有许多名作没有收入，只收他们词集中创作于民国的词作。还有一些名家，词集刊刻于晚清，进入民国后词作只零星发表于报刊，我们就设法从报刊上搜集、选录他们的作品。如郑文焯是“晚清四大家”之一，词名甚著，但其名作大多创作于晚清时期，民国词作不多，且散见各处，未能专门成集，因此本书所选，均是从民国报刊上搜集、辑录的。潘飞声的情况也类似，我们只收现代报刊中的一些词作。夏敬观也如此，其《吷庵词》均为晚清时期所作，民国的作品主要见于报刊，因此我们主要从《词学季刊》《同声》等报刊中选录其作品。

1949年以后刊刻或发表的民国词，虽然确实创作于民国时期，但我们无法确定是否在1949年以后经过修改，在我们看来，已经不是纯粹的民国词，一般不予收录。如吴庠是民国著名词家，所撰《寒竽阁词》主要收录民国词作，但由于是1957年的油印本，就不作为选源了，我们只从现代时期的午社社集和其他报刊中选录他的作品。另外还有一些刻印于20世纪50年代的油印本，因同样原因，均不采用。1949年以后正式出版的民国词集或单篇发表的民国词作，虽为名家名作，也作相同处理。

民国时期机器印刷普及，出版词集比较容易，加上当时报刊业发达，发表作品的园地多，许多民国词作往往经反复修改，每次发表时文字颇有不同，因此本书详细注明每首作品的版本出处，意在准确、真实地保存文献，也便于读者今后的查核。

与历代比，民国词人在守律上有两个极端：一是严格守律，不仅严平仄，而且守四声，几乎到了严苛的地步；另一种则是比较随意，许多地方不守律。就我们的工作而言，前者没有问题，后者则给选录工作带来一定麻烦。由于词人偶有不守律的情况，加上笔误或排印时的错误，不少词作与谱不合。对这种情况，我们原则上是照录原文。如张慎仪《梅子黄时雨·乱后怀友同江子愚作》："犹是清和天气，个侬休向闲中误。"按谱应该是77句式，此处少一字，照抄。李岳瑞《无闷》下片："问天际微波，玉人归未。"按谱应是44句式，此处多一字，照抄。许南英《摸鱼子·再入都有感》下片："长安索米三载，几易冬裘夏葛。"按谱应是76句式，此处少一字，照抄。许南英《东风齐著力·海防》上片："谁知戎马劳身。"按谱应为34句式，中间为"逗"，此处合为一句，少了一字，照抄。董受祺《燕山亭》结句："看渺渺风帆，梦中心际。"按谱应该34句式，中间用逗点开，而且《燕山亭》仅一体，董词明显有误，照抄。还有些词作，作者故意不守律，我们一般也作灵活处理。如魏元旷《摸鱼子·哀思》共115字，按谱或116字，或114字，或117字，并无此体。察全篇文意，不像是笔误或缺漏，应该是作者创作时随意作了句式调整，因此我们照录，同时在标点时按词意作了微调；其《洞庭春色·咏开盒笑》一词也有同样的问题。

但对一些可以确定为笔误或排印错误的，我们按文中的意思径改，只有极个别地方用脚注说明。如袁思古《忆秦娥》下片："轻舟不系仍漂泊。江天万里风尘恶。残宵梦里，钱塘潮落。"依谱，第二句后漏了叠"风尘恶"三字，故补上。崔瑛《满江红·三至南昌游百花洲有感》"册年佳景宁如故"，文下自注："予自壬申来游，庚子复匆匆一过，迄今壬子，已四十一年矣。"据此将"册"改为"卌"字。其他分片错误、句子错乱等，也按此原则处理。如徐珂《祭天神·题李云谷残研拓本》一首，当在“问而今剩水残山，谁是主”这句后分上下片，而刻本分在“且守阙，文章府”两句后。故依谱将“且守阙，文章府”两句放到下片。邵章《献金杯》下片第一第二句为：“惜花春晚，载酒人归”，依谱这两句为：仄仄平平（句），仄平平仄（韵），且此首押第七部仄声韵，两句在刊刻时被颠倒的可能性很大，故依律将句子作了调整，为：“载酒人归，惜花春晚。”另外还有一些词作有脱漏、讹误或调名搞错等情况，我们依据其他版本作了增补和订正，因考虑到是选本，一般不出校记。

本《词集》共收词人538家，词作4 590首，按作者年齿编排，生年无考的统一放在后面，再按作者姓氏音序排列。词家的生平综合参考了时下的一些工具书和其他学者的成果，难以一一注出，在此一并致谢。个别词人生卒年原无记载，经我们考证得出的，大多作了说明。至于收入词作数量，由于本书以存人存史，展示一个历史时期创作风貌为主要原则，在此基础上再兼顾作者的词学史作用和当时的实际名声，因此并不与词人地位完全相对称。这里还有一个因素，就是词人留存作品的实际数量，有的名家虽然很有地位，但民国时期的作品寥寥无几，就难以选入较多作品了。

本《词集》由朱惠国总负责，徐燕婷、耿志、戴伊璇、赵友永、石佳彦、张妤慧参与了大部分工作。另外，曲盛畅、朱磊、张明星、孙龠地同学参加了本书后期的校对工作。“附录民国散曲”部分由康石佳、王静博士独立完成。由于之前并没有一部专门、完备的民国词选本，本书所收词作，包括散曲，均直接从民国词集或民国报刊中辑出并加标点，工作量大，时间紧，错讹、失误在所难免，恳请海内外方家、读者不吝赐教。

2018年10月12日

总目录

第一卷

廖恩焘（24首）
王渭（18首）
杨锡章（2首）
周庆云（17首）
程颂万（10首）

第二卷

高德馨（6首）
沈宗畸（7首）
王守恂（13首）
杨锺羲（4首）
章钰（17首）
黄人（2首）
江笠夫（1首）
沈惟贤（5首）
汪曾武（22首）
徐钟恂（2首）
张克家（9首）
赵恒（3首）
董康（6首）
刘毓盘（6首）
唐咏裳（2首）
吴昌绶（10首）
吴放（7首）

徐大坤（3首）
张鸿（1首）
赵熙（10首）
郑元昭（5首）
周树年（6首）
陈昭常（1首）
邓邦述（20首）
金兆蕃（14首）
李权（9首）
李哲明（4首）
吴士鉴（1首）
杨寿枬（14首）
俞陛云（16首）
蔡宝善（15首）
桂赤（3首）
郭坚忍（9首）
洪汝闿（11首）
胡嗣瑗（8首）
梁文灿（7首）
刘富槐（4首）
吕凤（22首）
邵启贤（10首）
汪文溥（2首）
魏友枋（4首）
夏仁沂（16首）
徐珂（18首）

杨铁夫（11首）
陈步墀（8首）
储蕴华（8首）
龚元凯（19首）
祁景颐（2首）
吴曾源（9首）
陈懋鼎（1首）
陈洵（26首）
黎国廉（14首）
林鹍翔（19首）
三多（5首）
石凌汉（15首）
王瀣（3首）
张逸（5首）
陈训正（17首）
林葆恒（17首）
罗惇曧（6首）
邵章（21首）
沈昌眉（5首）
孙濬源（13首）
王永江（6首）
谢抡元（7首）
杨俊（7首）
姚亶素（9首）
张荣培（8首）
章华（4首）

第三卷

路朝銮（9首）
孙景贤（5首）
王锺麒（5首）
徐树铮（6首）
徐沅（15首）
叶玉森（15首）
袁思永（12首）
周演巽（5首）
李遂贤（4首）
刘冰研（23首）
吕志伊（2首）
孙肇圻（6首）
吴汉声（9首）
吴锡永（1首）
叶恭绰（21首）
张光厚（2首）
章士钊（11首）
郑泽（3首）
陈寅（8首）
傅熊湘（10首）
郭则沄（22首）
寿森（1首）
俞琪（4首）
袁思古（17首）
陈世宜（16首）
邓家彦（1首）
李维藩（3首）
李宣倜（16首）
卢敏（3首）
吕碧城（29首）
马桴（9首）
沈尹默（11首）
汤国梨（24首）
徐蕴华（19首）
余天遂（3首）
郑猷（13首）
周曾锦（8首）
邓万岁（2首）
何鲁（4首）
李国模（8首）
林修竹（6首）
庞树柏（5首）
王蕴章（13首）
魏在田（2首）
吴梅（23首）
张默君（20首）
寿鑈（8首）
辛际周（6首）
徐鋆（2首）
余其锵（2首）
俞玫（4首）
钟刚中（1首）
胡怀琛（6首）
黄侃（13首）
杨熙绩（2首）
刘景堂（6首）
刘永济（16首）
柳亚子（7首）

第四卷

邵瑞彭（23首）
汪国垣（8首）
汪浣沄（9首）
俞锷（9首）
曹咏絮（9首）
何遂（8首）
胡小石（10首）
周麟书（3首）
过耀桂（6首）
黄云程（1首）
王易（3首）
向迪琮（15首）
许豫（6首）
严既澄（5首）
袁克文（15首）
黄复（3首）

任援道（8首）
汪东（15首）
徐桢立（5首）
朱剑芒（6首）
费保彦（4首）
马汝邺（10首）
蔡桢（20首）
陈方恪（6首）
黄濬（4首）
徐光泰（19首）
陈祖壬（9首）
潘静淑（10首）
乔曾劬（25首）
姚鹓雏（5首）
李思纯（9首）
王蘅芳（1首）
王芃生（2首）
徐礼辅（7首）
严文黼（10首）
杨铨（5首）
姚天亶（11首）
叶麐（22首）
白采（4首）
范烟桥（15首）
胡先骕（3首）
刘麟生（15首）

王德愔（19首）
吴湖帆（9首）
杨无恙（1首）
叶圣陶（6首）
瞿源澂（1首）
郑午昌（4首）
陈闳慧（12首）
刘蘅（17首）
梅雨清（8首）
潘公展（14首）
王弼卿（8首）
冼玉清（1首）
郑逸梅（2首）
郑之骏（12首）
曾仲鸣（3首）
程龙骧（7首）
刘鹏年（6首）
罗庄（28首）
庞俊（2首）
彭醇士（3首）
溥儒（16首）
钱静观（2首）
王陆一（22首）
温倩华（10首）
杨济震（6首）
郁达夫（1首）

张墨林（4首）
陈希豪（2首）
顾随（24首）
何曦（20首）
黄海章（7首）
林庚白（4首）
屈向邦（1首）
孙景谢（16首）
王德钟（3首）
顾佛影（18首）
刘尧民（8首）
卢葆华（8首）
邵祖平（6首）
沈轶刘（2首）
田汉（9首）
温匋（11首）
张伯驹（20首）
赵尊岳（19首）
李冰若（6首）
陆维钊（1首）
谢觐虞（11首）
许宝驹（11首）
包树棠（15首）
陈寂（18首）
黄孝纾（18首）
刘衡如（10首）

缪金源（2首）
夏承焘（28首）
姚楚英（7首）
俞平伯（13首）
张汝钊（18首）
郑水心（2首）
曾今可（2首）
胡士莹（13首）

第五卷

石志泉（3首）
刘得天（8首）
秦之济（5首）
唐圭璋（32首）
唐兰（13首）
滕固（1首）
薛念娟（11首）
查猛济（2首）
陈翠娜（27首）
丁宁（21首）
顾毓琇（8首）
黄孝平（10首）
刘东父（1首）
刘祖霞（1首）

龙榆生（34首）
施秉庄（15首）
苏步青（5首）
玉并（7首）
詹安泰（24首）
叶可羲（19首）
陈家庆（25首）
陈乃文（17首）
缪钺（12首）
浦江清（1首）
吴其昌（9首）
陈运彰（26首）
黄孝绰（4首）
卢前（12首）
马念祖（2首）
赵万里（6首）
钱小山（6首）
王季思（4首）
吴白匋（25首）
陈复（1首）
胡邵（9首）
李学鑫（5首）
吕传元（25首）
王兰馨（18首）
王沂暖（12首）
杨胜葆（2首）

袁荣法（11首）
高文（16首）
何适（8首）
雷崧生（2首）
柳肇嘉（3首）
钱仲联（5首）
朱衣（5首）
胡坤达（2首）
花景福（3首）
罗时旸（6首）
沈祖棻（30首）
万云骏（24首）
谢稚柳（1首）
章柱（14首）
何嘉（16首）
孔宪铨（2首）
冼得霖（2首）
翟兆复（2首）
朱生豪（3首）
裘岳（1首）
许伯建（1首）
黄清士（11首）
吕小薇（4首）
蒋礼鸿（10首）
郑德涵（1首）
钟树梁（3首）

第六卷

王真（15首）
奚囊（1首）
夏纬明（4首）
冼景熙（3首）
徐锡昌（5首）
许锺璐（11首）
杨秀先（10首）
杨易霖（4首）
杨庄（2首）
姚倩（4首）
叶成绮（3首）
俞令默（2首）
恽毓珂（1首）
翟駥（6首）
翟贞元（6首）
张锦（6首）
张敬熙（7首）
张启汉（3首）
张荃（1首）
张苏铮（16首）
张祖铭（10首）
章璠(1首）
赵汝绩（7首）
郑锷（3首）
郑秋铎（1首）
周登皞（7首）
周伟（7首）
周学渊（6首）
朱守一（4首）
朱应徵（2首）

附录：

现代（1912—1949）散曲选

刘清韵（套数3首）
邓嘉缜（小令1首）
胡薇元（套数2首）
汪凤藻（套数1首）
顾家相（套数3首）
吴承煊（小令9首，套数6首）
易顺鼎（小令1首）
高凤池（小令1首）
谈善吾（小令6首）
孙礽（套数1首）
周岸登（套数2首）
定红轩（套数1首）
冒广生（小令2首，套数1首）
姚华（小令1首）
倪承灿（套数1首）
于右任（小令44首）
朱恕（套数1首）
胡朴安（小令1首，套数3首）
陈栩（套数19首）
吕志伊（小令5首）
刘冰研（小令6首）
吴蕊先（小令1首，套数1首）
华谌（小令2首）
邵力子（小令1首）
许崇灏（小令13首）
沈尹默（小令15首）
吴梅（小令32首，套数9首）
姚奠邦（套数4首）
郑万祯（小令1首）
邹国彬（小令3首）
强光治（套数2首）
张一堃（小令1首，套数1首）
寄恨（小令19首）
汪东（小令3首）
陈树棠（小令2首）
顾名（套数3首）
晏岘孙（套数1首）
张墨林（套数3首）

程龙骧（小令 1 首）
任讷（套数 1 首）
张镜明（小令 1 首）
顾宪融（小令 1 首，套数 3 首）
王玉章（套数 1 首）
宗之潢（小令 18 首）
李锡禔（套数 1 首）
李翘（小令 5 首）
胡山源（套数 1 首）
易君左（小令 3 首）
孙为霆（套数 1 首）
唐圭璋（小令 7 首）
陈翠娜（套数 8 首）
卢前（小令 127 首，套数 7 首）
陈次蝶（套数 1 首）
庄一拂（小令 1 首）
陈志宪（套数 4 首）
戴祥骥（小令 4 首）
桑继芬（小令 1 首）
金长瑛（小令 12 首）
翁衍桢（小令 1 首）
马图钧（套数 1 首）
徐世璜（小令 1 首）
谢兰英（小令 1 首）
谭觉园（小令 2 首）
望月（小令 1 首）
章桢（小令 1 首，套数 1 首）
范雪筠（小令 1 首）
吴心恒（小令 1 首）
张乃香（小令 2 首）
郭竹书（套数 2 首）
寒竽老人（套数 1 首）
周法高（小令 2 首，套数 1 首）
霍松林（套数 1 首）
叶嘉莹（套数 1 首）

本卷目录

吴重憙（6首）

吴重憙（1838—1918），字仲饴，号蓼舸、石莲、石莲老人，著名金石学家吴式芬次子，山东海丰县（今无棣县）人。清同治元年（1862）举人，授工部郎中。历任河南陈州知府、开封知府、福建按察使、江宁布政使、河南巡抚等。辛亥革命后，解任归寓津门，闭门谢客，专事著述。有《石莲闇诗文集》《石莲闇词集》及奏议若干卷。

《石莲闇词集》刊于民国四年（1915），有李葆恂序、章钰《水龙吟》题词和吴昌绶的跋。词集收词五十余首，大致按时间顺序排列。吴昌绶以为："先生矜慎别择，勇去少作，所存慬百一。"（《石莲闇词集跋》）李葆恂论其词，以为"激楚语必出之以和雅，衰飒语必出之以沉雄""迥非寒瘦词人所能跂及"（《石莲闇词集序》），给予较高评价。

无 闷

咏万红友凤砚

砚为大西洞石，琢制静雅，凤咮衔砚池，翼尾覆砚背，右畔题款曰：“来从丹穴，圣世之祥。五彩咸备，丕焕文章。康熙丁卯上元万树红友。”又曰：“文跃如凤，天门之豇。红友砚，竹君用。乾隆丙子七月七日铭。”统五十一字。制者为词伯，用者为经师，致足珍矣。凫老于光绪甲午得于京师，拓墨以赠，且征题词。时维癸丑腊月，樊山正以《无闷》调作“催雪”词，用尧章韵，谓此词《白雪歌》曲中不载。推红友网罗之功，故即用此调，以题红友之砚。

人住红螺，村到海王，购得凤纹宝砚。是红友当年，填词染翰。重付竹君学士，与词伯经师周旋惯。康熙丁卯，乾隆丙子，双铭同椠。　　赞叹。文窗玩。似心太平庵，端溪一片。才谱罢苏辛，又笺两汉。我冀附庸风雅，愿下拜、南丰心香瓣。恨在手无玉鸦叉，寸铁不持白战。

摸鱼儿

李猬厓用稼轩词意写《斜阳烟柳填词图》，君有慕辛稼轩之为人，印其向往深矣。因用原韵以题其图。

果孰知、幼安怀抱，算君领略非少。兰成词赋石麟笔，图画当为写照。天亦老。莫莽说、天涯何处无芳草。楼当古道。对河冷霜凄，西风残照，但见丝丝袅。　　荒凉景，仿佛西溪东泖。同是归飞倦鸟。吾狂恨古无人见，且倚危栏醉倒。人已渺。今犹念、小山亭上残春好。风花易了。何当日寿皇，目为怨语，恨付碧天杪。

水调歌头

欧阳润生八十寿，用稼轩《庆韩南涧尚书》韵。

送别滕王阁，忽已七年秋。许我东绢一匹，放笔托韦侯。那意烽烟澒洞，竟尔沧桑换世，顿冷昔时游。鲁殿灵光在，椿寿说庄周。　　祝君去，湖波软，橹枝柔。可奈鸥浮蜗寄，海上暗淹留。此颂卢钧八秩，再颂潞公九秩，笑傲稳南楼。兕觥遥共晋，社酒满金瓯。

桂枝香

病榻僵卧，偶一寄声，缅忆两宋词人，莫能追步，制为此调，用质凫翁。

清歌对酒。问两宋词人，最谁低首。风骚宗主，第一是清真不朽。梅溪骖靳群空矣，比李杜、白云石帚。东坡赤壁，稼轩北固，唾壶碎否。　　有井处、皆能歌柳。知三变耆卿，辞原齑臼。漱玉无多，巾帼谁堪敌手。梦窗后盾群推许，最堪伤、秦七黄九。宜州城上，藤州亭下，垂名永久。鲁直至宜州，无驿亭，僦止一僧舍为寓，而适为崇宁万寿观，法所不许，乃居一城楼上，未几而卒。少游南迁，久之北归，逗遛于藤州光华亭，方醉起，以玉盂汲水，笑视而死。

氐州第一

题张文襄龙树院召客七札册

同治辛未，张文襄与潘文勤师在龙树院觞客，是存文襄七札。光绪庚寅，文勤以振务积劳薨于位，眷聚南归，缣素散佚，七札为江阴夏闰枝太史所收。其图已亡，乃倩姜颖生补绘装册。会中选客三十余人，极经商榷，余亦厕名其间，适因病未能与会，距今四十四年矣。甲寅秋，章式之译部出册属题，展对之馀，如侍函丈。即昔在宣南与张文襄、王文敏、张松坪太守评汉碑、勘宋椠事，亦如过眼烟云。光绪戊申又与张文襄、鹿文端、陆凤石相国，张振卿总宪，丁逊卿制军在淀园作六老之会者，亦已十年，而半就凋谢。当年与龙树院之会者仅存壬秋、惺吾暨余三人而已。感逝水之流年，怅胜游之不再，因题此阕，怅触良深矣。

万柳堂空，寺余夕照，益都胜迹难掩。提倡诗骚，主持风雅，滂喜抱冰领管。招邀古寺，交舞处、槐龙翠满。楼好翰山，篴偏近水，群仙萧散。　　于今蔓草颓垣晚。那复见、旧时池馆。更马郑应刘，苏辛欧赵，同付云烟。眼望前尘尘已渺，莫论头长簿短。病榻维摩，伴伊谁、炉香茗碗。此词成后，惺吾又作古人。

百字令

无才经世，甘蒿莱埋没，漫嗟髀肉。森木鸣蝉方竞响，蛰羽自潜幽独。岁月蜉蝣，浮华蠛蠓，难待黄粱熟。人情勘透，无须遥集悲哭。　　向时万紫千红，玉仙洪福，锦簇花团局。几度秋风秋雨后，剩此霜松雪竹。蟪蛄朝菌，荣枯一瞬，惹得愁千斛。勿来饶舌，蒲团一睡应足。

（以上选自《石莲闇词集》民国四年刊本）

冯煦（21首）

冯煦（1844—1927），字梦华，号蒿庵，晚号蒿叟、蒿隐，江苏金坛（今属常州）人。光绪十二年（1886）进士，授翰林院编修。历官安徽凤阳府知府、四川按察使、安徽巡抚等。清亡后寓居上海，以遗民自居。冯煦早年曾自编《蒿庵词》（一名《蒙香室词》），友人成肇麐为序，时署光绪壬辰（1892），后由陈乃乾编入《清名家词》。《蒿庵词剩》为冯氏暮年所编，收词四十余首，大抵为民国后词，且多与朱祖谋唱和之作，主要抒发其遗民心态。朱祖谋以为其词："往往托之谣咏，以遣其无涯之悲。"（《蒿庵词剩序》）

虞美人

和沤尹石湖秋泛均。日月不居，春韶又届，黯然谱此，于邑弥襟。

闹红一舸摇残梦。眇眇予愁动。与君同是避秦人。只恐桃花如雪易迷津。　　云旗昼下纷难理。赢得啼鹃泪。玉楼天半又东风。可奈伶俜乳燕旧巢空。

虞美人

戊辰孟陬，与井南同客京口，从梅始花，临赏甚适。今忽忽四十有六年矣。井南既久为陈人，予亦颓然七十。乡树早春，欲归不得，再叠前均，以写离忧。

梅阴一霎罗浮梦。梦断乡愁动。倚阑吹笛更何人。只有哀鸿恻恻下西津。　　卌年离绪休重理。几溅伤春泪。鬓丝禅榻落花风。知否樊川老去万缘空。

齐天乐

题戴美门尚书《春帆入蜀图》

蜀山万点青无际。斜帆梦中曾倚。蛮徼弓衣，渝州鼓角，赢得一襟诗思。乾坤竟毁。算倦鹤归来，孤城犹是。楚魄难招，荒波瑟瑟漾空翠。　　夔门昔题残字。甚锦江重到，身似秋蒂。南碛沙颓，西窗雨暗，为问人间何世。感时溅泪。恁杜宇啼春，谁哀古帝。莫更披图，沧桑今又几。

齐天乐

题《汉江秋望图》

楚山明灭摇空翠。茫茫百端相对。远树如烟，晴川似练，依约乾坤清气。江城画里。只万劫虫沙，尚栖残垒。应有词仙，霜前独自策征骑。　　斜阳正衔莫紫。峭帆移极浦，人去千里。羌笛休吹，胡床自据，赢得一襟羁思。南楼更倚。问黄鹤归来，而今何世。酒袚花销，漫教知许事。

烛影摇红

春　感

何事东风，一池吹绉伤心碧。堂前燕子久无家，还觑雕梁入。酒袚清愁未得。倚黄垆、凄闻邻笛。陈欢难再，折柳新亭，翦梅征驿。　　望断神山，琼楼眇眇烟如织。乱莺犹傍杂花飞，忍问春消息。重过五侯第宅。枕青芜、铜驼应识。兴亡莫话，旧凭西阑，斜阳无迹。

高阳台

西楼暝坐，羁绪无端，沤尹词来，重增于邑，次均答之。

款燕梁空，祈蚕市远，无端荞麦青青。满目河山，几人泪溅新亭。鹧鸪啼后西楼暝，是阻风、中酒心情。只输它，珠箔飘灯，银甲弹筝。　　与君散发沧江曲，奈归帆又殢，草长波生。瘦沈愁潘，而今一例凋零。欺花困柳春无主，况镜中、眉样难明。怕东园，冶翠倡红，还弄阴晴。

高阳台

乙卯清明，张园坐雨，阒其无人，孤抱凄黯，仍倚沤尹均写之。

扑蝶风柔，听鹂雨峭，西园倦柳梳青。翠匐钿车，前游恰似江亭。小阑干外棠梨谢，蘸春波、一碧无情。算年时，谢傅沾襟，不为闻筝。　　断无人处新烟换，怅双鸳不到，幽砌苔生。旧曲潇潇，吴船同诉漂零。花消酒祓伤心地，问争禁、四度清明。待朝来，阮屐重携，陌上初晴。

霜花腴

题古微前辈《彊村校词图》，即用其乙卯哈园九日均。

峭寒虚阁，有蜕翁，霜前重诉凋零。竹所微吟，藜床独据，争知尘外阴晴。旧狂步兵。算几经、笳戍旗亭。况而今、灵琐无归，胸中五岳郁难平。　　长此困花殢酒，甚身如秋燕，一样伶俜。祖柳锄黄，模姜范史，消磨桑海余生。曲阑自凭。问九天、畴撰余情。且相逢，月底修箫，野鸥来莅盟。

高阳台

南园偶涉，霜序以凄，俯仰百端，怆然成弄，兼柬东寅、梅访。

纵棹园荒，敲棋墅冷，来寻客燕新巢。曲径修廊，无边落木萧萧。藜床皂帽容栖遁，算争禁、湘上惊涛。剩翛然，物外闲身，且狎渔樵。　　舸棱残梦今衰歇，问玉堂甚处，车偈风飘。丛桂霜初，淮南旧隐重招。支离尚有辽东鹤，俯高城、共话前朝。更何堪，谷衍陵夷，话也魂销。

高阳台

戊午六月二十二日，均轩舣小舟招同谷村，绍伊、欣木、忆劬、镜川、庶侯、翊清并挈慕孙至莲花社观荷。往在辇下，雅复似之。赋此示同游诸子。

高柳吹凉，丛芦沁碧，扁舟共溯南湖。十载前尘，故人强半黄垆。荷衣芰制灵均服，未西风、先已凋疏。剩梧阴，咽露哀蝉，尚识荣枯。　　吴宫幽憩浑如梦，问液池清晓，仙佩来无。断梗栖烟，前身曾到蓬壶。亭亭青盖应无恙，算输他、冷鹭闲凫。更何堪，倦羽重经，酹酒平芜。

高阳台

己未秋中，重到南湖，虚馆凄寂，冷月窥人，追悼恪士并怀仁先蓟北，用沤尹戊午初秋过仁先湖舍均。

倦柳栖烟，枯荷战雨，瘍来陵谷空存。却凭西阑，野鸥应识前身。槐柯短梦方争哄，据藜床、欲断声闻。戒香熏，玉宇秋冥，仙舄无痕。　　觚厂羽化清言绝，剩微波一碧，犹自涵春。旧径苔封，可堪无酒无人。乘鹥何处留灵琐，角婵嫒、休叩天均。更思君，冷月虚堂，独抚松根。

紫萸香慢

戊午九日，沤尹前辈同病山、愔仲、仁先焦山登高，赋此记之。怅触予怀，亦成此解。

甚茫茫、江山如此，登临共续前游。问奔涛千尺，可流尽、古今愁。漫抚焦仙残碣，只亭传三诏，倦鹤应羞。向霜天、起舞万象本云浮。且与狎、海边野鸥。　　淹留。莫豁尘眸。从菊泪、浊醪篘。况青袍草暗，黄垆笛冷，顾影无俦。甚时倚阑重睇，陆沉到、旧神州。忆携筇、凤城南去，苇花吹雪，残照尚挂层楼。孤雁送秋。

紫萸香慢

题止晴《雪桥诗话图》

怅霜前、荒江羁泊，相逢莫话萍因。记眠琴池馆，尽容尔、梦中身。倦鹤休归华表，怕百年乔木，半已摧薪。只苔生、幽砌点屐更何人。况望断、属车后尘。　　逡巡。又感萧辰。桑海世、葛怀民。甚玉堂天远，月泉社冷，俯仰皆陈。掉头更随烟雾，有诗卷、送朝昏。算丛残、正横禅榻，祖邠锄郑，招取万古骚魂。孤抱自申。

紫萸香慢

戊午孟冬二十五日，同绍伊过淞西二园，景物凄寂，游屐罕至，慨然有作。

悄无人、闲循幽砌，荒苔一碧愔愔。算人间何世，又摇落、到而今。几度风漂车揭，剩数丛衰菊，一抹凋林。语尧年、残雪不见古胎禽。且独自、据梧涧阴。　　霜侵。池馆萧森。皋羽研、水云琴。奈商山芝蚀，淮南桂杳，旧隐难寻。有人欲招灵琐，与同证、楚骚心。莽神州、侧身无所，倚天长剑，清夜尚作龙吟。谁使陆沉。

紫萸香慢

南楼坐雨，百感横集，赋此写之。

掩曾楼、荒鸡凄断，争禁雨晦风潇。有牢愁千斛，且分付、去来潮。几许玄黄龙战，奈残棋未了，柯烂孤樵。问东华、冠盖忆否紫宸朝。只剩我、别魂黯销。　　无憀。块垒难浇。残烛暗、涩钟遥。算荆门旅泊，巴山夜话，一样漂摇。甚时画船重听，但赢得、鬓萧萧。又淮南、唳鸿声咽，殢香丛桂，霜际晚翠先凋。还赋大招。得隽山安庆讣。

探春慢

己未生日，秦邮道中作，用白石均。

秃树初荑，晴湖乍坼，残鸦犹恋荒野。茸帽欺寒，渔罾弄暝，记否江干车马。庚戌初度，野宿浦子口。今又逢初度，剩幽绪、一襟难写。故人卅载依依，谓绍伊。倚舷聊共清话。　　长恨云昏石老，嗟海表鹤归，霜鬓盈把。枫塞魂孤，竹林尘暗，忍忆旧时游冶。楚些休重赋，只点雪、双鸿翩下。问讯西窗，疏梅应破遥夜。

百字令

题吴玉书《黄叶村图》

清湘一曲，有石田茅屋，幽人栖泊。秋树萧疏涵岳色，认取松阴篱落。旧隐江东，菰芦卷雪，负了霜前约。故园何许，夜深应反辽鹤。　　萧索蛮触嚣争，云荒石老，烟景都非昨。差幸泉明三径在，物外能专一壑。我亦怀沙，九歌曾奏，孤抱灵均托。甚时重到，冷吟还倚虚阁。

临江仙（二首）

次沤尹均

一自乌衣门巷改，重来客燕无家。旧时帘幕望中赊。惯眠前殿柳，还唱后庭花。　　转绿回黄都不是，风前作去尽夭斜。坠鞭犹记曲江涯。早知人面幻，况隔数重纱。

偷活草间颓息甚，十年畔尽牢愁。乘风何处觅琼楼。只期来日短，端合此生休。　　蚁穴喧豗缘底事，陆沉又到神州。翻云覆雨几时收。畸人咨栗里，新鬼哄蒿丘。

摸鱼子

龙华看桃花归，北眺有感，依沤尹均写之。

渺难寻、武陵旧隐，杖藜来逐征骑。吴淞一翦明于縠，还割余霞成绮。过竹里。正万点愁红，摇曳风烟里。将沉复去起。算既惜余芳，又吹暗雨，翻覆总非计。　　辽西梦，细柳也如儿戏。冶春今更何世。游蜂浪蝶浑无赖，作去弄虫天兴废。繁曲倚。便露井重开，不是东皇意。陈欢杳矣。问崔护门前，冷吟闲醉，谁揾蜀鹃泪。

满庭芳

题刘葱石《枕雷图》，用古微前辈均。

蜀道鹃啼，唐宫鹤化，漂零旧日歌场。双檀无恙，几见海生桑。漫把冰弦更拨，寒雅色、犹恋昭阳。空凝伫，建中遗事，无分听霓裳。　　刘郎能顾误，东塘去后，换羽移商。恁倦枕，摩挲雨暗虚堂。忍问盈盈尘劫，回肠荡、凝碧披香。江春暮，龟年重见，法曲并沦亡。

（以上选自《蒿庵词剩》民国十三年刻本）

邓嘉缜（18首）

邓嘉缜（1845—1915），字季垂，原名嘉统，号文密，室名晴花暖玉馆，江苏江宁（今南京）人。晚清重臣邓廷桢之孙，民国词人、藏书家邓邦述之父。同治九年（1870）优贡，用知县。光绪元年（1875）举人。曾在贵州、台湾、湖北等地任职。光绪三十一年（1905），简授徽州府知府，改知锦州府，调奉天（今辽宁沈阳）。东三省改定官制，署奉天巡警道。未几裁缺，遂引疾自免。后寄居北京、天津等地。

邓氏“四十以后之官黔中，始为小词。在官二十五年，所历五行省，虽久速简剧不一，然治事有暇，不废倚声”（邓邦述《晴花暖玉词跋》）。退居京津后，“益依度曲自遣。七年之中，积稿盈寸。比诸在官，正复相埒”（同上）。有《晴花暖玉词》二卷，收词一百九十五首，词作大致按时间先后排列，以在官时所作为上卷，去官后所作为下卷。有其子邓邦述己未年（1919）所作的跋。

南歌子（四首）

壬子怊怅词

粉塔层层见，朱阑曲曲通。尽教花似往年红。不信无人惆怅话东风。

道是催花雨，真成划地风。慢言骇绿与惊红。多少楼台烟雨入溟濛。

烛影移云髻，花香入雾鬟。早知乐意暗相关。应悔床前推倒锦屏山。

叶绿红逾艳，花红绿更宜。花花叶叶各成枝。记否根生芽发未春时。

金缕曲

新　秋

爽翠延凄绿。料伊人、搴兰撷杜，依前心目。密款中情荃余察，换了金天西陆。让一笴、流光驰逐。烟柳参差斜阳外，问几时、重倚阑干曲。情似梦，梦难熟。　　年来羞近弹棋局。肯凭他、纵横几道，恣情翻覆。手弄团团轻罗扇，珍重乘鸾画幅。便瞥见、流萤休扑。丛桂留人淮南咏，酿水香、秋色真堪掬。云际雁，更流瞩。

风流子

碧城来往路，崔嵬影、云际指红阑。记露冕霞轩，迎来香吏，霓旌羽节，拥出仙官。凭谁料、白鹦闲绣槛，青鸟话桑田。曲罢修蛾，冷银卸月，舞余倦蝶，暖玉生烟。　　当年销魂处，思量久、幽素欲语都难。道是琼箫有约，锦瑟无端。尽天上容成，沉酣黄老，人间崔护，惆怅红嫣。一例云翻雨覆，谁补情天。

清平乐

癸丑元日

南荣晴昼。暖意将春透。蓓蕾枝头红吐秀。过了严寒时候。阶前树有英姿。老怀何虑何思。除却娱情风景，看书习字填词。

浣溪沙（三首）

镇日珠帘一桁垂。嗔人燕子语多时。向来春日只迟迟。　　扑蝶爱寻经过路，摘花拼赌最高枝。任他春水皱春池。

玉貌花容莫更论。一般时态喜温存。浅颦轻笑始销魂。　　悔拒画工行远塞，愿酬词客赋长门。更谁十万聘天孙。

转绿回黄路又歧。看朱成碧枉相思。鸳鸯烟水对迷离。　　锦幛春风常避面，袜罗秋水却通辞。一般心事两参差。

金缕曲

秋　柳

羌笛传凄韵。盼征骓、玉门秋色，西风渐紧。记否画楼人扫黛，尽力替催芳讯。争一霎、翠眉轻褪。激笴流光谁与约，报霜天、更比飞鸿准。金井畔，桐阴陨。　　未央图画留金粉。尽缠绵、露晨烟夕，莺耽燕趁。风采灵和曾领略，欲挽长条相问。问近日、比人谁俊。笼马章台青常在，糁飞花、甘逐香尘溷。斜照里，余烟晕。

绿　意

杨　花

凭谁解说。伴冶春到处，春更妍热。夕照阑干，寄语东风，帘栊底倩轻揭。青萍归路留芳沼，有十里、芙蕖清绝。只惺忪、鹈鴂声中，扑帐春云如雪。　　不惜高低起逐，笑情致缱绻，痴竟成黠。巷陌楼台，树且依依，那更为人惜别。迷离飞作天涯影，浑不辨、玉珂金埒。漫怜伊、飘泊难持，料也中心如结。

清平乐

甲寅元日

日华初放。梅占南枝暖。二十四番芳讯转。递入朱弦翠管。　　绿稠莺弄珠吭。红酣蝶舞霞裳。领取眼前春意，千金一笴流光。

永遇乐

寒梅欲放，用梦窗韵。

云幄围春，胆瓶欹玉，寒逗芳序。破蕾舒红，虬姿转媚，疑对幽椇语。何郎衰老，逋仙疏放，旧曲怕翻金缕。孤标映、帘栊似水，半拆画檐清露。　　江南过客，携来乡讯，漫说玉人归误。晴雪黏尘，横枝弄影，驴背寻诗路。经年惜别，鸥盟重订，肯放绮窗闲度。行吟罢、逡巡自赏，暗香起处。

齐天乐

尘清夜月寻常见，无端竟成欣赏。触目神移，生心妙契，顿觉一时无两。来宵事往。便锦灿香浓，烟轻雪淡。取次低徊，乐耽当境莫轻放。　　楼头秋色渐老，明蟾云际吐，灏气添爽。花影栖阑，蛩声入户，到眼分明前样。欢肠掉鞅。觉跌宕淋漓，非因非想。一笑无言，玉壶容俯仰。

秋思耗

秋草，同述儿作。

远道绵凄碧。映柳堤、疏淡香沁痕窄。翠缕蓝纹，暗侵裙屟，前度晴陌。蓦秋入清商、淡霜新弄井甸色。料玉关、长路客。梦绿上阑干，青萦帘际。无复落花黏处，那人相忆。　　疏密。平芜寂寂。甚夕阳、也判今昔。马嘶残照，蛩吟荒砌，冷烟浅幂。问望眼、王孙未归，何处寻往迹。恁漭人、风露夕。且树蕙滋兰，披靡纤影漫惜。好待迟迟春日。

古香慢

墨螭蟠竹，紫蠹搜芸，于此朝夕。迅羽双丸，过眼莫追往昔。尘海寄浮沤，果何处、能安半席。算酸咸世味几许，回甘且恋鸡跖。　　更莫问、燕云踪迹。收拾凭谁，闲弄残奕。柳靓花妍，一霎珠尘狼藉。帝醉宴钧天，怕啼尽、春鹃血碧。访桃源，且除向、书城潜蛰。

淡黄柳

秋痕几许，垂柳含凄绿。雁影蛩声相递续。打叠吟情入画，时见疏红下林木。　　野人屋。阶泉响琴筑。闲携杖、试遥瞩。讶长空、无迹成萧索。流转风光，飙如一笴，会已春藏黍谷。

（以上选自《晴花暖玉词》民国八年《双砚斋丛书》本）

樊增祥（22首）

樊增祥（1846—1931），原名樊嘉，又名樊增，字嘉父，一作嘉甫，别字樊山，号云门，晚号天琴老人，湖北恩施人。光绪三年（1877）进士，改庶吉士。散馆后，历陕西宜川、渭南等县知县，累官至陕西布政使、甘肃布政使、江宁布政使，署理两江总督；北京国民政府参政院参政等。曾师事张之洞、李慈铭。工于诗，好为艳体，其前后《彩云曲》咏赛金花事最为有名。民国后寓居北平。死后遗诗多至三万余首，是我国近代不可多得的高产诗人。有诗集《云门初集》《北游集》《东归集》《涉江集》《关中集》等数十种，后皆收入《樊山全集》。

樊增祥词作数量较大，有《双红豆馆词赓》《五十麝斋词赓》等词集。但这些词主要创作于晚清时期。民国后词作主要收入《樊山集外》和《樊山诗词文稿》中，两书分别于1914年、1926年由上海广益书局出版。

大　酺

壬子清明，和美成《春雨》韵。

又石泉新，槐芽嫩，人在西溪萝屋。晶帘深窣地，奈东风吹柳，玉犀频触。社燕初飞，河豚欲上，新笋看看成竹。垆头轻烟换，正寥公梦醒，老坡茶熟。算只为梨花，一生惆怅，傍栏人独。　　春江花信速。是多少、蜂蝶随香彀。任看取、金钗斗草，素袖搴兰，隔瑶窗、翠纱方目。处处闻歌管，浑不似、羽衣仙曲。待寻梦、华胥国。欹枕无寐，灯采双垂红菽。更谁汉宫散烛。

莺啼序

壬子上巳后一日谷雨，同石甫、午诒、笏卿过徐园看牡丹。是日，园中有文明结婚者，比至，则礼成归去矣。

匆匆禊兰过了，恼天涯倦旅。碧桃谢、千点残霞，半逐溪水东去。小莺唤、双柑荐酒，嫣红近在热明路。甚濛濛、微雨笼晴，旧曾游处。　　白帢乌巾，杏子树底，踏香尘缓步。指林杪、金粉楼台，玳梁双燕曾住。款松关、飞英散雪，度花径、横藤垂露。任西亭、轻送斜阳，不愁来暮。　　今朝谷雨，几信花风，牡丹已半吐。念世上、岂无金屋，但少佳人，纵有名花，亦须贤主。鞓红国色，姚黄天宠，相逢俱是春申客，算江南、朱紫纷无数。临流据石，湘帘过尽茶烟，柘屐浅印香土。　　传闻绮阁，借与双鸳，任暗翻旧谱。更说甚、鄣羞纱扇，掩泪红巾，一握柔荑，早通心素。金垆尚西，氍毹犹暖，文鸾飞去。箫声歇，漫徘徊、九蕊珍珠树。

闲循芳草归来，陌上花钿，有人拾否。

浪淘沙慢

春暮。次山、古微同倚此调，用清真韵报之。

怕春去，春城画里，大好楼堞。花有轻红一捻。歌偷子野半阕。又看到梅林青子结。一枝为、煮酒新折。数世上英雄定谁可，曹刘未应绝。　　亲切。荡胸绿作去海空阔。试唤起飞花和烟絮，莫遣横玉咽。看万柳摇春，何暇伤别。艳歌未竭。将翠笺描写，江南三月。

春水如油春山叠。津桥畔、杜鹃乍歇。笑青帝、司花仙吏缺。万红紫、难著白衣，一点色，天留满架酴醾雪。

清波引

每日平明，娇鸟哢晴，千啁百啭，绿烟始泮，天宇空濛，正于此时得乾坤清气，特尘梦中人不知耳。余自居海滨，夜常不寐，目娱鼋景，耳熟好音，在官时无此乐也。赋此质乙庵、汐庵、古微。

玉窗清晓。但一望、绿烟缥缈。画廊人悄。竹阴哢娇鸟。佳客渺何许，别有枝头朋好。几多杨柳楼台，翠帷掩、漫惊觉。　　高楼倚啸。甚花露、犹湿皂帽。豆棚莲沼。得清气多少。功名两蜗角，未损餐霞怀抱。自坐花下梳头，镜中人老。

斗婵娟

秋　怀

雁来红靓。牵牛紫、花间凉雨犹沁。晚晴茉莉半开时，爱小莲丰韵。柳外月、徘徊弄影。真珠帘底檀蛾晕。绮思浓于酒，又恰被青禽唤醒。捎到芳讯。　　书字强说平安，风城秋夜，半衾幽梦无准。素娥青女斗婵娟，怎奈铢衣冷。更露鹊、栖枝未稳。晶盘那得明珠定。想夜夜瑶宫里，愁倚银屏，泪珠滴粉。

水龙吟

中秋得石甫京邸书，对月有怀代琴夫人，倚声寄之。

一行玉雁横秋，替传千里婵娟意。凭高北望，风荷露柳，万重烟水。玉镜高圆，金鞭未整，为谁留滞。又晚妆拜月，飘飘仙袂，人正在、秋光里。　　今夕茜窗无睡。数佳期、负他红桂。神仙风度，瑶天笙鹤，是君前世。怎不归来，素蟾并照，红鸾双倚。待归来、先指芙蓉，教看恁般憔悴。

青门饮

朱郎素云，工书善歌，余甲申出都，犹未露头角也。及庚子在京，偶与歌筵，旧人都尽。子封曰："盍召素云，此越缦老人所眷也。"余一再招之，西巡后不复见矣。今者海上舞台招邀，南下到沪之日，彊村亦至自苏台，突未得黔，身先访素。赋此调之，并寄朱郎。

呼酒金台，少年轻侠，青尊画烛，同听筝雁。十七年来，锦镳重入，天宝旧人星散。旖旎云霞契，香名在、谪仙诗卷。悉师初眷霞芬，继招素云，并见日记。不见中郎，得见何戡，芳绪无限。　　从此沧桑三变。将未老苏昆，迎归吴苑。红杏词人，一作"词客红梨"。妙伶紫稼，天遣下车相见。翠被今宵梦，莫误将、素娘低唤。彩云新曲，可能簪写，轻罗团扇。

沁园春（二首）

蚕

箫鼓祈神，姑妇争迎，马头令娘。看南房夜火，黄芦织箔，东墙晓露，素手提筐。任是苏杭，三眠八绩，未抵湖州绿叶香。西陵后，痛桥陵已矣，何处亲桑。　　人间不废玄黄。料难掩、朱丝白缀光。把万端经纬，向人倾吐，双生羽翼，任尔飞扬。诸葛忠清，有桑八百，功在成都濯锦江。将余绪，为岩廊补就，衮绣衣裳。

萤

咄尔小明，一阖一开，如爝火然。且入帘消领，罗衣香泽，照书缔结，文字因缘。星飐花梢，电流竹外，莫近桃根团扇边。休矜炫，入碧纱囊底，欲出应难。　　群飞隋帝宫檐。当碧血、青磷一例看。算有功暑夕，食蚊都尽，流晖歧路，策马难前。《淮南万毕术》："萤火却马。"暗处偏明，明边转暗，好在烟昏雨暗间。真阴象，竟不知世有，白日青天。

满庭芳

春夜与少聚卿子岱饮花下

春碧深斟，夜黄低唱，往时佳梦如烟。近来花信，重到海棠边。依旧香巢翡翠，浑不似、三十年前。垂髫女，依人密坐，不识杜樊川。　　流连。红烛下，鸦鬟渐集，凤纸才宣。把齐安龙靓，聊当花看。对此茫茫百感，莺花海、也有桑田。伊凉曲，悲歌劝酒，金雁落筝弦。一伎秦声可听。

忆旧游（二首）

艺风老人雨泊垂虹桥下，有感于蒋鹿潭事，拈此调写之，并画《垂虹感旧图》属题。鹿潭以绝代词人，屈身鹾吏，晚得黄婉君，差以自娱。而积久相猜，勃溪间作，鹿潭竟郁郁以死，婉君亦以身殉，滋可悲已。雨夜披图，即同其调，第二阕专悼鹿翁。

甚莼波松雨，白石仙人，又到垂虹。系缆桥亭畔，正栖鸦病柳，瘦倚西风。万顷具区烟水，残照湿濛濛。问素袜明珰，采香泾里，底处相逢。　　绝代填词手，向水云深处，凭吊遗踪。寂寞吴江路，念楚骚谁续，霜陨兰丛。鹿翁自言其词出于《离骚》。为问米船图画，淡墨是何峰。且笛谱重翻，凄凄冷烛双泪红。

算人间惟有，艳色清才，自古难修。修到鸳鸯命，怕书生薄福，欢不胜愁。惆怅水云楼事，一梦坠扬州。恰网得西施，水精帘下，暖抱箜篌。　　秋雨相如病，莫白头吟罢，沟水西流。幸不随流水，问琅琊情死，著甚来由。从此青山埋玉，锦树一林秋。赚燕子归来，重帘不卷关盼楼。

八六子

梦兰校书过访萧斋，感而有述。

玉亭亭。步虚吹下，风前翠袖寒生。自深柳书堂见后，浣花香径重来，绿窗梦惊。　　十三楼上娉婷。旧曲已非金缕，秋娘犹是多情。算别来经过，几重桑海，宝钗书断，小桃门掩，如今楚润年华渐晚，吴城泪眼才晴。共消凝。茶声竹声佩声。

（以上选自《樊山集外》上海广益书局民国三年石印本）

荔枝香近

咏梅，用美成韵

玉梅渐舒紫菡，小花泫。白獏屏障，金鸭垆薰，汤瓶雪水方融，画箔银泥初卷。仙袂、咫尺罗浮不远。　　月明美人，睡起香雾散。未问和羹，先领取、浇红宴。北江恨事，不见春风燕双翦。见时任卿差遣。

浪淘沙慢

梦符以旧填此调见示，宫羽犹斐，情韵凄抑，偶然和之，亦不自知所谓也。

绕芳径，鞋香缤草，袖染琅叶。金柳和烟晕碧。瑶花傍水弄色。蓦曲榭长廊闻响屧。驻仙軿、细马油壁。算红蔻稍头十三四，相逢似相识。　　亲切。语言俊似苏浙。念少小江南，烟波靓、那忍花向北。刚一晌斜阳，纤影难觅。纹茵尚热。风絮吹犹送，灵兰香息。　　人面桃花重山隔。流莺劝、有花须折。更休待、荼蘼开作雪。向青帝、乞取双飞，彩凤翼，蛾眉月有团栾夕。

千秋岁引

秋阴，用荆公韵

素鬓添丝，乌巾垫角。拂晓秋阴荡空廓。西园蝶依露草睡，东墙乌傍风枝落。熟罗衫，夹缬袄，异今昨。　　冠带未宜相束缚。簪髻便登奎章阁。世事浮云总忘却。西峰尚迟红叶信，东篱早订黄花约。梦中云，眼中雨，情无著。

风流子

蜀丞留学都门，岁晚萧寒，谱成此调，声情凄戾，非少年所宜。依调和之，以广其意。

琴砚凤城东。青旗尾、浩荡转春风。正江路雪深，书传陆凯，海隅日出，名噪王融。早梅发、半峰姑射白，唐诗："姑射半峰雪。"一萼定王红。洗马渡江，意倾平子，士龙游洛，心折司空。　　华年如花锦，书生有底恨，酒淡愁浓。颜鬓子犹春柳，吾已寒松。且花底角巾，闲骑款段，酒边牙拍，低按玲珑。身外浮名浮利，一任苍穹。

八犯玉交枝

雪后望景山作

宫柳新黄，苑梅残白，巷陌雪光犹凝。丝鞚玉河桥畔过，摇荡画栏红影。飞楼连亘，照眼鸡鹊金明，云岚松霭交晖映。当日翠华来往，濯龙门近。　　蜿蛇白石缭墙，涂丹盖粉，烟波三海无尽。忆琼岛、春妆明靓。又长乐、钟声催暝。料双燕、来时尚冷。上林微雨稀红杏。只昨夜东风，桃花和露开宫井。

摸鱼儿

出后门，西行右顾，烟水弥漫，林木葱蔚，更北即十刹海。少壮时，恒与三五故人临水看花，登楼命酒。今老矣，风景不殊，举目有江山之异。轻车屡过，为赋此词。

绕宫墙、彩虹绵亙，陂塘新柳如画。人家映带烟波色，花海麹天游冶。春到夏。记年少、疏狂脱帽青帘下。朱楼系马。有荇菜鱼羹，荷花鸭艇，风景圣湖亚。　　沧桑事，休与渔樵共话。莲租菱税都罢。蓬莱清浅无多水，换了绿针秧罫。君莫讶。君不见、宫帘黑影珊钩挂。凭轩泪洒。且随分游缰，等闲歌馆，丝竹自陶写。

浪淘沙

二月廿六日作

深巷卖花声。唤得春晴。好春强半属东城。西角花园金色柳，尚少啼莺。　　双燕拂帘旌。香垒初成。秋千红架绿丝绳。一树梨花开似雪，明日清明。

八宝妆

新秋有忆

桐井吟蝉，杏染归燕，小院日斜风定。一桁珠帘闲不卷，淡墨疏疏花影。新蟾才吐二分，天抹微云，纤阿添得眉边晕。长忆画栏罗袖，那回同凭。　　捱过几许黄昏，绿窗独自，旧愁新怨谁省。嘱千万、莫抛玉箸，待三五、重明圆镜。料秋在、荷珠竹粉。玉簟休放鹅衾冷。把寸寸相思，织成卐字鸳鸯锦。

丹凤吟

秋　怀

乍见桐飘金井，挂柳蝉疏，啼花莺歇。秋衫催换，料理吴棉蜀作平缬。香残白藕，蕾含青桂，翠挹菱窠，泪承棠颊。几日浓晴淡雨，薄暖轻寒，还似春暮时节。　　望断寥天雁字，远风不报花信息。纵有琅玕竹，奈文鸾双止，良会难得。相思不解，绣带鸳鸯牢结。熨遍罗衾眠又起，把薰垆重爇。绿窗闭了，推出今夜月。

（以上选自《樊山诗词文稿》上海广益书局民国十五年排印本）

沈泽棠（9首）

沈泽棠（1846—1928），字茝邻，又字芷邻，号忏庵，广东番禺（今广州）人。同治十二年（1873）举人，候选知县。沈泽棠天资聪颖，诗词、骈文、书法俱佳，交往多老宿。论事不随，下笔不俗。有《忏庵诗钞》二卷，《忏庵词钞》一卷，《忏庵词话》一卷。

沈泽棠髫年失怙，长期浸淫先人手泽过的南北宋人词集，于浙西"雅正"、常州"意内言外"等词学宗旨颇有悟入。涵咏折中二派词学，所作词词律较为深细，叶恭绰谓之"词取径朱厉，而能去其碎"（《广箧中词》），多有深厚之味。

摸鱼儿

仲虞、星巢招饮珠江未赴，填此解嘲。

尽花前、唾壶敲缺，高歌青眼谁子。两行红粉司空惯，那有风尘知己。笙管地。只浅醉闲吟，短尽元龙气。镕金铸泪。纵绣幕调筝，深杯说剑，回首只憔悴。　　黄獐手，轻换剡溪鱼计。长安难索官米。茶烟鬓影萧萧雨，自断此生休矣。尘海里。总一样飘零，紫燕浑相似。浮云世事。问麹糵三升，隃麋半斗，消得古愁未。

菩萨蛮

柔情绮岁莺能语。闲情老境鸥相侣。犹有旧心肠。花间立夕阳。　　愁多如乱发。未解丝丝结。飞絮纵飘零。浮生尚化萍。

浣溪沙

正月初三新月

未醉遨头倒玉卮。夕阳楼阁晚镫移。有人偷样画蛾眉。　　一霎灭明惊倩影，十分圆合盼佳期。上元春景最相思。

壶中天

题憬吾《雨屋深镫图》

米家小帧，认三椽老屋，泾云吹皱。寂寞柴关人不到，听断隔江残漏。虚牖无眠，短檠有味，响滴茅龙透。濛濛望远，须眉照去依旧。　　恍惚佛火留青，渔篝闪碧，树里看如豆。中有苍茫怀古意，想见诗心都瘦。万籁俱沉，双花欲炧，冷景能消受。兴酣落笔，淋漓还羡高手。图为李留庵所作。

买陂塘

酒后登城晚眺，寒飙逼人，春游尚阻，填此遣怀，时壬子冬至后十五日也。

甚凄凄、鸺鹠啼遍，狞飙寒厉如许。铜瓶冷剩红梅瘦，此外春光何处。天不语。任泪洒山园，黯淡冬青树。呼鸾道古。看一角芜城，荒苔败堞，眼底尽愁绪。　　钟声送，指点昏鸦三五。迷林知否归路。群儿未解兴亡恨，艳说承平歌舞。情自苦。纵织箔钞书，意气仍龙虎。寻芳尚阻。待人日题诗，花朝呼舸，主客画图补。

翠楼吟

题款翠楼小影卷子

鬓抹螺青，腰量蝶瘦，尚余旧时情绪。红楼今寂寂，曾消受银镫听雨。香留人住。笑曲苑重逢，蓝桥难渡。相窥处，似嗔还喜，暗传眉语。　　记否。酒倦歌残，说华年水逝，易伤迟暮。燕巢知稳未，应念彼娟娟心苦。迷离烟树。料减尽梨涡，玉容非故。人何去，楝花门外，几番延伫。

壶中天

惜　春

酴醾开了，又春归何处，与人俱老。白袷看花情绪短，非复旧时怀抱。镜影伤心，钗声入梦，往事浮云杳。落红帘幕，新愁知酿多少。　　差喜烛畔樽前，搓酥滴粉，一朵留娇小。谁解文园游兴倦，空剩酒襟诗稿。石帚词仙，云英美眷，恨不相逢早。双瞳翦水，怎禁临去波悄。

满江红

烟浒楼小集感赋

咫尺珠江，是当日、谢家棋墅。阑干外、灯船月丽，悠扬箫鼓。绣幔翠围鸳梦夜，雕廊绿暗蝉声午。忆角巾、腰笛惯登临，车茵吐。　　红羊劫，成焦土。青衫泪，空秋雨。纵楼台仍旧，怆怀谁语。雁序况伤云畔影，少麟弟旧居此楼。燕巢休问堂前主。笑蓬莱、清浅已三番，从头数。

高阳台

除夕遣怀

漏箭催年，帘旌漾暝，阑珊应笑陈人。预数花风，暗吹芳信无痕。痴心未许流光换，倩啼鸦、唤住黄昏。判今宵、似叶寒襟，冷伴梅魂。　　明朝知有提壶约，便大钱留得，扶醉前村。卅载浮名，闲情都付桃根。豪怀漫与潮争长，趁新潮、打桨迎春。任寻常、酒债重重，剥啄柴门。

（以上选自《忏庵词钞》，《忏庵遗稿》民国十八年刻本）

张慎仪（12首）

张慎仪（1846—1921），字淑威，号蒌园、芋圃，晚年又号厖叟，四川成都人，原籍江苏阳湖（今属常州）。博通经史，尤长于语言文字之学，有《续方言新校补》二卷，《方言别录》四卷，《蜀方言》二卷。另有《今悔庵诗》二卷，《今悔庵文》《今悔庵词》各一卷等。

《今悔庵词》有民国八年（1919）左右刊刻的《蒌园丛书》本，收词一百零二首，基本按时间排列。丁巳（1917）春，张慎仪与赵熙、宋育仁、邓鸿荃、方旭、胡玉津等人结词社，唱和较多，词艺日趋成熟。晚清四川督学，桐城人方旭在《今悔庵词》题记中说："江南人幕游于蜀者以顾子远先生为词坛泰斗。""嗣是唯蒌园张先生。"对其词评价颇高。

金缕曲

七十生日自述

七十平头矣。记少年、零丁孤露，不胜况瘁。食指夥颐难一饱，笑杀昌黎五鬼。处处是、歁𪾢滋味。自愧鼠鼋生计拙，误穷涂莫下万双泪。恐挫了，元龙气。　　关河浪迹寻知己。但凭著、随身竿木，逢场游戏。幕府栖迟绵岁月，老我瑀琳书记。瞬息沧桑如鼎沸。那更有桃源可避，道不如、长作平原会。消块垒，瞢腾醉。

一枝春

岁除感怀

壮不如人，算轮囷、肝胆都成孤负。今垂耄矣，过去韶光难又。迎春饯腊，只赚得、青毡依旧。但将一缕缕心情，寄与断霞髡柳。　　我同浪仙比瘦。甚千山万水，客游已彀。皤然归隐，吟守一镫红豆。年年诗祭，倘窃取、诗名不朽。还是怕、莫遇昌黎，愿能偿否。

探　春

丁巳人日，集浣花草堂

残冻初销，轻阴欲暝，又见蓂开七叶。惆怅草堂，当年杜老，犹剩梅边吟魄。曳杖来重访，算行乐、无如今日。一般选石安棋，一般倚竹吹笛。　　欲问旧游踪迹。奈林鸟池鱼，已都不识。十里柳风，几条莎路，惟有软尘犹昔。往事不堪忆，知此后、韶华易掷。俯仰兴怀，沽春浮一大白。

烛影摇红

黄叶和赵尧生

几日沉阴，疏林残叶寒成阵。蝉鸣鸦点不胜秋，秋色和烟暝。片片斜斜整整。借西下、颓阳绘影。风摇不定，渐起商声，凭阑试听。　　凋尽苍颜，江南旧梦今初醒。小园寂历饱新霜，又蓼疏葵冷。衬出十分幽景。好料量、檀炉彝鼎。更携笔砚，小坐林间，著书养性。内阁典籍厅有黄蓼花，亦名典籍黄萧山。穅金山亦有黄蓼，见近人词注。又近人诗："黄叶林间自著书。"

月华清

水　仙

汉月晕黄，沅云吹白，花与仙子同姣。环佩姗姗，顾影嫣然含笑。证前身、曾住蕊宫，又何事、人间轻到。谁料。是谪完香债，业缘未了。　　不怨美人迟暮。怨叠石抟沙，托根潦草。梅后兰前，留得芳魂袅袅。有许多、绿意红情，都化作、冰心雪貌。庸峭。怕袜尘漂尽，春华又闹。箕仙谢氏诗："补清香债几千重。"见《西青散记》。

翠楼吟

梅　魂

雪里暗香，水边疏影，霏霏化为烟雾。灵根抛未尽，料犹在画檐低处。坠红无数。怅蜕后游踪，悄然谁顾。家何所，罗浮缥缈，是伊归路。　　日暮。栩栩梦中，尽情丝牵绊，了无头绪。相思从此始，向纸帐如闻凄诉。清修自苦。信明月前身，麴尘难住。春无主，且邀仙蝶，过墙寻去。

壶中天

蛱蝶花

南园梦醒，看翩翩凤子，欹斜兰砌。应是东皇曾属意，长就轻盈灵卉。百和草薰，一痕藓亚，几簇嫩如水。金铃护惜，怕被晓莺捎毁。　　薄暝斗罢芳菲，粉腰娇困，扶著暖烟起。欲与残春商久住，春也恐难轻许。宛约柔情，旖旎靓影，不觉迎风醉。是花是蝶，滕王彩笔难绘。

六幺令

清　明

棠梨开了，香雪飘池阁。白杨向西自舞，飒飒东风恶。寒食清明到也，谢豹应先觉。啼声呜唈。苦催春瘦，惹起愁肠几周匝。
如此良辰美景，度若隙驹霎。况又时事变迁，种种无从说。自去荒郊祭扫，焚纸灰飞蝶。望空踯躅。凄魂不定，依约犹留冷松角。

燕山亭

春　阴

不是雨天，不是晴天，只是天低如晦。谢了杏花，又谢樱花，花事尚余有几。莺燕无声，惟有个、鹁鸠声碎。引企。见修塔茂林，苍烟浓起。　　镇日料峭东风，使游屐游骢，都无兴致。抛球约爽，斗草会闲，怎耐此时情味。一酒一琴，聊伴我、海棠树底。感喟。近薄暮，又将雨矣。

酹江月

春　愁

春愁何似，似离离春草，蔓延无已。心上眉尖堆不尽，没个销除良计。病鸟颤声，枯花赍恨，只助人歔欷。烽烟不熄，中宵梦寐犹悸。　　今古变故难知，锦江绮丽，极目皆萑苇。最苦是创痍垂绝，付与青磷吊慰。纵有贤豪，空拳莫救，日掬西台泪。泪也无益，挽回还视天意。

酹江月

成都再乱

黑风底事，忽更番吹满，江城戾气。慨自米枭雠蜀后，今又离披至此。赤鼻劫灰，咸阳焦土，并作伤心泪。鸠鹑载道，天胡梦梦如睡。　　应是龙汉数奇，无端邹鲁，哄视同儿戏。故鬼烦冤新鬼哭，遥趁茅鸱声起。月黯烟荒，崩榛塞路，惨不成都会。遗山老矣，欲修野史犹未。

梅子黄时雨

乱后怀友，同江子愚作

看尽飞花，正梅子渐黄，乍暖还雨。春去不多时，已无觅处。犹是清和天气，个侬休向闲中误。林亭住。烧笋焙茶，也饶风趣。　　望里。层层云树。念故人千里，一别难聚。矧燹后江山，又伤惨沮。欲待追寻除是梦，梦中不辨西南路。情莫诉。拍一阕离骚谱。

（以上选自《今悔庵词》，《蒌园丛书》约民国八年刻本）

窦镇（3首）

窦镇（1847—1928），字叔英，号拙翁，自署九峰淡士，室名小绿天盦，江苏无锡人。其父月裁公有文名，但去世较早。窦镇秉承祖训，幼娴诗礼，长更能文。弱冠应童子试，曾列第一，但之后科名蹭蹬，知己者少，遂专心肆力于诗书画。有刊于己未年（1919）的《小绿天盦诗词草》，收词三十余首。

画堂春

琵琶一曲晚凉天。移情奚必成连。娇羞态度更堪怜。锦瑟华年。　　密语兜来心底，柔魂钩去眉边。水晶帘卷醉无眠。月向人圆。

浪淘沙

白秋海棠

蟋蟀闹窗前。唤醒幽眠。起来斜倚石阑边。漫说高烧红烛照，且点炉烟。　　露重尚垂肩。倩影如仙。一丛白得可人怜。淡到无言留本色，管甚桃妍。

踏莎行

西湖放棹

三竺烘晴，双峰敛雾。山花满地春和煦。黄鹂请我出遨游，兰桡正待垂杨渡。　　往约堪寻，良辰莫误。六桥烟景多天趣。逍遥览遍白苏堤，入山先吊忠臣墓。

（以上选自《小绿天盦诗词草》民国八年活字本）

刘炳照（8首）

刘炳照（1847—1917），原名铭照，字伯荫、光珊，号蘋塘、复丁老人、语石词隐，江苏阳湖（今属常州）人。清末诸生，工诗词书画，尤擅长填词。曾与夏孙桐、张上龢、费念慈等结鸥隐词社，自谓其词“一寸词肠，七分是血，三分是泪”。著有《留云借月盦词》九卷，后重编为《无长物斋词存》，包括《梦痕词》二卷、《焦尾词》二卷、《春丝词》一卷。

忆旧游

题王蕤农《梅魂菊影室填词图》

怅孤山久别，三径将芜，花事萧条。赖有生花笔，把冰魂瘦影，描上生绡。暗香几番春信，重九又登高。恁纸帐凄迷，流灯掩映，旧梦难抛。　　溪桥。故庐在，忆花著窗前，寄与人遥。晚岁归期阻，顾东篱憔悴，一样无聊。凭阑倚声相和，月夜共招邀。叹老夫填词，探芳负约霜鬓凋。

（选自《双星》1915 年第 1 期）

醉翁操

夔伯新制一琴，字曰“默君”，乞铭以词。

空林。萧森。眠琴。只知音。难寻。山虚水深斜阳沉。举头明月高临。人素心。妙契德愔愔。曰关雎乐而不淫。　　子期死后，牙叹知音。蔡邕去后，焦尾清声久喑。羌舞鸾于遥岑。忽跃鱼于寒浔。无弦超古今。无言消烦衿。肯许俗尘侵。默君知我书作箴。

念奴娇

祥符周季贶旧藏新莽始建国二年“宜子孙镜”，径莽尺七寸二分强，铭文五十一字，其子云将释文云：“惟始建国新家尊，诏书颁下大多恩。贾事和乐躬啬田，更作辟痈治校官。五谷成熟天下安，有知之士得蒙恩。宜官秩葆子子孙。”中央七乳，间以“宜子孙”三字。季贶同寓金阊，拓本索题，为赋此解。

圆冰一片，有亡新建国，二年题字。吉语中央周四角，妄冀长宜孙子。贡媚文辞，蒙恩官秩，愧杀当时士。问奇相过，一般遗臭如此。　　遥溯炎祚中微，黄皇室主，镜破朝慵起。《汉书·王莽传》：莽以孝平皇后为定安太后，二年，改号曰“黄皇室主”，绝之于汉也。为问菱华知也未，羞对汉宫梳洗。劫火频经，岁华牢记，枉铸相思泪。旧时明月，阅人今世何世。

齐天乐

仲春于役南浔，偶憩庞氏宜园，遇雨。

故乡犹是嗟沦落，孤帆又遭风误。黯黯离亭，迢迢恨水，待问征夫前路。舟横野渡。奈欲去无因，欲留无主。短梦惊回，小楼依旧听春雨。　　朝来晴意渐放，涉园闲试茗，游目成趣。急点斜飞，繁声入破，咫尺偏教归阻。微闻燕语。悔错认雕梁，定巢何所。怕到黄昏，翦镫人独处。

辘轳金井

黄梨洲先生井牸砚

我心非石，石心坚、不与劫灰同毁。鸲眼如生，有孤儿血泪。农夫没世。砚田守、顿违初志。党籍朝中，逋臣海上，磨人何既。　　沧桑后、眷怀井里，任躬耕叱犊，置身无地。闭户著书，备荆驼遗史。波澜不起。箧肥遁、老怀盟水。漳浦碑残，宣州铭质，同珍千祀。黄忠烈有墨妙亭断碑砚。

百字令

明姜如农给谏“宣州老兵”遗砚

端溪片石，是明贤、贞毅先生遗物。四字千秋留直笔，抵得手书碑碣。榛莽难除，蛟龙不瞩，铭语深衷揭。五丁同守，可称姜氏双璧。嘉兴张少泉孝廉，亦藏公遗砚一，铭曰：“尔有目，蛟龙之窟不能瞩。我有锄，榛莽之区不可除。”末署“姜埰铭”。丁丑者，崇祯十年也。少泉以光绪三年得此砚，前后相距，凡阅五丁丑。绘图征咏，名曰“五丁守砚图”。　身死心恋宣州，敬亭山麓，何幸埋忠骨。劫火重经余手泽，呵护不教磨灭。我客吴门，同游艺圃，谏草楼空屹。苏郡西偏有艺圃焉，为公侨寓之所，予昔年偕同好结鸥隐词社于此，谏草楼遗址犹存。输佗鸜眼，见公钩画银铁。

（以上选自《小说月报》1914 年第 5 卷第 5 期）

踏莎行

潘兰史索题《桃叶渡填词图》，借碧山、草窗词韵。

喝月豪情，咏霓仙调。清游俊侣年来少。寻诗古渡有潘郎，吴笺醉拂狂飞草。　笛里相思，琴边孤抱。坠欢只有莺知道。青溪九曲似回肠，垂杨瘦尽词人老。

菩萨蛮

题湛生《粟香室词稿》

年来怕听山阳笛。水云仙去风流寂。吾郡近时词家，以江阴蒋鹿潭《水云楼词》为最著。**金粟证前因。如来是后身。　　鹿园诗社散。凄绝随山馆。**汪芙生有《随山馆词》。**此恨水心知。**叶兰台有《秋梦庵词》。**休教唱藕丝。**鹿潭司社，以藕丝命题，汪叶两君均有词，湝生亦继声。

（以上选自《小说月报》1916 年第 7 卷第 10 期）

陈宝琛（16首）

陈宝琛（1848—1935），字伯潜，一字伯泉，又字敬嘉，号弢庵、陶庵、橘叟、橘隐，别署听水老人、沧趣楼主、铁石道人、听水斋主人等。福建闽县（今福州）人。刑部尚书陈若霖曾孙。同治七年（1868）进士，授翰林院庶吉士。后官至内阁学士兼礼部侍郎。敢言朝政得失，与张之洞、张佩纶、宝廷被誉称为“清流四谏”。后遭部议连降九级，赋闲家乡近二十年。期间在福州创办东文书院、全闽师范学堂。辛亥革命前夕起用，任山西巡抚，未赴任，复调京充礼学馆总裁。辛亥革命后仍为溥仪之师，1935年卒于京寓。著有《沧趣楼诗集》《沧趣楼文存》等。

陈宝琛少喜为词，但之后久辍不作，到天津后，有须社词集触发旧好，又稍稍为之，自称“性不相近，恒重质，少谐婉之致”（见陈曾寿《听水斋词序》），但陈曾寿却以为陈宝琛“虽有沉哀极涕见于诗，若词者，多在回曲隐现之间，至晚岁而律愈细，思愈密，无几微颓率之态，斯亦古人所未有之境也”（同上），给予很高评价。有《听水斋词》，收在《沧趣楼诗集》中。

月下笛

促织，和彊村韵，同愔仲作

月满西堂，凄凄切切，是何情语。无人和汝。恁抽愁万千绪。相思金井阑边夜，忍重说、长安旧雨。剩虚楼警梦，孤镫吊影，絮恨难曙。　　谁误。留人住。奈啜泣王孙，冷吟交诉。金笼买斗。几绚闲杀寒杼。荆驼侧畔伤心过，又枨触、商音一度。藜床下，等噤声，偷活且放秋去。

霜叶飞

落叶，用梦窗九日韵

一秋无绪。霜天里、朝朝风摔辞树。夜长还要警孤眠，听打窗如雨。更恻恻、危枝倦羽。添薪虚忆庭槐古。尽唱彻哀蝉，甚处觅、题红那管，客衣缁素。　　长记九日江亭，商飙猎苇，此题弱冠曾赋。而今人亦秃成枯，赢共阶蛩语。忍撇却干梢断缕。飘零休便随流去。但保得、冬心在，转绿回黄，是归根处。

百字令

晚　菊

褊哉韩子，恨霜中花好，胡为生晚。信自情芳何早暮，篱外西风从换。送酒人稀，餐英客去，独作南窗伴。夷然冰雪，一丛应胜千万。　　不念三径全荒，颓龄强制，只就微阳暖。香色过时宁可采，要验天心梅点。畴昔朱门，渊明挤坏，此品谁曾见。署牌珍重，隔年留种休断。

江城子

忆　梅

暗香入梦正花时。手亲移。尽成围。廿载偕寒、廿载忍抛离。下策火攻新出窖，聊慰眼，怎如伊。　　定谁索笑绕芳池。纵开迟。易空枝。铁石心肠、能免坐相思。只恐月明还念我，春又到，几时归。

瑞鹤仙

戊辰东坡生日，用梅溪体

老坡生丙子。算五十三龄，戊辰刚值。奇才践清地。正金莲光下，唏嘘先帝。宫壶拜赐。可曾念、黄州李委。奈从今、白发苍颜，磨蝎命宫难避。　　长记。乾嘉全盛，岁岁苏斋，胜流高会。奎精画里。衣冠客，尽时制。适先庚，旬日诗龛诗老，南雅芙初并至。恁沧桑、花甲重周，却来我辈。嘉庆戊辰，是日庚戌，诸公以先十日庚子题名《苏斋图》中。图藏予处。

汉宫春

新　燕

社雨初零，瞥双双紫乙，下上烟梢。分明海山蛰起，来就春韶。华堂睇遍，尽衔泥、甚处安巢。曾记否、吴宫火及，莫嫌卑陋衡茅。　　生性最知时节，况炎寒见惯，北雁东劳。堤防饿鸱眼疾，敢爱飞高。禖坛气淑，幸瑶筐、遗卵天教。从贺厦、乌衣门巷，夕阳影里南朝。

探春令

絮　影

是何悠飏，半庭晴日，随风无著。误群儿、扑地还争捉。又斜上、墙新垩。　　六如空相谁真觉。比沾泥奚若。替剩春、写照浮萍一去，底处寻根脚。

贺新凉

立秋日，蒙赏秋叶饼，与愔仲同赋。

秋至谁先省。看行朝、毕罗颁下，夏时犹准。袅袅风将凉一味，付与汤官管领。却樵得、银床片影。抚序易生长年感，听哀蝉、还忆莲花饼。包袖热，莫教冷。　　流民织路无人振。忍回思、承平士女，翦楸簪胜。上苑虫文分明验，凄绝壶飧从径。况旅食、飘零难定。角黍花糕年年事，对旧京、内样滋悲哽。牙齿缺，且留饤。

龙山会

九日集，饮味云寓斋

五度过重九。海曲风光，断送成衰朽。登高无培塿。小楼外、危绿萧疏槐柳。不日奈层阴，及未雨、来中君酒。却牵情，名园咫尺，梦痕非旧。李氏园为兵占驻。　　那堪阵阵哀鸿，流转关山，雪早衣谁授。艰难开笑口。风鹤里、差算黄花无负。世事迫偷生，念有弟、先庐犹守。对萸囊、搘筇北望，为兄搔首。

八声甘州

寒　鸡

此何声凄绝五更初，三号彻霜天。忆传筹绛帻，重阍乍启，束带鸣先。换得千村万落，呼应海潮间。谁复蹴人起，气尽中原。

此际欢场耳热，正灯明酒酽，如沸吹弹。任门前风雪，啼断夜漫漫。更哀鸿、相应旷野，盼阳乌、不出怎回暄。最难忘、宣南残柝，戒旦当年。

庆春宫

豹房铜牌

云黯康陵，芜深南内，片铜剩臭犹剧。蹋鞠朋游，争棋不逊，若曹同此门籍。尾随毡幄，更何羡、穿宫五百。漫劳讥察，义子连翩，况兼豪贼。　　一从夜度居庸，关钥难遮，印符亲敕。家里忘归，覆舟渔后，歌哭都成陈迹。一朝遗念，只天府、图藏警跸。留名真个，威武余风，就中呼出。

瑶　华

水　仙

兰犹带土，莲不辞泥，怎如伊清绝。模金镌玉，貌不出、一种肌冰肤雪。半窗寒日，尽厮守、又过残腊。却没缘、识面东风，省惹许多蜂蝶。　　满城心醉唐花，看水石盆中，曾否因热。诗人可恼，浪举似、仙子凌波尘袜。梅兄易谢，纵憔悴、国香休掐。把蒜头、珍重收培，闲岁依然花叶。

玲珑四犯

夏夜听雨，从清真体

十斛明珠，不与换今宵，檐际新溜。洒竹喧荷，风过欲停还骤。灯外蓦地倾盆，顿气爽、似聆金奏。恁梦魂冰簟禁否。堪喜旱田深透。　　梦回翻忆宣南旧。惯残更、徙床惊漏。九重谢降旋忧潦，容易河开口。今日满耳鼓鼙，谁暇问、庶征休咎。剩秃翁支枕，听渗漉，沉吟久。

惜红衣

立秋后五日同梅生重泛荷湾，和石帚韵

夜雨成秋，前尘计日。胜游犹力。一棹香云，疏花恋丛碧。芳辰易驶，倾意待、同舟词客。清寂。支枕扣舷，得斯须将息。　　铜驼废陌。擎翠摇红，菰蒲恣陵藉。无因再梦化国。海南北。寒却旧盟鸥鹭，自笑万波空历。恁满房心苦，那似昔时颜色。

齐天乐

观莲节，鹤亭集饮十刹海，樊山成《荷花生日》七律八首，瞬已经月。忆辛亥六月遇闰，再闰则须辛巳矣。戏作闰荷花生日。

廿年季夏重逢闰，匆匆立秋旬许。翠盖花疏，缃房药老，又说骚人初度。筒杯再举。记朋饮湖楼，坠欢如露。况隔沧桑，液池回首棹行处。　　而今偻指藕节，只渔乡几曲，销得残暑。位占余分，光随太乙，相对浑忘迟暮。芳心最苦。似为我淹流，犯风淋雨。后十一年，可能来寿汝。

摸鱼儿

题《子有填词图》，即送其南下，便道游岱。

镇相望、两年重见，新霜髭鬓如许。苍茫家国无穷泪，都付笛声筝语。肠断处。对老柳、残荷谁复如前度。江湖倦旅。正妒煞迦陵，及身清晏，满意勘音吕。　　多歧路，干净可留片土。年芳恐不吾与。荃茅变化浑无准，虚说结兰延伫。君试数。恁旧社、佳俦沙散何缘聚。匆匆又去。羡巾箧携来，岳莲庐瀑，飞鞚蹑云步。

（以上选自《听水斋词》，《沧趣楼诗集》民国二十七年刻本）

徐致章（22首）

徐致章（1848—1923），字百平，号拙庐，江苏宜兴人。同治十二年（1873）拔贡生，光绪十四年（1888）中举。历任浙江汤溪、富阳、瑞安等县代理县知事，直隶州特用同知和浙江乡试同考官。宣统元年（1909）告老还乡。擅长诗词，民国九年（1920）与蒋兆兰、程适、储凤瀛、徐德辉等人结白雪词社，社集《乐府补题后集》，后由蒋兆兰付梓，共三册。著有《拙庐词草》四卷。

长亭怨慢

园中诸花飘零满地，感赋

又捱到、销魂时候。嫩绿添肥，断红都瘦。中酒情怀，困人天气倍僝僽。春光渐老，烂漫处、全非旧。燕子尚呢喃，料只把、东风低咒。　　孤负。有阳春丽景，付与个侬消受。旧愁未了，怎禁得、新愁相凑。恨只恨、冉冉年光，蓦惊看、蔷薇开又。欲挽住韶华，难倩丝丝杨柳。

齐天乐

春寒不解风雨闷人，感赋

一鸠啼破千山雨，沉沉懒云犹锁。乍逗晨曦，还留宿雾，总与清游相左。妆成只坐。听一阵廉纤，更添娇惰。骂煞东风，恨渠偏不肯怜我。　　湔裙曾约女伴，凤靴刚试著，空恨泥涴。鶗鴂初鸣，蔷薇渐放，只是销魂无那。芳辰易过。且料理春衫，背灯先做。待到晴明，药阑看晚朵。

摸鱼儿

秋　虫

碾长空、一轮凉月。高梧蝉噪初歇。谁将无限悲秋意，都付候虫凄咽。吟复绝。有几许、牢愁空向愁人说。声声听彻。和云外霜边，雁啼哀怨，清响满寥泬。　　人间恨，欲诉先嫌絮聒。何曾天听能达。伤心骨化形销后，还把不平宣泄。情怫郁。纵万口、衔冤不许陈京阙。雄心未灭。休轻视么么，从来善斗，中有应时杰。

高阳台

瓯兰一丛，自章安携归，十年不花。今秋忽发两枝，香冠他种，喜而赋此。

清露溥苞，凉风泛叶，幽香暗逗吟边。一萼初开，月明人倚阑干。寻常惯说春花好，爱秋花、还比春妍。静中参，鼻观流馨，淡极无言。　　瓯江闽峤萦乡梦，避当门锄刈，来伴词仙。十载滋培，芳姿觌面无缘。昨宵新荷东皇宠，杜兰香、重返人间。愿从今，长挹清芬，岁岁年年。

三姝媚

梅　影

孤山清绝处。正红英舒霞，绿苞涵露。万顷西湖，看倒凌寒碧，横斜无数。唼喋游鱼，应错认、波心香聚。宛对新图，浓透芬芳，淡描烟树。　　刚送斜阳归去。又满地参差，素蟾低护。待访逋仙，怕暗窥芳迹，有人相妒。似梦罗浮，还恐是、迷离无据。未识归来孤鹤，犹能认否。

绮罗香

夏闺，用蜕岩均

藕断丝连，瓜分瓤擘，顿触离愁千缕。长昼怀人，苦恨客途修阻。竹风冷、频怯轻寒，荷雨碎、尚嫌烦署。最难禁、闷损心情，鸣蝉愁听碧云暮。　　瑶琴月下试抚。却被新蟾引恨，频讹宫谱。

莲渚鸳鸯，双宿万花深处。方妒他、稳庇芙蕖，又怕那、不情风雨。待雕梁、燕子归来，说与相思苦。

高阳台

读玉田词感赋

词客牢骚，遗民肮脏，眼中触处生愁。追步灵均，一般赍恨千秋。伤心刻骨无穷感，漫轻从、字句搜求。者情怀，无笔堪描，有泪难收。　　油油麦秀歌行迈。问铜驼遗迹，涕泪横流。隐痛缠绵，兴来便发狂讴。残山剩水凄凉甚，猛酸辛、都到心头。寄深悲，家国沧桑，身世浮沤。

玉楼春

轻雷急雨寒还燠。雨后嫩晴蝉又噪。银塘鸥鹭睡还浓，不管新荷香暗绕。　　宝奁钿雀凝妆俏。唤得红儿瑶瑟抱。卷帘更爇水沉香，可许今宵明月好。

徵　招

立秋日有感，用忆云均

井梧坠叶池荷飐，商声暗催凉夕。瘦月似悲秋，也低迷云隙。枯萤摇冷碧。讶团扇、顿疏今日。腻雨滋花，和风薰柳，不堪追忆。　　愁寂数年时，沧桑感、前度泪痕犹湿。冷信又惊催，送西风消息。凄蛩愁听得。看梁燕、渐成归客。问几时、点点新鸿，寄远人书迹。

高山流水

题《青蕤盦词稿》

碧宵送下步虚声。洗筝琶、仙乐锵鸣。琴韵满沧瀛，天风海水移情。伤时意、匣剑帷灯。凭谁会，一卷风骚比兴，笔墨都灵。坐藤花影里，瘦月共凄清。　　飘零。文章惯憎命，还历遍、劫火刀兵。奇气藉江山，壮游遍缔吟朋。久钦迟、胜欲才名。重逢好，多谢金篦玉磬，药我聋盲。喜喤喤里，耳钟韵、度铿鲸。

甘　州

秋　虫

送凄音怨断向秋空，都作不平鸣。想轻身健斗，引吭振羽，絮尽衷情。多少沉哀积愤，万口总同声。冷月尖风里，无限凄清。　　只有愁人领会，动无穷感触，肝胆轮囷。叹人间醉梦，酣豢寄浮生。料华堂、嫌伊絮聒，闹筝琶、充耳不曾听。伤怀处、怕晨鸡唤，酣睡都醒。

一萼红

凤仙一丛正盛开，五色斑斓，高数尺，爱玩方挚。连日风雨，零落满院，感喟赋此。

怪西风。仗漫天雨势，摧折遍芳丛。倩影蹁跹，仙姿秾艳，藉他妆点秋容。更幻出、斓斑五色，恍丹山、翔舞彩千重。明月一庭，斜阳半砌，冷照晴烘。　　回首芳春丽景，自东皇逊位，销灭无踪。难得奇葩，藉躅幽愤，慰情长伴愁依。最无奈、台空风杳，剩寒蝶、满地泣残红。忍听声声呜咽，无数哀蛩。

齐天乐

凉雨敲窗，秋声满耳，读青蕤新阕，倚原调继声。

无情疏雨惊风飐，萧萧作去声成凄响。败叶鸣窗，衰兰被径，多少秋怀惆怅。林边曳杖。看瘦蝶斜飘，冷萤低傍。旧恨新愁，一时来似暗潮长。　　遥天哀雁嘹唳，听嗷嗷苦诉，无限悲怆。剑拂霜清，烽遮月黑，笳吹商声万帐。中原板荡。恨稚柳轻盈，惯随风飐。更有荷珠，转旋凭掌上。

浣溪沙

一点新凉透碧纱。抱丛瘦蝶恋寒葩。不堪惆怅忆春华。　　似欲避人云罅月，宛如垂泪雨中花。数声凄咽暮天笳。

摊破浣溪沙

九月十五夜玩月

凉月溶溶浸曲阑，满庭花影静中看。独立浑忘风露重，怯孤眠。　　小院凄蛩撩梦醒，寥天归雁入云寒。长是阴霾长是缺，几回圆。

贺新郎

庚申重九

又是重阳矣。倚高秋、晚烟凝紫，暮山横翠。手把茱萸重又看，痛饮频倾绿蚁。愿沉醉、浑忘身世。醉后登高搔短鬓，望遥天、烟雾横空起。和暮霭，两无际。　　一绳冷雁惊寒唳。听嗷嗷、千般苦诉，飘流憔悴。酣豢娱嬉谁氏子，消受灯红酒美。叹老去、埋愁无地。落帽风前长舒啸，爱千林、红叶明秋霁。还衬托，夕阳丽。

摊破浣溪沙

满眼风云卷素秋，暮笳凄断泪难收。一局残棋千万劫，几时休。　　梦短梦长风里絮，花开花落水中沤。浊酒频浇销不尽，古今愁。

一萼红

东风作势，寒雨逼人，触景生愁，拈此自遣。

恨东风，惯添寒作雨，不管别人愁。飒飒萧萧，朝朝暮暮，天漏争不担忧。乍林静、偏教摆荡，海波澄、澎湃涌涛头。走石飞砂，排空卷地，唤起蛟虬。　　多少惊飞乌鹊，怕危巢欲坠，覆卵难留。虎啸生威，鹏抟有力，谁怜弱羽啁啾。甚时睹、卿云纠缦，奏南薰、琴抚五弦柔。莫更来从，蘋末苦作飕飗。

暗　香

雪月相辉，庭中梅影纵横，用白石韵写之。

一庭寒色。坐玉梅花下，横吹长笛。六出冻葩，未许凡人手轻摘。消得词仙管领，更留待、冰壶涤笔。恰借取、烂漫银蟾，飞影坠琼席。　　香国。莫愁寂。有冷魄耀芒，碎玉层积。蜡珠漫泣。棠睡还将嫁时忆。犹记孤山踏月，携手看、西湖澄碧。怕良夜、垂尽也，几时觅得。

高阳台

春光欲暮，满眼生愁，枨触万端，不自知其言之悲也。

鹃泣花残，莺愁絮老，春归如梦无痕。欲赋离情，旧欢空忆梨云。绿杨枉飐丝丝影，怨柔条、不系斜曛。恼啼禽，似唱阳关，已觉销魂。　　年时多少欢娱景。悔匆匆过了，孤负芳尊。赢得而今，眼前事事愁人。都教尝尽凄凉味，好江南、憔悴吟身。更何堪，似虎东风，卷尽残春。

齐天乐

风雨送春，凄悲无那，为赋此解。

东风乱逐春归去，痴云压檐寒重。倦柳如嚬，残花似泣，无定河边闺梦。惊飙幕动。怕乳燕巢倾，一朝亡种。枉乞幡铃，落红铺地有余痛。　　遥天沉黯似懵。任云垂海立，山走涛涌。散落榆钱，飘零箨粉，回首芳华增恸。无端做弄。把大好韶光，霎时轻送。愁对空枝，碎英和泪捧。

忆旧游

补题青蕤主人《垂虹词梦图》

记疏蓬短舫，揽胜垂虹，明月当头。许践三生约，认丹枫黄叶，梦境夷犹。喜逢老仙为侣，新咏共赓酬。羡大白狂浮，小红低唱，如许风流。　　追求。渺难忆，幸写入生绡，影摄魂钩。蓦坠沧桑劫，料天公也妒，佳话长留。会当共携箫谱，重放雪滩舟。更补个新图，追踪赤壁前后游。

（以上选自《拙庐词草》民国十二年排印本）

沈曾植（25首）

沈曾植（1850—1922），字子培，号乙盦，晚称巽斋老人，又自号谷隐居士、寐叟等，浙江嘉兴人。光绪六年（1880）进士。历任刑部贵州司主事、江西按察使、安徽提学使、安徽布政使等。清亡后寓居上海。沈曾植为晚清著名学者，“于学无所不窥”，精研西北史地，又深谙古今律令，书法最负盛名。有《海日楼文集》《海日楼诗集》《海日楼札丛》《海日楼题跋》《海日楼藏书目》等。

沈曾植生前手定词稿四种，即《偻词》《海日楼余音》《东轩语业》及《曼陀罗寱词》，经朱祖谋删定，统题为《曼陀罗寱词》，1924年由商务印书馆铅字印行，收词一百零五首。后复经朱氏删削去取，1933年刻入《彊村遗书》。沈曾植早年忧时伤世，晚年更以遗民自处，其心中“若有言，若不敢言”者，常发之于词，正如其《曼陀罗寱词·自序》所云：“其不可正言者，犹将可微言之；不可庄语者，犹将以谲语之；不可以显譬者，犹将隐譬之！微以合，谲以文，隐以辨，莫词若矣！”创作上则力避陈辞，自创新境，多孤拔奇峭之语，故叶恭绰《广箧中词》称其“力矫凡庸，乃词中之玉川、魁纪公也”。

阳　春

新年和天琴，用梅溪韵

画屏山，炉香字，赚得新年春色。春思只如秋，挑茶瓣、饤座还进过中食。萍蓬踪迹。都不问、香南雪北。步屧缓趁东风，喜相逢、度阡越陌。　　蓦重忆金明、题诗处，诗梦冷、僧灰邻笛。鬓丝萧条海客，把吟笺、研谱重拭。梁间燕子叹息。问崔九、江南谁识。总拚与、一醉千愁了，暮云凝碧。

山花子

篱外高枝厚朴花。雨晴山鹊语喳喳。斋罢道人无一事，数檐牙。　　日与春迟弥澹永，梦随人散没开遮。唤取樵青擎茗碗，碧萝芽。

金缕曲

甲寅端阳

满泛雄黄酒。且从容、艾符蒲剑，今年依旧。安石榴花开几朵，太息吾行良久。问客子、不归安否。长月荒唐成毒月，付混元、合子张翁手。何虫豸，强蟠纠。　　清江湛湛平无皱。御风来、终南进士，终葵杼首。踏浪吴儿休竞渡，闲看吴娃竞走。尽涂抹、青红新旧。暮色苍然从远至，最高楼倚望双虹彀。墙角落，鸡虫斗。

蝶恋花

片雨清凉能泼火。生日今朝，莲萼车轮破。旧梦沉思无一可。余生只欠王孙裸。　　星影稀微萤影大。暗碧冥濛，粒黍凝神我。阁阁蛙声新勘过。三官催缴私门课。

摸鱼子

题劳玉初《釜山隐居图》

釜山青、初阳村舍，桐乡昔意滋厚。沧桑朝市都千变，尺步依然周亩。葵麦茂。伴台笠行归，虿发都人妇。杜门窥牖。问天道如何，遗民犹在，太息使君瘦。　　人间世，那得丹砂句漏。萧然环堵五柳。安期仙屧今何在，缥缈晨霞海右。芝三秀。料一发千钧，荷担心如旧。石头炼否。憯西北龙吟，东南虫化，天地共搔首。

眉　妩

初月，和韵

乍鱼霞晕里，一掐新黄，匳隙晚妆点。薄妒瑶台影，眉峰蹙，人天寂寞心眼。春宵未展。两纤纤、桂叶描懒。认微步，碧海归来夜，怯罗袜尘浅。　　留伴。筝和琴散。共玉清寂照，银渚低案。绰约霜娥袂，掺离绪，春江愁夜潮满。钩帘慢卷。只暗尘、火树斜见。尽独处常娥，山河影、再生愿。

最高楼

五更转，睒睒大行星。不寐得先醒。万家梦里浑安帖，九霄露下忒清泠。与丁宁，日莫出，事休生。　　也漫道、山河皆幻影。也须信、果瓜成笃病。跳丸去、没前程。螔蝓字画随涎出，蚵蛂鼓吹为官争。碧翁翁，秋自瘦，泪难晴。

金缕曲

健骨金刚锁。任铁围、八风飙起，四洲涛簸。方丈维摩安稳在，时有天花飘坠。有萨波、若师知我。我梦千人石畔去，见生公、说法天龙卧。寿者相，君知么。　　寄声笑口应须破。海中占、珠联璧合，再中日可。艮地新年风起处，依旧司天台课。把旧事、重提㦬㦬。二老风流相约去，醉长安、市上花三朵。劝汝酒，一杯那。

行香子（二首）

云起从东，云起从西。打蓬蓬大帝蓑衣。鼍鸣是否，鹙秃来兮。总刈要晴，耕要雨，不舒齐。　　巧语黄鹂，苦语鹎鸫，泥滑滑竹里鸡啼。谁家祭酒，若个阇黎。任金刚眼，菩萨眼，一眯眵。

徙倚危楼。旷荡神州。辊天门、日月双球。齐云社蹴，白打钱投。是二郎神，四圣观，趁场不。　　雁字言愁。鹿角沉舟。南北风、来去无休。可中下脚，输了缠头。总水茫茫，沙浩浩，鬼啾啾。

霜花腴

彊村示我九日词，感和

碧澜霁色，敛新寒，秋山为整妆容。鼻孔禅撩，颠毛病秃，还来落帽西风。人间断蓬。著泪痕、染遍江枫。度关山、万里云阴，伤禽不是楚人弓。　　古往今来多事，尽牛山坐看，哀乐无穷。坏井蛙声，危柯蚁梦，台边戏马匆匆。骑兵老公。莫青袍、误了吴侬。仗萸觞、辟恶湔愁，愁来还荡胸。

念奴娇

曹秋岳《竹垞图》今藏王息存处，出以索题，追和元韵。

华阳旧馆，记清明上冢，网船归泊。港尾溪头寻踏去，象设孙枝长托。白槿编篱，青松偃盖，想像归田乐。百弓量到，谁家邻比篱落。　　何时墙角楼成，水湾门近，酝舫宾重酌。添个玉堂宣唤影，深护层轩修幕。诗派编图，瓣香呈佛，潜采光丘壑。紫薇老矣，飘零长遁江角。

六　丑

用美成韵

问簸钱堂上，尽一日、枭卢几掷。新年旧年，年华蝇扇翼。蛛网禽迹。信马垂鞭去，高桥回首，认槐安谁国。滑稽履舄春芗泽。广鬓香城，飞车绮陌。清歌尔汝怜惜。怪东风多事，入户窥槅。
虚堂憩寂。寄天青海碧。未了平生梦，斟消息。迷离燕雁归客。总连环不断，春愁无极。过人日、梅花岸帻。强含韵、缠慢沉吟律犯，紫霞旁侧。愁不断、船潮社汐。数海桑、叶叶尘尘遍，麻姑记得。

定风波

寄訢斋

暂乞人间解脱身。安横何用闭樆门。江上秋帆千里影。风正。归涂万一妥归魂。　　万树梢头敷座坐。云过。朗吟还见洞庭君。一向松涛喧茗碗。鱼眼。先醒原是独醒人。

十二时慢

和鹤林靖韵

木兰花，玉溪悟后，的的假中不二。秋思耗，悲来笑矣。露滴幻香愁蕊。汉国山河，秦关明月。楚客回风意。咽竞气、千载缠绵，鬼带殇戈，莫近汨罗宵济。　　夜向晨，斗杓酹地。星賨吠流离碎。如此江山，适来夫子，郁歕钟山翠。问归人归未，不是漆园早计。　　大明王，西飞孔雀，覆遍光明金翅。一念千年，十身九界，云海搴衣至。任蟪蛄朝菌，斗诤黄帝岁。此心不去，也非来薏，妙莲华里。

蝶恋花

读橘农《訢斋词》书后

拆破贫儿衣上缕。梦里分明，醒是瞢腾语。门外天涯千里路。到来莫作家乡住。　　嚼碎云门玄妙句。空也噇空，饥也知饥处。谁见法身和露柱。无星称上分厘觑。

喜迁莺

和仁先韵却寄

年朝岁暮。向消领湖潸，雁啼柔橹。分轴编诗，倚声写梦，占得忘机逸旅。一向椒芬凝酒，偏是蜡花窥户。重点检旧春衫，一瓣心香荐否。　　何处双缟袂，月地归来，白晓冰轮午。照影波清，围炉夜永，几度移宫换羽。零落潜夫旧事，都付补题新句。为邀勒帝台春，回向歌边金缕。

临江仙

安石榴花开几次，睡乡还在他乡。黄神镌得越巫章。告天烦雀使，酿蜜要蜂王。　　楼阁参差无尽意，凭阑惆怅斜阳。惠风吹去禊亭觞。飘零王略帖，数番付元章。

临江仙

午日有寄

昨日雨寒今日热，午风儿女钗符。大夫角黍意何如。九江山九面，九逝郢魂苏。　　满酌雄黄除恶酒，老夫醉颊回朱。三年蓄艾计非疏。南山骑虎去，不见鬼揶揄。

临江仙

彊村词来，调高意远，讽味不足，聊复继声。

西北浮云车盖去，晚来心与飘风。高楼独上与谁同。名随三老隐，声在九歌终。　　不是凭阑无下意，新来筋力添慵。江心桃竹倚从容。音书迟雁字，经本闷龙宫。

紫萸香慢

和彊村九日焦岩登高词

折茱萸、焦岩招手，词人共是仙曹。泛凌江单舸，灵胥眼，海门高。风雨年年重九，甚今年残照，与暖霜袍。对江山、摇落不是旧题糕。关塞路、影消梦消。　　松寥。阁自前朝。呼旧酒、炙新螯。望南山不见，寻寻觅觅，暮暮朝朝。雁来数行题字，回帆掺、荡归潮。尽人间、难开笑口，桑田掷米，新句得恁相招。愁重痒搔。

临江仙

缀玉轩主留赠小影，赋此以答

五十年来三世相，华胥梦里婆娑。神光离合洛灵过。天花原不落，休著老维摩。　　露电无痕仙影在，江南江北愁多。幽香小迟道人歌。梁尘千日绕，奈许袜尘何。

小重山

客有歌鄂王词者，音节慨慷，感而赋此。

雄剑无端挂壁鸣。秋涛摇废垒、转鼍更。王良阁道照人行。歌宛转、心抱北辰明。　　云水谢浮名。客心争日月、预期程。与君回抚伯牙琴。天风静、来有大龙听。

摸鱼子

彊村写示《龙华桃花词》，依韵答之，是日寺僧约看花，未往。

谢阇黎、十年禁足，玉鞭忘了春骑。夕阳漫想亭亭影，烘入澄江霞绮。呼角里。道收拾商芝，移种秦源里。鹧鸪啼起。便红雨纷纷，道人悟了，作饭了非计。　　伤春目，多少蜂酣蝶戏。不是凉州乐世。散花天姊含颦见，不断花间兴废。楼笛倚。便吹彻苍龙，难遣悲华意。东风休矣。只笑也堪怜，开原多事，鹃血渍巾泪。

鹧鸪天

再和彊村韵

别浦徘徊隐钿车。谪仙散诞醉流霞。归来渔子都忘世，去后刘郎不问花。　　空色眩，色空嗟。杳然流水到天涯。东皇合念春无主，处处流莺忆故家。

（以上选自《曼陀罗寱词》，《彊村遗书》民国二十二年刻本）

邹弢（5首）

邹弢（1850—1930），字翰飞，别署潇湘馆侍者、司香旧尉、玉愁生、瘦鹤词人等。江苏金匮（今无锡）人。尝馆姑苏十余年，后寓居上海。擅长小说创作，诗文也佳，曾与友人共创希社，后被推举为社长。晚年隐迹于家乡无锡，生活凄苦。有《三借庐剩稿》及《三借庐笔谈》，文言小说集《浇愁集》等。

邹弢能词，有《三借庐词剩》，收入民国三年（1914）排印的《三借庐剩稿》中。

念奴娇

慰悼亡

毡炉春小，正霜华蒸透，疏林红叶。海角惊传消息惨，南国夭桃吹折。璧月楼空，天风珮冷，富贵都抛歇。梦回孤枕，镜中潘鬓如雪。　　恰遇甲子平头，儿孙舞彩，拟把霞觞洁。断送机声仙袂迥，分却东西鹣鲽。碧玉箫寒，朱弦轸老，终古听呜咽。营斋营奠，黔娄无限凄切。

浪淘沙（四首）

怅绝可怜宵。夜雨潇潇。晴时又是晚风骄。竹子飕飕梧瑟瑟，乱助商飙。　　肮脏海棠娇。身世无聊。梦魂回首故乡遥。多少伤秋离别恨，齐上眉梢。

凉意下虚空。夜正当中。隔窗月色又朦胧。半壁残灯三转柝，一片秋蛩。　　心事等飘蓬。幽怨重重。可怜情味可怜侬。碧玉年华容易误，只怪罡风。

秋景十分清。玉漏三更。吹箫故作断肠声。促织不嫌人寂寞，替诉离情。　　宛转睡难成。泪眼盈盈。玉颜底事要飘零。南国相思红豆子，记得分明。

雨洗嫩凉天。秋思谁边。月华如水夜如年。几度销魂人不寐，坐起还眠。　　顾影自家怜。容貌空妍。浓欢浅笑总成烟。安得凌霄骑鹤去，重赴游仙。

（以上选自《三借庐词剩》，《三借庐剩稿》民国三年排印本）

奭良（19首）

奭良（1851—1930），满洲镶红旗人，姓裕瑚瑨氏。字召南，一作绍南，室名野棠轩。贵州按察使承龄之孙，晚清著名疆臣赵尔巽的表侄。屡试不举。因旗人故，荫奉天县令，后擢东迤道、山西河东道、湖北荆宜道、江苏徐州道等职。辛亥后去官，后应清史馆总裁赵尔巽聘，在馆有年，曾修订《清史稿》中的部分内容。熟悉清史掌故，著有《野棠轩文集》《史亭识小录》等。

有《野棠轩词集》四卷，收入《野棠轩文集》中。

露　华

史馆榆叶梅和闰庵，用碧山平韵

踏青人懒，恰峭风吹得，困损春魂。不分明处，犹余一缕芳痕。尽有浮花浪蕊，是几番、嫁杏拖裙。浑未觉，东皇有意，潜与移根。　　凄清低颦敛靥，似新入平阳，退处长门。溶溶淡月，能消几度黄昏。坐对繁英薄媚，只莫忘、流水孤村。春去也，斜阳一抹断云。

摸鱼子

题四弟莘吾《秋日山居图》

甚秋容、雕疏满眼，山中宜适晨暝。蓬蓬如齐攒云树，野卉小红低映。霜信冷。试信步幽寻，微渺寥天净。闲居漫兴。只采药林深，寻碑寺古，淡趣略相等。　　秋声紧，一片枫林槲影。西风吹入寒劲。空中描取仙人境，那有玉楼银井。君记省。图不尽、回黄转绿无穷景。流光莫定。尽屋角摊书，墙头漉酒，祝尔睡乡静。

探芳讯

上日立春，次闰庵韵

早春蒨。怎大地阳和，峭风吹换。更六花飞舞，向炉不知暖。瞢腾倚醉趁椒盘，连举红螺盏。说良辰、逝水年华，岁朝频见。　　无语暗心转。记洗甲银河，捷书曾盼。负了韶光，踏枝鹊、处堂燕。开灯时节依稀近，柳眉花眼。问山中，历日都忘早晚。

念奴娇

荷花和孟晋，用白石韵

亭亭绝艳，是玉真生日，适来俊侣。徙倚疏廊擎翠盖，折取觥筹无数。白鹭低窥，红蜻小立，碎滴芭蕉雨。冷香浮动，擘笺争拾新句。　　野旷依近连昌，衣云鬓影，一任人来去。斜傍钓矶撑小艇，隐隐菱歌遥浦。碧水三弓，珠帘一桁，合作浮家住。凌波含睇，御风如导前路。

烛影摇红

乙丑正月，和闰庵韵

怕说春朝，野风摇曳欺人老。莺啾燕唧耳边新，悔不埋头早。觅取黑甜幽杳。又平林、群鸦闹晓。星桥灯远，迁客天涯，家山梦绕。　　懒去巡檐，隔篱花影知多少。红稀绿暗不禁寒，秀茁墙隅草。欲觉何曾睡觉。旧巢痕、微茫尽扫。杜鹃安在，只有绵蛮，依人飞鸟。

高阳台

残雪，用叔夏韵

鸳瓦犹明，猊炉欲烬，野桥凄断渔船。能几时留，尖风勒过残年。飘尘掩尽晶莹质，傍墙阴、攒簇堪怜。却依然，沟水流澌，禁树笼烟。　　当初散漫天花舞，尽粉妆绮阁，玉甃银川。淡月而今，垂光不到楼边。遥山晴望时明灭，噤余寒、倚醉无眠。更开帘，尚印飞鸿，莫冻啼鹃。

高阳台

孟晋园居，和苏诗十余篇，又《游花之寺》古风一首，迭以见示，赋此答之。

避地郊坰，怡情篇籍，遥思玉局当年。晶宇琼楼，怎知人在高寒。沙堤绣戟浑抛却，只行吟、徙倚林泉。最缠绵，细柳新蒲，写入涛笺。　　西园曾与陪觞咏，爱一泓水碧，万柄荷鲜。闲过招提，俊游考古流连。文人例有争墩习，妙亭平、绮语珠联。重开缄，如和陶诗，如遇坡仙。

南　浦

春草，用玉田韵

春色漾平芜，绿芊芊，一晌暄风吹晓。遥望浅笼烟，盘鹰地、野火荒痕全扫。踏青人去，软泥刚印弓鞋小。雨后蓬生窗外满，却忆畹兰湘草。　　几时翠遍裙腰，想匆匆、寒食过了。含润土花香，铺茵嫩、低衬马蹄休到。嫣红尚渺。短桥流水游蜂悄。庭户无人门寂寂，新展绿阴多少。

沁园春

病中作

荆棘余生，忧来百端，病亦戏予。忆髫年羸弱，时亲药裹，名场毷氉，空逐公车。门荫除官，牵丝黄绶，窃禄东都十载余。因风便，便频登启事，渐即康衢。　　乘边竟重储胥。愧曲突、移薪计尚疏。笑鸥波浩荡，几同传舍，蠹鱼纠结，又校官书。少也多愁，老而善病，七十光阴过隙驹。酸甜味，傥逢人巧算，细与乘除。

永遇乐

坡公生日题孙雪居《笠屐图》

昔日黄楼，逢公生日，曾荐尊俎。十八年来，灰飞烟灭，最凄凉难诉。南飞鹤影，孤鸿缥缈，劳尔蝎磨朝暮。自覃溪、焚香授简，竞说雪堂椒醑。　　仓山荒伧，三投解未，也学新安浪语。新法难言，新诗莫咏，海外聊容与。天才飒爽，儒林文苑，收缚一生不住。只赢得、芒鞋箬笠，流传画谱。“三投”出公集赋中，而袁不知，见《随园诗话》。

春风袅娜

和闰庵词，星樵

正瞢腾岁月，底处销愁。金奏急，笛声柔。看秦云冉冉，和风袅袅，花团爨末，菊部班头。中有一人，惠而好我，情在歌喉低处留。春事刚逢九旬过，秋波一转大千收。　　无奈彩云易散，风流顿歇，阳关唱、只索休休。休倚柱，莫抛球。非关缱绻，不是绸缪。知己难逢，千金难买，国香何在，百卉何稠。素心人偶，是三都妙手，行吟立望，新月如钩。

水龙吟

无悔写示庚子辛丑所赋词，激楚隐婉，寄托遥深，作楷又极工秀。装为长卷，缀以小词，并征大雅同咏，用东坡韵。

曲中何限秋心，天花高下随风坠。星槎路隔，银川曲绕，动人旅思。萍絮浮踪，唱骊筵散，停骖门闭。试闲中静忆，蛩声雁影，怀古意、悠然起。　　乍见蓬瀛清浅，叹西京、岁华如缀。尘迷玉宇，梦回金炬，唾壶应碎。谩写新愁，数行残柳，一泓寒水。共兰成、此际行吟悄悄，滴铜人泪。

珍珠帘

丁卯上日闰庵函讯，词以报之。

饧箫不到闲庭陛。饮屠苏、已是香山婪尾。晴旭半窗匀，听鸟啼声碎。怅怀西台台下客，正散锦、动珠难记。须记。是第一邮签，相思题字。　　颇笑提椠扬云，对银旛彩胜，犹耽墨戏。暖雪甚知时，恰酿成春意。似水流年浑未觉，只觉得、天公微醉。宜醉。怎梦里瞢腾，却寻生计。

惜余春慢

赋慈仁古松

莲社台空，琳宫尘黯，犹说虬枝夭矫。浓阴匝地，黛色参天，多少俊流临眺。难得高贤结邻，心比双清，迹同三笑。想霜严雪洁，秦封不到，竦然云表。　　曾几日、灰劫相寻，化为龙去，尚有苍髯缭绕。交光易散，胜境重开，一抹影堂斜照。欲问因缘有无，输与枣花，游骢夹道。待青筠直送，涛声无奈，著书人老。

高阳台

蝶影轻分，蛾痕重尽，逸情飘上云端。对影樯乌，孤灯短梦谁看。清波误认银河渡，只桃花、流水依然。写冰纨，丝履如新，玉镜长寒。　　年来我亦朝飞雉，已秋听桐雨，岁隔椒盘。晚景萧寥，都忘取冷时间。多情尚接离魂梦，较风怀、荀令为难。枉心牵，碧海茫茫，底处仙山。

菩萨蛮

渔川斋中遇郑俠忱、梅斐漪

姑苏城外寒山寺。桃花源畔秦淮水。飘泊各西东。重逢似梦中。　　吴刚修月者。合结仙姻娅。为问蹇修人。何如郑子真。

湘江静

戊辰七月，和闰庵纪梦词

玉笛声残连隔浦。正悲秋、景光难驻。瞢腾一晌，喧阗四作，作铙歌雄句。曼衍不分明，朱霞起、黑风吹去。飘尘渐敛，荒烟欲迷，闻人语、不知处。　　说与君，情最苦。似飘摇、小园枯树。帷灯焰短，窗纱雾隔，甚鼍更蛙鼓。梦境细沉思，怕真个、报人风雨。狂花易尽，空枝易坠，兰成怎赋。

霜花腴

晚菊，和闰公

菊残叶谢，对雅吟，如逢老圃擎霜。花比人稀，影同云薄，高秋经露难当。坠英敛芒。忆昨时、曾染娇黄。趁斜曛、散步巡行，两三余梗似柔桑。　　休恨此花开晚，只看花兴懒，易沁愁肠。寥落宜休，丰神都减，难同白帢寻芳。故园久荒。付暗蛩、竹瘦松凉。到篱边、重与盘桓，尚余清酒香。

八声甘州

听西风短柄驭追锋，千里揽高秋。尽长城饮马，广川射虎，底事扁舟。试访朱虚虚馆，今古两闲鸥。矍铄复如是，容与中流。　　当日天山露冕，盛骖鸾撰著，笑傲沧洲。拥皋比东渡，博望莫能俦。有青箱、传经素业，会鸿都、逢掖服先畴。何时谱、礼堂化雨，重付营丘。

（以上选自《野棠轩词集》，《野棠轩文集》民国十八年刻本）

赵藩（15首）

赵藩（1851—1927），白族，字樾村，一字介庵，别号蝯仙，晚年号石禅老人，云南剑川人。清朝光绪元年（1875）举人，曾任川南道按察使等。辛亥革命时曾参与云南独立事宜。1913 年被选为众议员，1917 年讨袁护法时任广州护法军政府交通部长。1920 年辞职回滇，任云南省图书馆馆长。晚年致力于文化事业，总纂《云南丛书》等书籍至逝世。有《向湖村舍诗初集》《向湖村舍诗二集》《向湖村舍杂著》等，楹联著述有《介庵楹句集钞》《介庵楹句续编》《介庵楹句正续合钞》等。

赵藩学词较早，据《小欧波馆词钞自叙》，他年十六即学为倚声，积稿数十阕，但乱后失去，自是不复为。二十五岁时受友朋影响，偶尔为之，之后又数为之。有《小欧波馆词钞》六卷，包括《谧箫词》《淬剑词》《味茗词》《眠琴词》《炙砚词》《煮石词》各一卷，共计二百余首，有民国三十二年（1943）石印本。

人月圆

癸丑中秋，省寓初归，即事有作，次《龚定庵集》中原韵。

招魂不信吾犹在，明月送还家。团圞情话，饼香酒酽，桂树初花。　　自今以始，描京兆笔，赌易安茶。无心再问，烽烟南徼，冠盖东华。

满江红

次岳武穆均，滇军军歌。

剑佩雄冠，男儿志、昂藏不歇。凭半壁、涤腥湔垢，浩然义烈。金马腾空开宿雾，碧鸡叫梦醒明月。又两番、推倒段和袁，抒诚切。　　老松干，耐朔雪。坚金质，难磨灭。犛苍山巨石，补完天缺。尺组终拴默啜颈，寸丹不化苌弘血。大中华、璀璨彩云笼，开宫阙。

高阳台

白叠骸丘，红淹血泊，湖湘浩劫堪怜。巨镇名城，行来总断人烟。南强北胜争蜗角，只同根、萁豆相煎。攫金钱。弹雨枪林，各饱腰缠。　　倏和倏战频贻误，是满怀机诈，莽操心传。木屐儿来，便愁席卷山川。一年容易中秋节，月朦胧、碧海青天。最凄然。世上流离，天上团圆。

苏幕遮

凿铜山，开铁路。险失边关，晓夜飞车度。四百万人瞑未寤，赎恨无赀，欲养兵为护。　　虎争时，龙蛰处。酝酿危机，复杂尤无数。传舍浮华贪草露。前后疆臣，大错同心铸。

琐寒窗

题《秣陵秋眺图》

满目苍凉，六朝都会，败垣颓瓦。往劫休谈，近事欲题先哑。自张家、辫子兵来，小儿衾底啼犹怕。听秦淮水咽，水次枯杨，暮烟微惹。　　苦也。叹多少，呆女痴男，绿凋红谢。乌衣何巷，只马粪堆成卡。剩钟山、蜡屐登高，酒边嗅菊香盈把。莽愁来、寂寞空城，月黑寒潮打。

齐天乐

寄湘弟马关

经旬共听西堂雨，与君都是游倦。返自鱼通，小留翠海，又领马关新县。雀苻警遍。要结束行边，短衣长剑。急檄难辞，世人无翫尚称羡。　　频年南北宣战。叹老扣囊中，敢操英算。毂走辊雷，舶冲狂飔，无奈知交殷劝。感深天眷。喜新育双孙，乳餐俱健。事毕遄归，醉移华小院。

南柯子

曹溪荡水右

连轸青瑶嶂，揩奁碧玉流。曹溪溪上溯原头。诧见伏犀横激、雪花浮。　　笠背蒸如炙，襟怀飒已秋。南华胜处此无俦。五羊归兴且勾留。

城头月

曹溪归，日至琶江，舟下清远。游峡山寺。

青山门外青于洗。山中云初起。径转田塍，溪横略约，画入丹青里。　　劳生旋磨团团蚁。取譬鱼千里。雷电訇訇，峰峦迎送，又转琶江涘。

摊破浣溪沙

河东君小像

猜是杨枝是柳枝，风流放荡想当时。争怪绛云楼上叟，费禁持。　　山下蘼芜曾入梦，江南红豆最相思。消得鸳鸯湖一会，定情诗。

满江红

自书《抱膝盦图》

名士虚声，武乡出、始明真相。与前哲、渭滨莘野，比肩相望。八百株桑田十顷，赢余肯为儿孙饷。最生平、淡泊是襟期，何超旷。　　诫子语，端趋向。出师表，抒忠亮。竟重扶汉鼎，功难于创。世乱吾期全性命，运移人为生悲怆。愿相从、抱膝草庐中，征微尚。

朝中措

月夜啜茗感事

碧梧阴里见栖鸦。云破月开华。犹倚藤床竹簟，闲看童子煎茶。　　罗浮奥境，无端唳鹤，响入悲笳。想得此荒箐，几人琐尾离家。

八声甘州

用耆卿均

问迈园旧日种秋花，花开几番秋。记丛篁筛月，修梧洗雨，规建高楼。忽地岷峨劫警，将作一时休。急与移家去，航转东流。　　最忆霜中黄橘，奈着棋客散，残局谁收。剩皋桥春庑，十载借佣留。想延缘、玻璃江水，要好风、吹上木兰舟。烽烟起、锦官城郭，又入边愁。

临江仙

炮火轰天笳殷地，惠潮匝月鏖兵。回戈内向太无名。供人鹰犬役，伤类兔狐情。　　冀伟然灰仍割据，孙恩诡计环生。故乡鱼肉忍刀砧。樵柯休待烂，急为敛棋枰。

临江仙

纪　梦

清绝今宵南海月，竹阴移上窗纱。照人吹笛照煎茶。青青梧已落，白白桂初华。　　倦卧又醒醒又坐，记曾梦到山家。记题雪壁字杈枒。息心参梵呗，入骨恋烟霞。

满江红

中秋夕觞客已，步月至六榕寺，与钱师坐东坡精舍，感念时事，言愁欲愁，遂填此解。

人月团圆，谁不爱、中秋佳节。只是我、一家几处，三年久别。和局犹闻丹素讧，杀机又染玄黄血。百无聊、萧寺且登楼，还看月。　　菩提院，蛩幽咽。舍利塔，镫明灭。仅心肠铁石，也伤尘劫。周处斩蛟刀或利，昌黎驱鳄文难说。更休题、法曲咏霓裳，唐宫阙。

（以上选自《小欧波馆词钞》民国三十二年石印本）

崔瑛（17首）

崔瑛（1852? —1920?），字瑶斋，号匏叟，广西桂平人。晚清诸生，屡试不第。曾在广西、广东、四川、江西等地为幕僚，一度随其任华阴县令的儿子崔肇琳住陕西，辛亥后回家乡安度晚年。善吟咏，有《琼笙吟馆诗余》二卷。晚清词论家胡薇元对其词有较高评价，以为“先生之调质实而能清空，无凝涩晦昧之弊”（《琼笙吟馆诗余序》）。

满江红

三至南昌游百花洲，有感

问百花洲，好风月、今为谁主。曾记得、楼台花木，缤纷无数。迭次前尘浑似梦，卌年佳景宁如故。予自壬申来游，庚子复匆匆一过，迄今壬子，已四十一年矣。更停杯、怅望藕香居，苏公圃。　　城郭是，云犹护。人民异，风难古。听猿惊鹤怨，笳声凄楚。讲武东湖游艋舴，题诗一作宴文。滕阁危江渚。剩寒鸦、晚噪几垂杨，临风舞。

满江红

季秋朔，有感

鬼泣神惊，正去岁、今朝往事。还记得、天荆地棘，矗熛狼燧。举目河山添缟素，狂歌时世淆醒醉。剩满腔、热血洒冰天，新亭泪。　　争蛮触，群雄起。脱豺虎，携家避。奈痛余思痛，闷来贪睡。一觉黄粱无好梦，邯郸仙枕拼椎碎。最伤怀、树老已成围，人如此。

沁园春

有　感

睥睨千秋，慷慨平生，浊醪一杯。叹功名无分，烟霞有约，浮云事业，蔽日尘埃。锋镝余生，波涛涉险，挥麈休谈经难来。当时事，等覆巢鹤怨，避弹鸿哀。　　从今放浪形骸。问功狗功人安在哉。笑千钧独倚，一钱不值，徒居高位，也算奇才。乱世灰心，英贤遁迹，纵是干将成弃材。山林好，有风亭月榭，胜过云台。

踏莎行

重阳游极乐寺，题壁

落叶孤村，流云半岭。寒鸦争噪垂杨冷。纵无风雨苦重阳，寥天满目苍凉景。　　无处登高，有何遣兴。许多松菊荒三径。茫茫四海恨无家，几曾极乐栖人境。

一丛花

凄风冷雨奈何天。月怎不长圆。伤心忍说青门路，悲死别、又逼烽烟。莫问稠桑，肯忘卢橘，长恨痛良缘。内子与卢姬皆殁，厝于陕。　　老来情绪更缠绵。生怕冷婵娟。仳离幸剩朝云在，相伴我、解唱吹棉。多少清词，商声苦按，难得可人怜。

满江红

秋　怀

梦里关河，望故国、何时遄返。偏遇着、几风几雨，催人肠断。绿鬓功名驹隙过，青山景物螺杯遣。数长天、嘹喨雁行低，南飞远。　　思往事，浮云幻。怀旧侣，晨星散。只东篱彳亍，伊谁相伴。黄菊开来多与少，秋心便识深和浅。苦宵宵、离别恨偏长，更筹短。

山花子

暮秋怀友

秋气萧森秋色阑。园林无主百花残。帘卷西风人瘦损，莫凭栏。　　远水长天孤鹤唳，小桥明月玉箫寒。作客思君多少泪，隔云端。

凤凰台上忆吹箫

怀　旧

过雁惊寒，栖乌啼夜，霜天相和声哀。正西风残月，叶落庭槐。生怕终南回首，气葱郁、未必佳哉。帘垂处，泪曾流烛，心早成灰。　　猜猜。故人何在，怅数遍晨星，望断天涯。更故宫草茂，黄菊徒开。万事浮云苍狗，问造物、著甚安排。从今始，山湾水曲，布袜青鞋。

潇湘夜雨

暮秋雨夜感怀

去乱关中，来游江右，惺惺曾惜惺惺。避陕乱，携家过江右，蔡星山亲家留寓望云居别墅。望云居里，归梦几劳形。纵是一家团聚，他乡客、总算飘零。秋宵苦，风风雨雨，肠断一镫青。　　不堪回首处，笙歌红烛，锦绣银屏。况琴边诗雅，剑外杯停。都道老来更好，翻遭变、岸谷山陵。霜钟冷，乌啼月落，欹枕五更听。

西江月

秋　夜

飒飒风敲窗竹，疏疏雨滴庭梧。痴心耽阁睡工夫。只祝海棠如故。　　累我欲眠复起，梦儿似有仍无。龙涎添炷博山炉。但愿佳期休误。

飞雪满群山

本　意仲冬望后大雪作

绿蚁醅新，金猊香袅，遮寒羔袖难周。同云密布，霰珠纷集，朔风震荡帘钩。开轩凝眺远，惊四面、青山白头。却知道是，天公玉戏，茆屋幻琼楼。　　纵卖弄、神仙多富贵，琪花瑶草，尽可忘忧。何如世界，斟寒酌暖，家家大被长裘。便鸿泥驴背，赏心处、寻诗兴幽。丰年有兆，梅花对我含笑不。

金缕曲

端　午

白楝花开罢。驶驹光、天中节届，红腾榴夏。锋镝生还人老大，笑对兰汤蒲斝。观竞渡、江干闲暇。问汝是龙标谁夺，恁少年、旗鼓相当也。夸势力，争声价。　　江河日见滔滔下。被灵均、骚魂痛哭，泪珠盈把。谁信怀忠翻遭放，都属鸩媒鼠吓。更山鬼、薜萝空话。搴芷纫兰荐椒醑，沥臣肝、讵有如公者。甚角黍，吊哀雅。

倦寻芳

春　寒

沉沉院落，困柳骄花，风利如翦。泥絮慵衔，恼了画梁双燕。向天涯，寻消息，玉人料冷看花眼。镇无聊，是香微粉涴，重帘难卷。　　想寻醉、芳尊偏浅，花放迟迟，紫陌云远。过了清明，修禊踏青都懒。帘外锦袍难入梦。误他冷落华清宴。者情怀，问酴醵，也应肠断。

花发沁园春

春　感

苦雨欺莺，疾风嗔燕，晓来尚未安静。怨红泼地，惨绿沉天，做出迷离光景。海棠未醒。空隔著、珠帘波冷。只赚得织恨缝愁，撩人魂梦无定。　　脉脉雕阑独凭。奈萧娘华容，岂耐凄哽。连朝病酒，几度伤春，老了少年清兴。自怜顾影。谁医好、心头真病。问何日、解冻东风，满园开遍红杏。

满江红

书　怀

书剑漂蓁，三十载、肯忘前约。谁料得、沧桑惊变，此身无著。老去朱颜嗟对镜，生还故里愁听角。叹菟裘、何地可经营，锥空卓。　　拖藤杖，兜芒屐。江畔鹭，云中鹤。幸魂安病后，尚顽腰脚。诗酒溪山容啸傲，松枝麈尾挥频数。更等闲、无事上龙华，堪行乐。

二郎神

春日怀胡诗舲成都、刘荫堂长安

夜来风雨，先起问、海棠消息。恁乱后惊魂，病余愁思，销尽伤春气力。燕子归来帘栊冷，只草色、空阶凝碧。嗟玉佩怆离，荫堂临别赠我玉佩。角招哀变，诗舲和乱后角招阕。旧游裙屐。　　岑寂。昔年别泪，青衫犹湿。看满地江湖，一声渔唱，谁弄扁舟铁笛。巫峡猿啼，长安雁渺，肠断天涯羁客。登画阁、怅望平芜尽处，此情何极。

水调歌头

乙卯重九有怀，倦于游览，登楼眺饮以当登高，聊拈此解。

懒蜡上山屐，一笑有高楼。喜佗麼畔临水，依样赏清秋。近望江天寥泬，远数云山重叠，对酒不胜愁。醉把茱萸插，千里思悠悠。　阑独倚，搔秃鬓，豁吟眸。西山无恙，依旧苍翠枕双流。我道菊花重九。人道梅花重九。阳历已十月矣。行夏却尊周。老树阅兴废，垂首叹沉浮。

（以上选自《琼笙吟馆诗余·扶荔词》民国十四年排印本）

李岳瑞（20首）

李岳瑞（1852？—1927），字孟符，号小郢、惜诵等，陕西咸阳人。光绪九年（1883）进士，选庶吉士，散馆授工部主事，迁工部屯田司员外郎，兼充总理各国事务衙门章京，办铁路矿务事。为戊戌变法重要人物，清亡后任清史馆编修。晚年回归故乡，著有《春冰室野乘》三卷等。

能词，其《郢云词自序》云："儒者率卑填词为小道，几于俳优畜之。然其体肇始于三百篇，滥觞于汉魏乐府，由风雅颂而五七言，由古而律，由律而长短句，此亦三统质文迭嬗之故，非人力所能为者。周、秦、欧、柳、辛、姜、吴、王诸大家皆以忠君爱国之感、微词讽谏之义，自尊其体，非可以一二侧艳之辞、狭邪之语，摈诸文章之外也。"可知词学趋向仍在常州一路，故其词亦学梦窗。有《郢云词》，朱祖谋收入《沧海遗音集》。

塞　孤

壬子正月十六日，用乐章韵，简子培、彊村、剑丞。

朔风凄，凤管深宵歇。草草铜仙临发。昨夜绮筵今夜别。霜信紧，天街滑。新莺暖、㟥空花，归雁冷、沉边月。乍江梅引，三弄凄裂。　　魂断百尺楼，梦里芙蓉阙。杜鹃声声啼彻。万里苍梧凝望切。浑忘了，烧镫节。羁栖向、上林枝，惆怅对、东阑雪。问金尊、何事空设。

临江仙引

微雨乍晴，江干晚眺。时正闻陕警，用屯田体，即依其韵。

镜浦。过雨。扶小槛，送归帆。春潮昨夜愁添。正暮烟凝紫，更晴涨拖蓝。流光冉冉，迅羽柳摇，残梦老江南。　　南雁北归悭信息，乡山万里崤函。指夕波明处，但斜照红衔。新寒向暝渐紧，上钩休任风帘。

浪淘沙慢

彊村赋此调，末阕用汉乐府《上邪》诗意，爱其奇横悲壮，效颦为此。

晚寒酽，沉云罥网，细雨微缬。帘际酸风乍掣。霏花渐酿暮雪。记昨夜星辰前夜月。小楼畔、绿酒香冽。怅赠佩传笺俊游侣，今宵顿轻别。　　思结。梦中翠管凄咽。念雾鬓烟鬟，惊鸿态、楚楚清露怯。嗟凤思鸾愁，都付啼鸩。怨歌断阕。留泪痕看取，斑斑湘血。　　瀛海尘飞红桑折。银云浦、暗停画楫。旧盟稳、瑶缄回芪筐。在天愿、比翼鹣鹣，万籁寂，灵犀肯向笼鹦泄。

六　丑

镇看花泪眼，悄立遍、池头凝碧。晓钟乍临，芳晖惊过隙。一逝难觅。望帝魂归夜，旧时台榭，剩断红狼藉。零环碎佩添萧瑟。絮影空迷，箫声旋寂。佳人更无消息。但苔痕袜印，犹认香迹。　　留君今夕。对清尊易泣。万里青芜苑，非故国。江关老去词客。便重逢镜里，玉颜殊昔。阑干外、燕愁莺涩。君不见、日暮东风，御柳可怜行色。芳华怨、莫问天北。纵锦笺、遍写相思字，何由寄得。

无　闷

花外琼箫，春色二分，肠断曲屏山底。正远梦醒初，篆烟香腻。小槛霏红万点。渐化作、濛濛燕支泪。又踏青、期误丝痕絮影，尽随流水。　　憔悴。遣无计，怅钗约。镜盟浅深芳字。问天际微波，玉人归未。旧恨东风漫省。更添送、新愁鹃声里。还怕剩、一角斜晖，又被乱莺啼坠。

解连环

用梦窗韵

万愁纡结。渐黄昏荡瞑，暮寒无极。正倚楼、凉月窥人，对衰翠怨红，雁边秋色。梦里婵娟，早魂断、玉京天北。尽哀蝉韵咽，数尽坠欢，总成相忆。　　年芳自怜浪掷。又霜前细菊，潘鬓添白。凭画阑、西望关情，试回首长安，乱云凝碧。欲托微波，趁双桨、沧江烟汐。指吴皋、夜长露冷，甚时寄得。

六　丑

壬子九月朔日，沪上纪所见，用梦窗韵，和季刚。

正凉霞绀海，漏瑟转、西风微掣。小山桂丛，留人馨半灭。却值佳节。曼衍鱼龙戏，万枝幡影，傍五云高揭。骄嘶宝马香鞯热。路幕传签，淞波翦缬。苕苕蜃楼仙阙。听严城箫管，一霎吹彻。　　欢悰未歇。奈霜痕苎发。俊侣嬉游处，怀抱别。年芳又过啼鴂。渐街尘倦步，露寒侵袜。银花烬、钿车声绝。不堪问、玉殿秋期，换了故宫新月。清商怨、休唱回雪。向夜阑、更续传柑梦，釭花恨结。

霜叶飞

九日，依梦窗韵

乱云孤绪。西风外，吴天无恙烟树。去年佳节罢传杯，鼓角声中雨。怅一霎、华年过羽。沧桑容易悲今古。看遍插茱萸，老至怯、登临载酒，且寻蛮素。　　休念雉尾云寒，鲸鳞月冷，杜陵秋兴愁赋。雁啼偏爱近歌前，泪掩铜仙语。尽手折衰杨怨缕。荒江寂寞鱼龙去。问几时、成归计，细菊香醪，故山高处。

瑞龙吟

用清真韵

江城路。曾见绀蕊霏花，翠阴笼树。虹桥三尺柔波，画船载酒，东风飏处。　　漫吟伫。何意梦游重到，旧时庭户。愔愔小阁黄昏，恨烟怨柳，栖鸦对语。　　前度玉人天远，锦筵箫管，谁家歌舞。还恐望中青山，眉黛非故。红楼绣箔，慵赋闲情句。凭谁问、惊鸿倩影，轻鸾纤步。镜里朱颜去。酽寒倦理，鸳机断绪。愁把衰杨缕。芳事晚，沉沉瑶华今雨。夜凉雁寂，一襟秋絮。

霜花腴

北行戒期，留别南中旧雨，用君特韵。

过江倦客，抚鬓丝，浮名误我儒冠。经醉湖山，漂波萍絮，天涯去住都难。故园梦宽。正雁飞、黄菊霜前。向长安、更觅巢痕，暮云高处不胜寒。　　京洛俊游星散，换无情一碧，树树新蝉。丹阙尘昏，金台秋悄，兰成赋笔慵笺。月明系船。听四弦、愁对婵娟。寄相思、付与吴鸿，远书和泪看。

西　河

金台怀古

神京路，秋色苍然催起。沧波残画霸台空，浑河寒水。十三陵树夕阳多，觚棱翁仲斜倚。　　御沟畔，摇万苇。隐赈天街坊里。昭阳日暮玉颜愁，乱鸦能记。凤城楼阁五云飞，西山无恙浓翠。

对往迹、何限幽思。况鲸潮、东溟如沸。且引浊醪沉醉。洒新亭、泪尽雄图，谁是俯仰千秋，兴亡事。

还京乐

宫桥夕眺，和次公

禁钟定，一带青芜翠陌知谁主。对绮波红霁，镜奁碧展，闲鸥来去。殢怨蛾愁鬌，珠帘桁隔西山雨。凝望里，宫柳倦舞，低鬟凄楚。　　渐灵坛暮。傍红墙松桧，参天黛色年年，应省恨绪。龙池旧月多情，最销魂、画船箫鼓。抚朱阑、看砌蝶双飞，城乌万羽。紫虬秋来客，依依还睇归路。

倦寻芳

有寄，用梦窗赠老妓李怜韵

倦调凤柱，回梦鸳机，难驻归燕。黛笔双蛾，曾记镜中回面。啼鴂生憎芳讯渺，惊鸿却悔神光见。怅重来，但苔痕印屟，蜡珠萦翦。　　甚昨夕、星辰凄怨，门外香骢，陌上踏遍。秀靥秋眸，无恙旧时行看。风意不应迷路迥，云罗翻界微波远。黯凭阑，听箫声，晕蟾吹散。

惜红衣

夏夜不寐，偕岩徵游社稷坛，招凉水榭，波光露气，荡魂凄魄。用白石韵索和。

钩月林梢，绳河殿侧。坐销吟力。缥瓦烟光，檀栾荡金碧。宫鸦梦醒，应解识、沧桑迁客。凄寂。清漏往时，隔重帘消息。华镫绮陌。鬓影衣香，苔痕绣鸳藉。高寒玉宇恋国。斗瞻北。一霎水天闲话，都是廿年曾历。愿故园无恙，同挹岳莲秋色。

新雁过妆楼

丁巳六月薄游沪上，梦坡招饮春宵楼，听小鬟歌《惨睹》一曲，感赋。用君特韵。

雨细风寒。霓裳奏、青娥旧恨年年。往时清漏，归梦望断刀环。玉琯吹残三叠曲，翠华信寂五云间。黯无眠。风城淡月，还照江干。　　销魂秋娘去日，怅靓妆素质，浅黛娟娟。弄梅影事，钗钿密誓人天。星桥笑看夜度，乍双湿、凉宵香雾鬟。琴心悄，问女床山上，何树栖鸾。

法曲献仙音

亭角明河，帐钩纤月，曙色愔愔庭户。唾碧香茸，泪红宫烛，销魂黛蛾双妩。问俊侣桃根渡。还迷旧时路。　　奈何许。怅芙蓉、带霜清艳，春纵老、鸳锦待将恨补。检尽箧中词，写玉颜、犹剩纨素。愿托微波，谢秋娥、星替慵赋。料镌魂鲽誓，未被隔花人妒。

雪梅香

秋宵不寐，枕上倚声。

凤城夕，萧萧木叶乱更筹。怅孤鸿心事，西风怨入高楼。阆苑瑶华迟归鹤，画屏银烛待牵牛。暮云碧，汉浦盈盈，何路通舟。　　欢游。渺无据，月地清寒，桂殿香留。故国平居，庾郎自此长愁。桃叶殷勤渡江楫，玉箫迢递隔帘讴。回肠候，怕觑凉蟾，凝对秋眸。

十二郎

题寿石公《珏庵填词图》，用梦窗韵

谢堂倦侣，醉墨黯、旧岑苔凝。怅市鹤琴孤，哀龙笛渺，谁伴鸥波画艇。倚遍危阑西风悄，坐待得、月明钟定。应水磨老仙，霜花词客，尚留人境。　　幽兴。兰成赋笔，难寻春镜。念锦瑟华年，秋衾残泪，慵问沧桑梦影。雨外镫檠，酒边箫谱，销尽沈腰衣冷。谁唤起、暮雪山阴，一棹雁行催暝。

六　丑

倩云罗雁影，为一访、秋娘消息。在天愿为，鹣鹣双比翼。密证鸳籍。最记年时事，令宾初睹，醉锦帷春色。凭肩枕臂分芗泽。凤觜纤红，螺眉浅碧。销魂定情今夕。乍鬟松舄褪，娇汗香渍。　　鸾弦易涩。甚欢悰顿隔。燕语雕梁渺，伤倦客。相思镇悔相识。怕西风翠袖，玉颜殊昔。章台道、钿车声寂。空怊怅、篋里湘钩慰我，断肠幽忆。秋檠泪、还替人惜。听夜深、细雨纱窗外，檐花正滴。

高阳台

空斋宵坐，悄然寡欢，言愁欲愁，赋此寄遣。

倚槛邀凉，钩帘贮月，画桥暝色沉沉。风外银箫，无端搅起秋心。天涯才有新晴意，怕微云、又作轻阴。最怜他，瘦蝶凄花，一夜霜深。　　江南万里凭阑思，奈瑶华织就，难觅青禽。经醉湖山，可堪倦眼登临。星辰历历绳河转，伴清愁、屋角蛩吟。镇销凝，香篆徐添，浊酒孤斟。

（以上选自《郢云词》，《彊村遗书》民国二十二年本）

林纾（3首）

林纾（1852—1924），原名群玉、秉辉，字琴南，号畏庐、冷红生、蠡叟、春觉斋主人，福建闽县（今福州）人。光绪八年（1882）举人，以翻译外国著作闻名。亦工诗词，著有《畏庐文集》《畏庐诗存》《冷红斋词剩》等。

烛影摇红

沿路春痕，醉魂醒处河声晓。琵琶琐细酒帘低，认是梁州调。往日情怀顿渺。尽心头、红牵翠搅。镜尘消影，粉盏缄愁，水仙香悄。　　词笔轻盈，御河应有杨花肖。云檐烟堞信阳城，瘦影停斜照。风紧林鸦渐少。一丝丝、词心入妙。竹垆初爇，桦烛才分，引杯微笑。

（选自《民国日报》1918 年 5 月 13 日）

石湖仙

亡友李佛客有《双辛夷楼词》，又名《零鸳词》，多悼亡之作。余旧为之序，近补为图，并题一解。

高楼烟翠。似供奉词仙，经月春霁。花外画帘低，悄无人、裁量茗味。罗屏鬟帐，仗醉梦、往来三四。还未。忍镜奁、粉泪题字。　　凄凉旧时凤纸，尚依稀、吟声细碎。喷水梅心，底事夜来无寐。雾唾如新，簟纹还腻。怎禁蕉悴。商画意。教人往事重记。

上词为石帚自度腔，去上一字本可移易。王碧栖为余审定无误，因留之不删。畏庐自识。

（选自《铁路协会会报》1922 年第 118 期）

南　浦

己未三月畹华将东行，罗瘿公、李石龛集同人觞于冯又微寓斋。

石龛属作《缀玉轩话别图》，用作畹华压装，余不能却也。石龛复坚嘱填词其上。缀玉，畹华轩名也，余未之莅，今姑作垂杨桃杏之属，度畹华轩中所有耳。并填《南浦》一解，请樊山老人、实甫、碧栖正之。

闲叠缕金箱，检舞衫，零脂宿粉犹腻。轻梦逐樱花，东风外、人与乱红同醉。春寒细紧，背人加上嫣香帔。别情欲诉，偏脉脉无言，更增流媚。　　追忆昨夜歌喉，似风际灵箫，花边流吹。酒半数归期，些时别、仍复丁宁三四。瑶轩缀玉，画阑间杀愔愔地。万重别意。争半晌流连，舟行还未。

（选自《春柳》1919 年第 5 期）

刘鉴（5首）

刘鉴（1852—1930），字惠叔，一字慧卿，湖南长沙人。生长于官宦世家，书香门第，其父刘若珪，由乡试副榜官员外郎，历任黄州府知府等职。同治八年（1869）与曾纪官结为夫妇。曾纪官为曾国荃次子，1881 年病逝，时刘鉴年仅三十岁。刘鉴自幼接受过国学熏陶，诗词文赋、琴棋书画均有涉及，有才女的美誉。著有《分绿窗诗钞》三卷、《分绿窗词钞》一卷、《分绿窗赋钞》一卷等。

水调歌头

壬子中秋，步苏文忠韵

明魄几生灭，依旧丽高天。浩然奇气存否，磅礴感当年。愧我萧萧双鬓，莫觅还丹换骨，长耐五铢寒。心迹托柔翰，思发咏歌间。　　桂飘香，桐漾碧，伴迟眠。笑看宇内，云开又捧一轮圆。三径健扶藜杖，一室欢腾竹马，少长喜齐全。尽醉极幽赏，不负此娟娟。

水调歌头

癸丑中秋遣病

暑退觉神爽，卷幔独俄延。镇日药炉相伴，兴致迥从前。况是天惊石破，多少兴亡感触，何意斗叉尖。只索压衾枕，带病遣愁年。　　漏声催，铃语和，不成眠。披衣举首，当空正对一轮圆。莫问珠宫环佩，莫管红尘离会，收视却纷烦。银汉阒如许，何处叩真诠。

醉花阴（二首）

春　暮

蝶倦蜂残花事了。人愧看花老。风雨又连朝，薄暖轻寒，添得愁多少。　　春来何似春归好。遣去闲烦恼。时节近清和，绿叶成阴，梅子枝头小。

赏　月

银漏迟迟凉夜永。坐月添佳兴。吹笛是谁家，三弄穿云，河澹星流影。　　广寒宫阙遥相映。桂子纷成阵。窃药笑姮娥，碧海长年，恰与天孙并。

金菊对芙蓉

立　春

玉箸初销，金貂觉重，宜人一片晴晖。正青旗斗艳，彩胜争奇。王孙陌上归来未，骋骄骢、滑滑香泥。珠帘卷处，草芽匝地，菜甲盈畦。　　从斯绿瘦红肥。好齐纨扑蝶，鲁酒听鹂。渐花朝冉冉，寒食凄凄。须臾又是重三近，待安排、曲水流卮。韶光九十，风番廿四，都入新题。

（以上选自《分绿窗词钞》，《分绿窗集》民国三年排印本）

徐寿兹（4首）

徐寿兹（1852—1917），江苏元和（今苏州）人。初名谦，字受之，更名寿兹，字袖芝，晚号亢庵。光绪五年己卯（1879）举人，后礼部会试屡屡不第。以功臣馆议叙知县分拨河南，光绪三十三年（1907）以直隶州知州仍发河南，宣统元年（1909）任许州（今河南许昌市）知州。入民国后，曾任江苏实业司长、政务厅长、安徽政务厅长等职。能词，遗存的词作主要创作于晚清时期。有《济游词钞》和《亢庵词稿》，后者收录于民国十二年（1923）刊出的《亢庵遗稿》中。

摸鱼儿

重阳杂感

莽乾坤、荆榛夕黯。凭栏怕看烟雨。重阳虽好登临倦，不似年时心绪。愁绝处。叹沧海桑田，一霎成今古。微闻人语。甚奴仆旌旄，诗书墙壁，惆怅杜陵句。　　红尘梦，休怨功名我误。而今愁更何许。一身沦落寻常事，忍听四郊鼙鼓。镫焰吐。有欢会如雷，犹自酣歌舞。连日满城张镫作重阳会，钲鼓之声，不绝于耳。思量几度。任庚子悲哀，贾生痛哭，此意向谁诉。

摸鱼儿

萼龕见和《重阳杂感》词，俯仰身世，殆有同慨。粤自欧风东渐，大雅不作，而吾两人者方效秋虫之鸣，争细响于草根篱落间，至可悲叹。然前喁后吁，乐亦无极，吾道不孤，犹堪自壮。因叠前韵，进一解为萼龕问。

展瑶笺、商声飞堕，冷吟消尽寒雨。诗怀酒意供挥洒，赢得一般愁绪。肠断处。甚身世、苍凉写入琴丝古。问天不语。感萝薜清寒，荪荃忠爱，零落楚骚句。　　风流歇，尚有周郎顾误。天涯同调应许。张王乐府今犹在，差足树吾旗鼓。幽愤吐。看拔剑、狂歌还作婆娑舞。低徊几度。任雨覆云翻，天荒地老，真宰总堪诉。

摸鱼儿

庭前蜡梅盛开，再叠前韵赋之。

破寒苞、檀心磬口，卷帘初过残雨。南枝窈窕原同姓，杨万里诗：“南枝本同姓。”一样清寒情绪。微晕处。认点额、娇黄如见宫妆古。嫣然欲语。正有客巡檐，屐痕四映，花底索新句。　罗浮梦，莫怨生天浪误。先春开得如许。缕金簪首风光好，听到迎年箫鼓。浓艳吐。更香涴、霓裳陈无已诗：“羽衣霓裳涴香蜡。”似作仙仙舞。芳期虚度。怅月下携尊，玉人今杳，幽恨那堪诉。邹姬尝指此树云：“俟花开，当携酒赏之。”今亡去矣，对花思人，何限感怆。

减兰

壬子九月，邹姬凤吾以暴疾卒，年仅二十七。余哭之恸，杜门谢客，悲不自胜。偶检旧箧，见余所书纨扇二事，十年前分遗邹姬及卢姬玉贞者也。写作皆率，固不足珍，对物思人，宁忍恝置。先是，戊子之岁，玉贞年十四，来余家，性婉淑，通晓文义，酷爱唐人诗，如《长恨歌》《琵琶行》等什，背诵如流，无一字误。余有所作，辄亦手钞熟复之，其性近风雅有如是者。玉贞多病，久不孕，劝再置篷，乃于壬寅仲冬续纳凤吾。凤吾婉淑有度与玉贞同，亦复粗知字义，针黹之暇，常向玉贞问字，渐能诵诗读画，学作小简亦楚楚可观。每当花晨月夕，相与酌酒论诗，颇极闺房之乐。蕴华来较晚，是岁为戊申，去玉贞之亡已四年矣。则又问字于凤吾，一室咿唔，无异玉贞在日。余顾而乐之，晚景堪娱，私窃自慰。不幸玉贞早世，而凤吾又舍余而逝也。呜呼哀已！凤吾生子女各二，一女殇去，今存二子一女，长者才九龄耳。芳春莫驻，华年遽彫，对此遗雏，弥增伤感。所幸两子皆能读书，有成立之望，他日或可慰情于地下。如玉贞之无所出，而又早亡，不尤可悲也耶。蕴华请以余所书扇，潢池而藏之，以抒我哀而志不忘。余曰：“诺”。乃泚笔为之记，而系以小词。

白团扇底。泥我挥毫肩并倚。写上新词。尚忆凭栏对诵时。　玉人杳矣。留取生绡珍重意。寄得相思。嘱付香闺好护持。谓蕴华。

（以上选自《亢庵词稿》，《亢庵遗稿》民国十二年排印本）

宋伯鲁（5首）

宋伯鲁（1853? —1932），字芝栋，又字子纯，号芝田，陕西醴泉（今礼泉）人。光绪十一年（1885）中举，第二年登进士第，授翰林院编修。1898年与杨深秀等人在京发起“关学会”，与康有为、梁启超等人交往。“戊戌变法”失败后遭革职，后被通缉，一度避祸上海、日本。1902年返回故里。后曾随伊犁将军长庚赴新疆为幕数年。后任陕西通志局总纂，致力于续修《陕西通志》的工作。多才多艺，擅长书画。著有《海棠仙馆文集》《海棠仙馆诗集》等。另著有《蘵红词》一卷，主要创作于晚清时期。

百字令

答曾健斋同年，时宰吾邑。

沈腰非旧，怅支离病骨，一身将老。五十八年成底事，赚得须眉白了。瘴海云愁，神州少沸，谁挽狂澜倒。磨销轮铁，雪山陈迹都扫。　　归来蒋径诛茅，孤弦落落，但恨知音少。激楚结风天上曲，妙语争如君好。南雅中声，尖叉秀韵，急足敲门早。老来诗律，比人真个分晓。

百字令

和健斋

草堂坚卧，似罗浮雪后，横斜梅老。一卷黄庭常在手，且把万缘捐了。世外乾坤，壶中日月，个里寻颠倒。蓬山何处，落花容我闲扫。　　最是仙吏多情，携尊相就，蕴藉如君少。翠柳红亭描不尽，无限夕阳娇好。灯影篱疏，棋声院静，细数更筹早。思君何处，一窗斜月将晓。

永遇乐

谢健斋惠蟹，即依其均。

露浥残荷，风掀瘦竹，凉入襟袖。萸菊光阴，一尊寥寂，风味谁相助。春明买醉，剥黄分紫，记取酒楼前度。算而今、江湖冷落，负伊纬萧时候。　　新诗未换，玉脐谁饷，嘉惠转惭先受。香擘金螯，肥擎绀甲，恰是霜前后。丹霞入盏，黄花盈鬓，那管卷帘人瘦。倚西风、冰盘大嚼，枯肠换旧。

百字令

健斋初度，仍用前韵。健斋宰吾邑月余，即量移宁陕厅。

单琴三叠，恰愁霖卷澍，碧梧秋老。延寿杯浓金液潋，屈指黄花开了。炼茗敲诗，燃香品画，共把芳尊倒。高台携手，扑人山翠如扫。　　匆匆骊唱催人，栈云关树，离绪知多少。望里七盘山上月，争似昨宵娟好。蜀道秋茄，巴山夜雨，归楫应须早。水边风笛，一声南鹤霜晓。

百字令

送健斋

慈心傲骨，看堂堂强项，孤标苍老。几日牛刀才小试，一局残棋粗了。倚竹分笺，隔篱呼酒，任玉山倾倒。杜陵荒径，几番延客频扫。　　销魂别浦斜阳，满怀愁绪，不比春潮少。铁板铜琶声未歇，赢得新词常好。壮志销磨，慵妆对镜，误我婵娟早。断肠衰柳，数声残角吹晓。

（以上选自《蕤红词》民国三年排印本）

王揆墀（6首）

王揆墀（1854—1923后），字季彤，号蠖叟，江苏金坛（今属常州）人。据其《蠖庐诗选弁言》：幼失怙，为人掌记室。四十后始学诗，创作千余首，选其精华，集为《蠖庐诗选》。亦能词，有《蚓笛词》一卷，附于《蠖庐诗选》刊行。

满江红

寄赤城山人

黯黯魂消，早一棹、烟波浩渺。纵添得、春江画稿，桐江诗料。身到烂柯仙莫挽，愁如落叶谁同扫。况怜卿、孤枕梦惺忪，昏将晓。　　山月澹，鹃犹叫。梨花瘦，风翻峭。想几回减损，几番颠倒。抵死难偿文字误，余生辜负年华小。奈青衫、憔悴尚风尘，催人老。

满江红

和崔磐石观察尖山观潮原韵

莽莽江流，赖锁扼、鳖亹绝斗。遥指点、云容变倏，灵胥来否。雪练卷空蛟起舞，风鬃撼地狮奔吼。把盈虚、吞吐认分明，龛山口。　　英雄气，今犹有。奇险处，今曾守。且登高弭节，对君酬酒。散雨飞从东浙过，乱涛折向西陵走。问神州、何日洗腥膻，回天手。

琐窗寒

秋　露

有意零荷，无声湿桂，晓晴初绮。凉痕犹印，巢鹤夜来浓睡。被惊醒、羽仙梦未，那时清绝桐阴里。正天空月映，莹圆颗颗，走盘珠似。　　渺矣。红尘地。尽润沁芳心，冷凝花髓。方诸堪比，料应蔷薇无此。独秋深、凄咽候蛩，葭苍苇白人千里。问何年、仙掌分来，马卿消渴已。

新雁过妆楼

秋　雁

鹓鹭相违。班序散、燕子又已长辞。数行衔接，横芦尚自猜疑。落日沙平遵渚宿，晓天月淡带霜飞。好临池。戏鸿留影，挥洒依稀。　　菰米波漂处处，笑啄余鸡鹜，反羡粱肥。系足多情，何怕汉苑书迟。还听小楼曳响，似感怆、天涯人未归。归来否，记春泥剩爪，只是想思。

声声慢

秋　虫

苔阶隐跃，草国浮沉，徐熙写出精神。小扇轻罗，蓦地扑得流萤。惊回一双梦蝶，笑痴魂、凉透花阴。又叶底、秋丝吐处，渐蜕浓青。　　待到昏黄月澹，辄疏篱、络纬乙乙分明。只是寒螀，因甚唧唧宵深。侧耳露蝉疏断，且自鸣、曳树残声。最记忆，记钗头、斜缀像生。

长亭怨

秋　笛

问黄鹤、几时仙遇。五月江城，落梅曾赋。待把霜筠，小楼低按依宫谱。隔邻何处。重惆怅、山阳旧侣。一曲秋风，还剩我、飘零如许。　　孤旅。望苍茫极浦。怕是李謩前度。舟横瓜步。听裂竹、悄无人语。似流水、又似飞鸿，直飞上、琼楼玉宇。好醉共东坡，便欲乘风归去。

（以上选自《蚓笛词》，《蠖庐诗选》民国十二年排印本）

左桢（3首）

左桢（1854—1937），字绍臣，别号甓湖居士、江南大隐，江苏高邮人。清廪贡生，坐馆为业，后入广西巡抚史念祖幕，授同知衔，又曾任安徽试用通判。民国后居扬州，以遗老自居。有《甓湖草堂笔记》《甓湖楹帖》《金石录》等。词有《甓湖草堂诗余》一卷，与《甓湖草堂诗钞》四卷、《甓湖草堂文钞》六卷合刊，作者自称："生当季世，乱离之感，俯仰生情，更不知觉其音之哀厉耳。"（《甓湖草堂诗余自序》）

凤凰台上忆吹箫

吊明故宫，用李易安别情韵

明故宫在金陵城东，殿廷久圮，遗址犹存，实为历史不刊天然古迹。好事者毁败无余，建一楼名曰古物保存所，且物甚粗陋，经久为尘为灰不可知也，而大明宫殿从此销沉已，能无慨然。

玉甃埋烟，铜驼卧草，正日落蒋山头。想当年英武，醉看吴钩。剩得江东片土，征南战北一时休。山容瘦，飘零宫阙，自有千秋。　　休休。干卿甚事，铲故宫遗迹，禾黍难留。毁金阶玉砌，保古名楼。况复楼中古物，更不堪、大雅凝眸。登高望，旧愁未断，又续新愁。

望江潮

江南贡院感怀

贡院经数百年苦心缔造而成，自宣统逊位，当事者议改商场，拆毁无余。值此民穷财尽，无商可兴。茶寮戏场，供无益之嬉游，良可浩叹。然则科举废而院屋听其倾圮乎？余以为当建工艺场，就号舍放宽，安置匠人器具；或排比分里，租为民居；所有大堂及上房可加改造为工作所，可免推房倒屋、砖瓦狼藉之虞。头门额大署“江南工艺场”，殆无不可。江南诸名公以为何如？

石城月落，金陵酒冷，可怜六代豪华。画舫平潮，珠帘卷雨，秦淮两岸人家。锁院自清佳。望月中丹桂，秋后黄花。浪说当年，玉堂金榜共争奢。　　那堪胜境都赊。剩文场蔓草，矮屋蓬麻。惨雾凄烟，零砖断瓦，秋虫夜唱喧哗。何物贾长沙。伤心空献策，痛哭天涯。怕听飞虹桥上，日落叫寒鸦。

春风袅娜

兰

有谁人知我，一片芳心。韬空谷，闷幽林。自娟娟蝶去，谁怜清影，披风草草，挺露森森。叶软锄云，香轻笼月，总是东皇雨露恩。大地难容仙骨格，美人香草楚江滨。　曾说香同王者，生憎众草，初经雨、便与同岑。花无语，怨难禁。空山月冷，幽谷烟沉。湘水人归，芳情如许，都梁春晚，旧梦谁寻。欣欣生意，看芬芳九畹，楚骚一曲，还与重吟。

（以上选自《甓湖草堂诗余》民国十一年排印本）

邓潜（22首）

邓潜（1855—1928），字华溪，原名维琪，贵州贵筑（今贵阳）人，光绪十五年（1889）进士，选翰林院庶吉士，散馆出为四川富顺知县，迁邛州知州。清亡后更名潜，流寓成都。邓潜初与胡薇元、邓鸿荃游，相与作词，然无专工，后结识赵熙，相互切磋词艺，赵熙以“词不传无意之色，以幽心为主”（《牟珠词自序》）谕之，并以陈西麓、周草窗相诱进，邓氏受其指点，所作益精。有《牟珠词》一卷、《牟珠词补遗》一卷。

邓潜作词受赵熙影响，追求情真语直，晚年寄寓蜀地，故集中多飘零之叹、乡关之思。创作题材多贴近生活，如《满江红》咏傀儡戏、咏水车，《聒龙谣》咏西洋留音机器等，语言质直亲切，颇具生活气息。

台城路

送杨次典太史旋播

计程梦已随君远，千山万山黔路。赠缟新欢，大罗前梦，几个铜驼街聚。萍蓬旧侣。正团雪翻时，乱云迷处。唳鹤声声，望乡心挂夕阳树。　　情知离合不免，奈非时燕雁，相背飞去。北里传杯，西窗剪烛，忍话巴山残雨。留君不住。算归及秋期，菊花为主。感我无家，锦官愁杜宇。

玉漏迟

黄　叶

额黄山一角，凭谁衬出，疏林高树。最好斜阳，点缀晚鸦无数。一片金迷纸醉，偏动了、芜城愁赋。愁欲诉。蝉鸣向晚，汉宫秋暮。　　年来怕过亭皋，为瘦尽诗心，夜寒吟苦。笠子堆边，忍话绿阴前度。桴鼓连村未歇，问家在、江南何处。飞梦去。敲窗又惊风雨。

庆春宫

珠箔笼寒，银屏遮梦，峭风又度窗罅。泪合冰凝，愁推月出，自怜腰瘦一把。暖融心字，记当日、香尘捣麝。如今灰冷，妒煞梅花，晚妆慵卸。　　藁砧为底轻分。金雁筝残，玉虫灯灺。两地相思，一襟密绪，付与秋云罗帕。镜痕潮满，等闲事、都成话把。帏犀触响，还惹惊眠，雪衣人骂。

三姝媚

荷叶，半塘韵

依心莲样苦。看翩翻红衣，被风掀舞。十里田田，有玉人传唱，采菱诗句。净不沾泥，还点上、轻轻飞絮。晓露盛来，圆走明珠，玉盘苍古。　　谁著红裙闲步。戏裹鸭塘边，乱萍迷路。密覆鸳鸯，怕搅他香梦，雨声敲处。万柄凉云，须认取、非烟非雾。好约凌波仙子，新词共谱。

高阳台

残　荷

破伞支风，团蕉仆水，青黄叶叶离披。月本难圆，今来缺影如珪。瓜皮艇子横塘路，拂双桡、碎响玻璃。雨敲时，清脆声声，索要留伊。　　翠华三海今何地，记龙舟舣处，风飐黄旗。一劫枯香，无情吹老红衣。何须作镜遗中妇，算霜华、两鬓先知。露盘攲，有泪成珠，莫寄相思。

蓦山溪

和王半塘韵

哀弦一曲，谁唱家山破。净土苦难寻，醉乡宽、尽堪容我。枯肠得酒，芒角转消磨，除酒外，付禽言，得过权时过。　　权时怎过，旧雨倾谈可。莫上锦江楼，望严僰、烟迷云锁。如今蜀道，难比古时难，开府赋，杜陵诗，写出春愁么。

珍珠帘

残　月

寥天暝色非关雨。罗云外、撒出星光无数。虚白影微微，认玉钩何处。不似初三昏后见，费夜半、停琴凝伫。风露。算眉痕凉透，美人迟暮。　　圆缺究是何心，问清辉怎得，长留三五。近水小楼明，正四更山吐。人与纤阿同瘦损，盼不到、长安羁旅。归路。有几家茅店，鸡声催曙。

秋思耗

次香宋韵

挨过黄梅节。正雨声、敲断泪红凝血。回忆旧欢，梦中丝管，心上冰雪。对菱镜慵看、玉容花貌误了妾。竹一枝、吹欲裂。怎院柳蝉嘶，井梧虫语，又把早秋消息，背人偷说。　　题叶。相思迥别。怕似捞、水底明月。赚他为客。千金装橐，赠虚南粤。算不定无情有情，休便吟决绝。雁字影、明半灭。似略写归期，明年芳草未歇。等得鸳衾久叠。

齐天乐

蝉

数株槐柳生涯怨，声声绿阴庭宇。瘦影依柯，繁音在翼，碧咽无情芳树。琴宫断谱。纵高洁谁知，满身风露。羽化何年，那堪青鬓换成素。　　山山鹍鸠未歇，别枝今曳过，依样吟苦。夕照新亭，西风故国，叫断离人心绪。悲秋共汝。问黄叶声中，汉宫何处。和待啼蛄，豆花凉夜雨。

徵　招

萤

荧荧几点疏星影，随风画帘偷入。薄暝上灯初，闪秋光都活。雨余明半灭。又飞傍、钗蝉衾蝶。罢捉迷藏，扑将罗扇，有人痴绝。　　落月夜沉沉，书窗下、谁家练囊亲挈。腐草记前生，带残香飘瞥。繁华隋苑歇。照山谷、俊游休说。共磷焰、一样青寒，傥鹃时啼血。

翠楼吟

怀花近楼主

柳线穿烟，榆钱撒地，春心欲向谁诉。高楼凝望久，念花近孤吟臣甫。和愁凭处。怕压损阑干，抛将愁去。愁如故。夕阳西落，大江东注。　　尺素。休怪生疏，有片时千里，梦云飞度。絮谈身世事，问燕姞梦兰曾否。无端惊寤。又望帝鹃啼，尧年鹤语。春申浦。隔朝明月，照人凄楚。

金缕曲

薄暝云翻墨。怪眉头、惯将愁酿，与天同色。愁在阑干春尽处，满院杨花如雪。带一缕、鹃魂飞越。香篆双烟原一气，拨炉灰、怎没些儿热。灯蕊并，为谁结。　　姮娥自古圆还缺。况人生、百年厮守，例须长别。不分游丝偏系命，辟谷仙缘未绝。也挨到、黄梅时节。老说忘情情转重，算鸳鸯、折散头都白。心上泪，暗凄咽。

尾 犯

送春，梦窗均，时方悼亡。

会少别时多，春也似人，魂梦飞越。药裹香中，枉花团宫缬。占雨候、黄梅正老，唱阳关、杨枝待折。更留何计，五夜漏声，红泪蟾蜍咽。　　东风原是客，何况杜宇催别。悔不依禅，悟三生空阔。算天上、离愁难寄，感人间、同心暗结。万般情绪，袅碎海棠丝上月。

台城路

城久闭，买米不得，日旰未食，感赋。

锦城真演台城剧，炊烟几家青袅。堞雉围云，笼鹅断粒，浸要苍苔生灶。斜阳下了。算辟谷仙缘，者番修到。何物撑肠，五千文字理残稿。　　村舂听久绝响，怕山登饭颗，依样人少。索到长安，乞如颜令，尚记承平年少。秋怀耐老。尽米汁参禅，醉还同饱。唱罢粮沙，战云天未扫。

满庭芳

八月十七夜月

绫饼香过，樨屏露冷，今宵彩绚鱼天。问谁开镜，光照锦城寒。为底中秋败兴，帘衣隔、躲向云端。姮娥笑，新妆似旧，微减一分圆。　　当年天上曲，霓裳梦醒，不是开元。剩冰蜍，清泪空洒银盘。一样干戈满地，惊乌鹊、词谱虞山。山河影，棋枰战苦，愁照血痕干。钱虞山庚辰八月十七夜对月，赋《永遇乐》，有“干戈满地，乌惊鹊绕”之句。

扫花游

谢敬之同年约今秋揽浣花草堂之胜，沮乱不来，寄此调之。

两边梦别，似乱叶分飞，被风吹坠。绣裙试么。怕檀郎影瘦，瘦还如我。忖暖量寒，那得心头放过。尽摊破。听纱唱浣溪，谁与相和。　　归信秋准可。怎软语讵人，又占花朵。翠楼久坐。望孤帆远影，是他真个。谢客吟秋，竟息山居未妥。压衾卧。战窗蕉、雨声声大。

天　香

残　菊

荒甃催蛩，寒英怨蝶，秋光也似人懒。抱节孤高，化妆憔悴，病酒乍怜香晚。夕阳瘦影，尚印入、陶家心眼。肯逐春红乱落，疏枝傲霜仍健。　　孤怀老来怎遣。过重阳、更无花看。一样就枯诗思，借他同伴。寂寞东篱绕遍。问岭上、梅花信犹远。仙枕装成，宵长梦短。

琵琶仙

送香宋旋里

身是行云，锦官住、梦绕荣山山色。归棹将鹤同携，梅花伴仙客。前度记、东门帐饮，一番醉、一番头白。事业虫鱼，兵声草木，同慨今昔。　　最堪笑、垂老徵歌，曲多误、周郎顾难得。何况倚楼人去，苦无腔吹笛。芳讯问、春风燕子，奈隔年、冷了词笔。逗起无限乡心，断鸿踪迹。

解连环

初夏苦雨，与客夜话。

蜀天南郭。叹黄梅节候，比秋萧索。又暮雨、残滴声声，卷微月、淡烟避人珠箔。万劫春红，问今夜、香魂谁托。剪银釭碧穗，晕入嫩凉，坠花檐角。　　商量买春细酌。共西窗客话，风信吹恶。算四乡、处处秧歌，唱绿笠阴中，望晴无著。自掩重门，省心绪、层蕉同剥。倚芙蓉麝薰，梦冷泪珠暗落。

甘　州

盼黄昏孤梦枕残秋，凄凉菊花天。算消磨何计，冷萤枯蠹，催老年年。半晌登楼望远，枫树换红颜。谁泼江城墨，画景荒寒。　　多少楚兰心事，指一池风起，吹绉波澜。搅巫云峡雨，袖手弈棋看。共素交、玉壶春买，喜战尘、飞不到尊前。过重九、忍听双十，佳节人言。

甘　州

和休庵冬日泛舟花潭韵

怪烟波偏惹岁寒人，冬晴暖于秋。荡明漪绝底，点金日碎，冻墨云收。依旧春游画稿，一角小红楼。各有渔师意，身世扁舟。

此是杜陵行径，望草堂竹外，空剩沙鸥。感寓公今古，照影自临流。十年来、深藏夜壑，怕峭风、吹水又生沤。归同约、待梅花放，还醉溪头。

（选自《牟珠词》民国十一年刻本）

木兰花慢

纸　烟

是情根一寸，雪茄味、吐清芬。拣钿叶张张，轻揉细铰，包裹均匀。筒分。小鬟擎出，玉搔头一缕荡轻云。恰称银娘吸取，红樱半晌温存。　　西人。节节缔前，因彩伴、款殷勤。道拈上葱尖，穿防藕孔，味亚兰薰。氤氲。遍于香国，似吹笙鹅管逆风闻。赠与芙蓉仙子，羞他枕上回春。

（选自《牟珠词补遗》，《黔南丛书》民国排印本）

蒋兆兰（14首）

蒋兆兰（1855—1932），字香谷，江苏宜兴人，清增贡生。晚清词人蒋萼之子。曾参加寒碧词社、鸥隐词社、白雪词社等，晚年客居授徒于苏州。著有《青蕤庵词》。

冒广生曾详细介绍其学词经历：“先生少日随其尊人醉园先生客江右，濡染家学，则已以词鸣于时。其后归宜兴，与上元顾石公为群纪之交，学益进。同时所与游者，若刘子光珊、恽子季庵、金子夔伯，皆班孟坚所谓词赋之流也。”（《青蕤庵词叙》）顾云称其“士君子立身本末具矣。笃实所发，自饶辉光。学业皆然，独词也与哉”（《青蕤庵词叙》），其“词以白石为宗”（冒广生《青蕤庵词序》）。时人对其词评价颇高，如“皋牢万有，渐造自然”（万钊《青蕤庵词题识》）。

忆旧游（白雪词社第十集）

竹醉日

正榴攒火齐，杏缀金丸，雨殢梅天。步屧三三径，看新篁解箨，袅娜娗娟。怪他一晌清醒，何事也陶然。料阮籍刘伶，相逢莫逆，同醉林间。　　尊前。强扶起，许酩酊移根，准备栖鸾。月白风清夜，向鸥波亭畔，来结良缘。松雪帖“鸥波之亭在告，绕竹唯宜足下。琅玕可数万，敢乞一二，俾结清风明月缘”云云。个中自得真趣，休为俗人传。待八月芳辰，重逢更掷沽酒钱。八月八日，亦称竹醉。

惜红衣（白雪词社第十四集）

咏秋海棠

絮果兰因，花魂月魄。似曾相识。悄傍墙阴，涓涓泪犹滴。零脂剩粉，还带著、昭阳颜色。羞涩。无语有情，镇伤心亡国。
繁华一息。恩怨双萦，秋宵更凄寂。红妆睡损脉脉。自怜惜。安得画屏银烛，珍护好天凉夕。只断肠词老，翻为断肠花泣。

霜叶飞（白雪词社第十八集）

黄　叶

冶秋天气。山阴道、家家门掩林际。碧山词：“冷烟残水山阴道，家家拥门黄叶。”半村残照逗昏黄，隐映前朝寺。看鸭脚、飘零满地。煎茶常助瓶笙沸。向石径支筇，槲叶落、吟身王操诗：“支筇黄叶落吟身。”有意，暗催诗思。　　归去一棹江南，家临罨画，不辞杯酒沉醉。崔不雕诗：“黄叶声多酒不辞。”人多诵之，号为“崔黄叶”。晚蝉无语汉宫秋，萧索长门闭。只败井疏桐雨洗。荒寒鸦阵投还起。且让他，崔郎隽，寄迹东篱，菊花开矣。

八声甘州

秋感，寄查敬六亮采索和

任秋花点缀好天光，谁与挽斜阳。况阴晴递变，残荷战雨，惊散鸳鸯。几度宾鸿嘹唳，只为稻粱忙。又借长风送，天路回翔。　　太息荒江鸥侣，对恒饥稚子，一样凄凉。纵餐芳饮洁，鸱吓肯相忘。莽江山、采薇何处，恁白头、禁得几沧桑。愁无那、尽词翁笑，拍手轻狂。稼轩词："人言头上发，总向愁中白。拍手笑沙鸥，满身都是愁。"

清平乐

中元夜露坐纳凉作

月华如水。风弄花阴碎。残暑中元犹未退。一点秋心谁会。
解衣坦腹瓜棚。萧萧络纬余清。自爱农家风味，灌园敢比於陵。

齐天乐

络　纬

豆棚瓜圃蘼芜径，萧萧晚来清响。欲断还连，将沉复警，第一秋声疏爽。藤阴月上。正恤纬情深，越纱催纺。梦绕长安，有人凝恨倚栏望。　　平章军国重事，半闲酣斗蟀，遑问兴丧。旱魃遮天，兵氛涨地，西北神州荒莽。豳诗漫唱。剩枯木残枝，饿鸱来往。托庇江南，冶秋花正放。

卖花声（二首）

庭院隔帘栊。烟霭冥濛。伤春伤别意都慵。只有吟莺和舞燕，狂煞东风。　　多事怨天公。李白桃红。卖花声尽雨声中。可惜榆钱留不住，一霎成空。

铜岭玉潭间。毓秀成兰。岁寒冰雪任催残。独抱贞心人不见，香满空山。　　九畹昔尤繁。移种长安。故人还当国香看。可奈断魂迷楚岸，湘水漫漫。

减字木兰花

盛夏苦热，作此词以涤烦襟。

柳塘花屿。万柄风荷初过雨。水院追凉。时有闽兰阵阵香。冰桃雪藕。生脆堆盘堪下酒。醉意模黏。身入袁安卧雪图。

柳梢青

甲子元日立春，和云壑均。是年兰七十矣。

献岁迎春。绛人甲子，骚客庚寅。彩棒鞭牛，金铺贴燕，细雨尘轻。　　残年去也留情。还剩得、吟窗夜镫。何处春来，梅心孕白，柳眼回青。

霜花腴

乙丑秋杪，童伯章招，同王饮鹤、汪鼎丞、彭稼志、吴谷宜诸君游于天平，与饮鹤同作。

翠屏四合，荡晚烟，参差万朵芙蓉。枫艳烘霞，柏深留景，凭谁为写秋容。白云几重。怕巨灵、欺我龙钟。向兼山、小阁评泉，一枝天竹冒霜红。　　应是懒残真懒，任榛芜满目，杖锡都慵。白雁惊飞，乌鸦争宿，清愁转益山中。手支短筇。度翠微、琴筑琤琮。更回看、万笏朝天，可容仙路通。

解语花（琴社第四集）

丁卯元夕，暂返里门作

人归茂苑，月满蓬壶，时近初更打。戍旗低亚。逢迎处、惟有闹蛾争要。兵士满街，行人甚稀。杨枝络马。怎寂寂、闭门花下。多谢他、蟾彩星光，替作华镫挂。　　犹记承平放夜。有纱笼如绣，争看新画。承平时，里人制纱镫，画故事，极精妙，名曰“帮镫”，观者填溢。旧时游冶。沉吟久、暗里烛销香灺。寒深睡也。算除是、梦缘天假。侵蜃窗、曙色朦胧，又角声悲咤。

长亭怨慢

《隋董美人墓志》，为吴湖帆万题，押韵皆依白石原作，分用上去。

慨人世、兴亡朝暮。汉寝秦陵，渺然何许。汴水惊鸿，董娇姚斗黛眉妩。曳裾朱丘，描不尽、陈王赋。一霎彩云空，抱落叶、哀蝉凄苦。　　回顾。甚梁台不见，只见白杨红树。凫镫黯黮，早化作、野鸥飞去。剩一片、小小贞珉，索强似、韩陵堪语。纵劫比雷轰，真本犹藏居父。

月中行

丁卯十一月望，援道与懿君自津来。

素娥青女下空庭。朗澈比秋清。梅花蕾小只星星。疏影半窗横。　　城头画角声声咽，眠不稳、夜夜三更。起来独自下阶行。人在玉壶冰。

（以上选自《青蕤庵词》民国二十八年刻本）

许南英（10首）

许南英（1855—1917），祖籍广东揭阳，出生于台湾府城（今台南市），号蕴白、允白、窥园主人、留发头陀、龙马书生、毗舍耶客、春江冷宦。现代作家、学者许地山之父。光绪十六年（1890）中恩科进士，授官兵部主事，但自请回台垦土“化番”。甲午战争期间，率众抗击日军，终局势难挽。后迁回大陆，历任吏部主事和徐闻、阳春、三水知县等职。后下南洋，客死于印尼棉兰市。工诗歌，辑有《窥园留草》等。

有《窥园词》一卷，计五十九首，从民国后旧日记或草稿中辑录而成，附于《窥园留草》后。

东风齐著力

防　海

刁斗严城，元戎小队，驻节江滨。满天星斗，兵气动钩陈。方冀文章报国，谁知戎马劳身。难道是，轻裘暖带，主将斯文。
海外起妖云。拼转战、浪撼鹿耳沙鲲。登陴子弟，愤愠勉从军。翻恨庸臣割地，盟城下、何处鸣冤。九州铁，问谁铸错，成败休论。

摸鱼子

再入都有感

记慈恩、旧题名处，琼林春宴通籍。六街策马看花去，得意遍游春陌。宣麻白。内院颁、红绫恩赐承金阙。恩波叠叠。喜就职枢曹，赞襄武库，讵意兵机发。　　中东事，注意垂涎瓯脱。鲲身鹿耳愁绝。长安索米三载，几易冬裘夏葛。才又拙。嗟听鼓、应官两鬓生华发。西山挂笏。决计不如归，朝来对镜，笑我头如雪。

满江红

谒延平郡王祠

赤手擎天，是明室、独钟闲气。想当日、横师海上，孤忠无二。誓死不从关外虏，故藩拥戴朱术桂。看金厦、两岛抗全师，伸敌忾。　　亡国恨，遗臣泪。存国脉，回天意。剩庙宇空山，古梅憔悴。故国尚存禾黍感，荒祠不忘蘋蘩祭。听怒潮、呜咽草鸡亡，神鲸逝。

祝英台近

谒五妃庙

杜鹃声，精卫恨，国破主恩断。桂子空山，宿草余芳甸。记曾璇室瑶房，宠承鱼贯。从君死、一条组练。　　那曾见。荒冢二月清明，村翁新麦饭。撮土为香，一盏寒泉荐。徘徊断碣残碑，贞妃小传。也羞杀、新朝群彦。

如梦令

别台湾

望见故乡云树。鹿耳鲲身如故。城郭已全非，彼族大难相与。归去。归去。哭别先人庐墓。

蝶恋花

和沈琛笙三月晦日作

春送东风今日去。芳草萋萋，未识归何处。别泪桃花红洒雨。阿侬太息韶光误。　　作计留春三月暮。明岁春来，绾住垂杨缕。不许春归杨柳渡。花间为蔽东皇幕。

清平乐

游恒心园

尚留残暑。阵阵椰榔雨。度腊残荷今又吐。一味新凉如许。倦来梦入黄粱。芦帘竹簟藤床。谁道羁人万里，华胥当作还乡。

殢人娇

恒心园品茗

谡谡松风，凉生庭院。挈都篮、安排茗战。闲情顾渚，旧台阳羡。煮凤饼、龙团一瓯香嫩。　　竹里樵青，引泉送炭。借熏风、轻轻熬煎。卢仝七碗，清风腋畔。镇日功夫，坐抛一半。

潇潇雨

落　叶

余生如此树，值深秋、萧瑟落江潭。似杜陵老去，支离南北，漂泊东南。前度婆娑生意，对此复何堪。远眺秋江净，露出精蓝。　　招呼儿童净扫，与樵青竹里，烹茗清谈。问归根何处，此理正遐覃。是天时、冬藏秋敛，向招堤、问讯老瞿昙。齐解脱、与坠车醉，者理相参。

卖花声

中秋夜

今夕又中秋。独上高楼。长空万里暮云收。何处笛声吹折柳，动起乡愁。　　无计且勾留。酒侣诗俦。蛮笺玉斝夜相酬。预拟春来烟水阔，天际归舟。

（以上选自《窥园词》，《窥园留草》
民国二十二年北平和济印书局排印本）

卓孝复（6首）

卓孝复（1855—1930），原名凌云，字芝南，号毅斋、巴园老人，福建闽县（今福州）人。光绪八年（1882）壬午科举人，二十一年（1895）乙未科进士，以主事用，签分刑部。光绪三十年（1904）经刑部奏补平均司员外郎。年五十一补授浙江杭州府遗缺知府。（《清代官员履历档案全编》）辛亥后，挂冠而去，寓居京师。有词《满江红·自述》称“有薇耻饱周家粟”，可见其晚年心志。《交通丛报》1924年第107、108期载《卓孝复先生七十双庆谢寿启》、袁德宣《芝南先生暨德配曹夫人金婚寿序》，1934年载林纾《卓芝南先生继德配曹夫人七十双寿征文启》亦称岁在“甲子”，可知其生于1855年。著有《双翠轩词稿》一卷，稿本，卷中多涂抹修改痕迹，且页眉处有删选标记及批语。其词常有家国郁气往来行间，闲情之作亦能婉转生艳。

摸鱼儿

味云、鹤亭在农坛桃林下啜茗，适风吹花片坠饮器中，味云因呼为“桃花茶”。樊老、鹤亭俱有赋，遂成新解。并送鹤亭南归。

又清明、小桃开也，看花犹记前度。花阴茶话怜芳景，吹落满身红雨。风引去。化一缕、春痕沁入吴瓯乳。闲愁几许。念品水中泠，江干双桨，曾共那人渡。　　朝曦丽，如饮枝头坠露。凄凉今日崔护。琼浆乞得能无渴，人面不知何处。只剩取。香与色、权呼小字添餐谱。临分味苦。谁解道侬情，更深潭水，除与谪仙语。

珍珠帘

既寿太夷，复述一解赠之。

节过寒食多风雨。小园林、别有深深庭宇。懒趁踏春人，把好春轻误。见说多情新燕子，尚恋取、巢痕来去。凄苦。者一种闲愁，向谁堪诉。　　还是景静神清，奈吟边两鬓，萧疏如许。江表一楼高，客老怀今古。只愁杜鹃啼唤客，又却被、樱花留住。行否。莫错认桃花，伤心前度。

忆江南

离别恨，欲语意先迟。望影鸿天无信息，但余落日赤云西。归燕奈双栖。

菩萨蛮（二首）

春来镇日恹恹病。无心步屧窥芳径。墙侧小桃林。几时生绿阴。　　深深庭院静。此恨谁能省。飞絮解怜人。入帘迎面亲。

含愁睡觉天收暝。绿云半坠情慵整。缺月挂高梧。倚栏人影孤。　　并州何处是。去日如弹指。书到劝加餐。带嗔和泪看。

霜天晓角

泊舟芦林潭

驿亭暮色。树影和云湿。十里湖光如镜，明月上、玻璨碧。　　岑寂。天籁息。湍流岩罅急。羌管一声何处，孤舟泊、苇花侧。

（以上选自《双翠轩词稿》2007 年凤凰出版社《清词珍本丛刊》影印稿本）

陈衍（2首）

陈衍（1856—1937），字叔伊，号石遗、石遗老人，福建侯官（今福州）人。清光绪八年（1882）举人，积极参与戊戌变法，失败后入湖广总督张之洞幕。二十八年（1902），应经济特科试，未中。后官学部主事、京师大学堂教习。精通训诂经史之学，入民国任厦门大学、无锡国学专修学校教授。工诗词，与郑孝胥、沈曾植开宗立派，号为“同光体”。自称“少日曾学为词，喜北宋”（《灯昏镜晓词叙》）。著有《石遗室诗集》《石遗室诗话》《朱丝词》等。

浣溪沙（二首）

展花朝宴客，讱庵先成《清波引》一阕，答以二小词。

未饮花前酒一卮。君以小疾戒酒。嗛来绝妙草窗词。裁红晕碧足酣嬉。　　寒食清明都过了，落花蝴蝶作团飞。新词应补忆仙姿。

高阁花光点绛唇。聿来堂下草如茵。如何能不惜余春。　　种树似培佳子弟，种松皆作老龙鳞。他乡故里两伤神。

（以上选自《国闻周报》1934年第20期）

单恩藻（4首）

单恩藻（1856—1931后），字黼卿，号田桥词客，上海人。清末诸生，《虞社社友录》载其民国二十年（1931）年“七十六”，则其生年应为1856年。卒年未详。著有《花声月意楼词》。吴梅曾言：“上海徐慕郭（荫曾），示我《花声月意楼词》。词为单黼卿（恩藻）所作，中有《风蝶令》一首，至佳。”（《瞿安笔记》，见《吴梅全集》）

风蝶令

别　情

蝶舞莺飞候，烧香上冢天。寻芳时节启离筵。怕看长亭春草、碧芊绵。　　别语千回嘱，愁肠两地牵。征途寒暖自家怜。江岸斜阳第一、蚤停船。

临江仙

寄　友

日月不居人渐老，思量旧事茫茫。故交都有鬓边霜。看花同侧帽，回首少年场。　　结习应嗤难铲尽，朝朝诗酒徜徉。桑田沧海视平常。风移兼俗换，不改旧书香。

（以上选自《萍缘集》民国十一至十二年排印本）

菩萨蛮（二首）

清明日郊行即事

桃妍李媚春如绣。踏青合向郊原走。沿路纸鸢风。酡颜熏更红。　　游人遥睹处。上冢谁家女。席地作悲啼。纸灰成蝶飞。

方塘曲岸乡村路。修篁交映谁家户。草绿似裙腰。平芜天样遥。　　黄金堆陌上。点缀韶华样。社鼓闹喧阗。江南酒熟天。

（选自《虞社菁华录》民国二十年排印本）

裴维侒（8首）

裴维侒（1856—1925），字韵珊，号君复，又号香草亭主，河南祥符（今开封）人。光绪六年（1880）进士，改庶吉士，官至代理顺天府尹。清亡后以遗老自居。工诗词，有《香草亭词》《香草亭词草》《香草亭诗草》等。《香草亭词》被朱彊村收入《沧海遗音集》，录词六十余首。

春云怨

凉夕怀人之作，用冯伟寿韵。

村醪薄劣。尽夜深杯浅，吟簪敲折。小醉遣怀无计，恨撚玉箫吹不得。采叠纹衾，光销罗带，雨入青灯照秋色。波阔沉鱼，楼高闻雁，柝冷巷声绝。　　梅花素靥描横额。共逋仙影瘦，檀心寒结。香印重添乍平贴。看取窗痕，惯见新愁，旧时明月。百感琼浆，半生尘梦，检剩凤梧褪叶。

云仙引

乙卯上元对海棠作

古月光圆，春灯焰小，铜壶永漏宵分。炉烟散，怯重薰。唐花最怜夕萼，护惜银屏矜美人。娇睡欲醒，烛华暖照，香玉前身。　　传柑前事无闻。有嘉果、新橙贻细君。倦笔还拈，丽情何许，却话温存。初聘梅英，绿华笑我，问取云仙谁幻真。紫姑还赛，看痴儿女，夜卜殷勤。

绮寮怨

过嵩云草堂感旧

燕子东风还是，小桃花又残。步水阁、翠窈虚廊，数多少、春恨年年。薄寒金觞泛绿，西厅晚、旧曲谁更弹。算故人、尚说天涯，晨星少、淡月凉晕圆。　　吹皱一池镜澜。潘郎鬓影，何堪蓦地惊看。半折栏杆。倚残醉、几流连。丝丝黛痕犹在，许细柳、记从前。孤云断烟。无言坐对处、楼外山。

水龙吟

凉雨作秋，渺怀无绪，徘徊成此。

小帘恻恻西风，秋阴庭院莓苔涴。薄寒弄色，将愁和恨，纨纱抛过。扇影欺晨，瓶香泛水，露红林果。最无聊凉思，沉吟徙倚，栏杆悄、闲时我。　　又是悲秋一个。注南华、旧情犹左。去年断梦，怕题残句，笛声吹破。眼底流光，指尖心事，数余花朵。恁匆匆、误了芳馨一掬，碧罗巾裹。

清平乐

壬子重阳，先时早寒，花事犹迟，无聊漫赋。

雪花风叶。聚散何堪说。瘦到沈腰衣带折。罗皱横添一捻。　　秋声做冷天涯。风城节候都差。尽日西风帘卷，重阳不见黄花。

清平乐

碧阑慵倚。絮语归无计。露蕊烟梢风叶底。都是凄凉情意。　　秋声拍碎琵琶。曲中数遍秋花。三径荒云何处，他乡总是天涯。

瑞龙吟

静夜闻丝竹声感赋

琼花怨。还唱万里关山，一声河满。娟娟纤月蛾眉，故人剩几，年华暗换。　　况游倦。愁听恨商凄羽，绪风吟晚。阿谁省识相思，断肠静夜，红徽翠管。　　曾记开元新制，蕊珠宫里，金尊檀板。回首画堂银云，横带天半。停声待拍，鼓住春醪浅。空江上、峰青未了，伊人不见。旧谱秋零乱。问谁更解，霓裳片段。城悄疏更短。除算有，虚窗孤怀难遣。戍楼画角，薄寒吹散。

月华清

元宵积阴欲雪，向午微晴，晚窗盼月遣兴。

凫鼎香亲，貂裘寒恋，一卮柏酾斟后。影事春灯，心数那年时候。艳芳榼、禁品黄柑，寻断句、故人红豆。消受。弄梅梢雪蕊，画廊携手。　　为问常娥记否。甚雾冷云荒，闷遮罗袖。冻柳梢头，忍说照人依旧。赌吉利、卜茧闲猜，祝美满、粉圆私咒。杯酒。笑情痴儿女，紫姑微叩。

（以上选自《香草亭词》，《彊村遗书》民国二十二年刻本）

郑文焯（26首）*

郑文焯（1856—1918），字俊臣，号小坡，又号叔问、瘦碧、冷红词客，晚号大鹤山人、鹤道人等。奉天（今辽宁）铁岭人，隶汉军正白旗，旗姓文。托为郑康成裔，自称高密郑氏。曾官内阁中书。光绪元年中（1875）中举，后屡试不中，弃官南游。爱吴中湖山风月胜景，居苏州三十余年，曾为江苏巡抚陈启泰诸人幕宾。辛亥革命后，以遗老自居。长于金石、书画、医学、音律，尤以词学著名，为晚清词学四大家之一。

郑文焯作词始于南下苏州后，晚清时所作，逐步形成《瘦碧》《冷红》《比竹余音》《苕雅》等集，后在此基础上删定为《樵风乐府》九卷。《樵风乐府》为郑文焯生前认定的精华本，因而流行颇广。易顺鼎以为：郑氏身世“微类玉田，其人其词则雅近清真、白石”，“体洁旨远，句妍韵美”（《瘦碧词序》）。叶恭绰则谓其“沉酣百家，撷芳漱润，一寓于词，故格调独高”（《广箧中词》）。

郑文焯入民国后的词作不多，且散见各处，未能专门成集。

* 所选郑文焯民国后词作由南开大学杨传庆先生搜集并提供，谨此致谢。

永遇乐

春夜梦落梅，感忆因题。

江驿迢迢，片时枕上，春事如许。乱插晴霄，低横野水，凄断东风主。枝南枝北，眼看摇落，不为翠禽啼住。揽遗芳，琼瑰满抱，觉来顿成今古。　　虚堂酒醒，倾城消息，误尽故山风雨。玉砌雕阑，伤心还见，系马郊园树。人间空有，晓寒一曲，谁信隔纱烟语。恁凄凉，南楼夜笛，送春旧处。

水龙吟

人日寻梅吴小城，有怀关陇旧游。

故宫何处斜阳，只今一片销魂土。苍黄望断，虚岩灵气，乱云寒树。对此茫茫，何曾西子，能倾一顾。但水漂花出，无人见也，回阑绕、空怀古。　　别有伤心高处。折梅枝、怨春无主。陇头人在，定悲摇落，驿尘犹阻。报答东风，待催羌笛，关山飞度。甚西江旧月，夜深还过，为予清苦。

杨柳枝（八首）

赋小城梅枝

谁家笛里返生香。倾国风流解断肠。头白伤春无限思，不应此树管兴亡。

到地春风不肯闲。南枝吹尽北枝残。吴宫多少伤心色，占得墙东几尺山。

采香径里晚烟空。濯粉池边晓露丛。一样故宫春寂寞，可怜无地看东风。

缟衣月下见前身。隔世惊逢绝世人。怊怅溪南数枝雪，为谁开落与江春。

轻朱薄粉试妆新。漫比西施镜里春。可惜君王残霸业，只教换得两蛾颦。

江树犹伤旧国春。肯因冷澹与时新。风来谁撼千林雪，一洗人间桃李尘。

万枝寒玉照溪桥。鹤语今年雪未销。自占东风故城曲，凄凉烟月属前朝。

一点芳心作意酸。预知年事有雕残。只应从此无花著，胜与松筠守岁寒。

虞美人（三首）

题《燕池落花图》。池在京西丹棱沜，旧名西湖，发源玉泉山，度圆明园宫墙东，流入清河。《水经注》所谓“蓟县西湖，绿水澄澹，燕之旧池”者也。

西园旧是苍波苑。几度临花宴。蓬莱宫阙总生尘。犹有一湖春色解留人。　　当年湖上游仙迹。换得伤心碧。麝尘蠹粉满亭池。怊怅倚帘人去未多时。

断红一片宫沟水。春皱波难起。夜闻风雨葬倾城。须信人间天上等飘零。　　雕轮宝马城西路。转烛空烟雾。流莺休觅上阳花。已是绿阴芳草遍人家。

楼台返照空明镜。更落西山影。狂香野粉满天愁。断送东风一剪水西流。　　朝朝洗面燕支泪。染作丹棱水。凄凉还问画中人。谁分故园从此见残春。

（以上选自《樵风乐府》民国二年刻本）

水龙吟

辛亥岁不尽五日，感事申怀，伤心天人之际，不能无辞，时距立壬子春已九日矣。

问天此醉何心，放愁一洒佯狂泪。好天良夜，酒催歌送，百年余几。故国青山，沧江白发，支离谁似。念乡情节意，依稀昨梦，浑如说、前生事。　　谩忆旧家园苑。见花时、几番兴废。西山残照，玉楼帘影，参差犹是。汉腊风遗，尧年雪老、一般凄异。怪年涯未了，东风底用，换人间世。

金缕曲

彊村植井上梧桐七见秋风矣，有客顾而叹曰："此手种前朝树也。"因以此五字发端，歌是阕见示，率尔和之。

留得秋声树。换西风、者番摇落，伤心谁语。金井银床清梦断，莫枉高云占取。怅夭风、枝栖何许。旧苑空阴无人见，蓦惊秋、一叶曾知否。题泪尽，五更雨。　　吴愁万点歌如诉。镇凄凉、故宫明月，一般无主。嫚绿妖红零乱地，长托孤根得所。翠烟洗、人间尘土。纵使心枯贞柯在，料爨余、犹有知音护。聊徙倚，共芳醑。

满江红

赋"精忠柏"，追和岳忠武韵，为秋心楼主。

此树婆娑，一亭共、风波销歇。看历劫、霜根寸断，有心仍烈。湖上已无干净土，枝南长带荒寒月。仗诗人、移奠到栖霞，哀思切。　　三字狱，冤终雪。两字谥，名难灭。欠千年化石，补天南缺。朱鸟空啼山鬼泪，黄龙谁饮天骄血。恁伤心、一例故宫秋，瞻云阙。

（以上选自《苕雅余集》民国九年刻本）

念奴娇

辛亥岁不尽五日

问天醉也，甚伤心年涯，能几如此。未了山川寥落感，节物偏争新意。短烛销更，余觞送腊，头白沧波思。寒松独抚，后凋何恨心死。　　还忆归鹤巢痕，尧年雪老，空话南州事。辽海茫茫华表月，重见萧条何世。故国无春，遗尘似梦，访旧凄朝市。佯狂一笑，乱丝歧路谁记。

临江仙

辛亥岁不尽五日

送尽年华依旧是，眼中白发添新。对花休作独醒人。明朝花下酒，无泪与江春。　　世事百年真似梦，如今梦也成真。人间一夕去来因。酒醒浑隔世，花发是前身。

杨柳枝

莫道人间春恨多。后庭犹有晓寒歌。如今寒梅都摇落，谁写春愁托衍波。

杨柳枝（三首）

赋吴东亭梅枝

宫树无人赋晓寒。澹烟斜月一凭栏。欲知报答春光处，梦绕西山洗眼看。

白门一炬燕巢空。故沼年年见落红。从此应添亡国泪，漂零几树旧东风。

残雪江春欲画难。殷勤折取寄谁看。东风从此无花著，独抱空枝阅岁寒。

忆秦娥

春　雪

江城笛。落梅一夜东风急。东风急。玉楼梦断，乱花如织。

故山已变青芜国。更谁染出伤心白。伤心白。人间天上，恨春无色。

（以上选自《茗华诗余》稿本，收藏于国家图书馆）

临江仙

题《葭梦图》

谁种蒹葭秋在水，销凝一片苍寒。扁舟天地路回难。沧江余白发，故国送青山。　　世事到头都是梦，输君梦也吟安。秋魂花压雪漫漫。诗成饶枕上，留得画中看。

（选自《茗雅余集补遗》稿本，收藏于国家图书馆）

虞美人

题《山塘寻梦图》

伤心塔影桥边月。花下明肌雪。年年费泪与山塘。赢得一声柔橹九回肠。　　返魂何处寻安息。烟水无情碧。酒醒休道梦非真。须信当时俱是梦中人。

（选自《郑文焯致黄宾虹札》，私家收藏）

水龙吟

故园能几花残，更堪抵死催春去。巢莺接叶，狂蜂弹纸，愔愔庭户。半湿雕阑，一堆红雪，鬲烟人语。怪东风不管，重阴未散，偏催起、漫天絮。　　别有珠帘玉柱，惹飞红、网尘如雾。满城歌吹，马蹄踏破，谁家香土。锦藉川原，青芜争换，绿阴无主。算人间有限，伤春老泪，替黄昏雨。

（选自陈三立、陈寅恪旧藏《郑大鹤写词》，私家收藏）

陈恩澍（5首）

陈恩澍（1857—?），字紫莼，号止存，湖北蕲水（今蕲春县）人。光绪辛卯（1891）举人，须社社友。

风入松

咏寒钟

风城残漏晓霜严。袖薄衾单。清钟那有寒温意，都缘听者心酸。花外疏镫明灭，梦回红泪阑干。　　冷随遥雁度萧关。月也孤圆。黄昏最是难禁得，凄音欲断仍连。残角催开天半，湿云低亚秋千。

水龙吟

冰丝盦感旧

香山高会如云，醉吟人去风流杳。悲歌犹热，小文迟定，玉楼轻召。短鬓谈兵，余生纵酒，暗伤襟抱。叹床花尘委，村醪冰透，寒梅放、供清醮。　　我亦羁怀如捣。过幽居、苍凉凭吊。从来词客，暮年萧索，最怜同调。悟到凌云，逃空一例，何分修夭。只琴歌邈绝，园林留画，是伤秋稿。

金缕曲

题吴柳堂先生《罔极编》墨迹

展卷危栏凭。障浮云、柳阴交翠，銮舆路迥。母病语儿儿不去，君出捍掫谁任。痛罔极、谆谆彝训。野寺荒烟遗疏草，照丹心、毕竟随灯烬。忠与孝，千秋炳。　　吴江素练萦方寸。我生初、未逾百日，遽摧慈荫。窃比前贤援以类，縋出围城一椗。谷岸改、中衢凄哽。老妪忽云知墓所，罪弥天、贷尔宁非幸。诵公志，倍深省。

恩澍生于苏，长于粤，咸丰丁巳三月杪生，而先慈于七月见背。时粤匪图苏，澍依先兄子凤公元和任，遣仆奉柩出瘗横塘。其后偕弟往省墓，岁久遍觅不得，适遇一老妪，叩之，则其夫即守坟人也。随往，则界石塞碑宛然，非披榛莽剔苔藓莫之辨也。慎先作记，仁先补图。

郭郎儿近拍

赋稻孙，时蛰云得长孙宴集索赋

瑞霭。充闾似竹生孙，天降红莲欣在抱。佳妙。大可娱老。称名宜署嘉蔬，绿护芳塍如绣褓。　　清晓。远度花风，户牖婉婉环绕。砚倚为田，留传祖德，饮和秋获早。况贻谋、一室温馨，鳞次龙文占秀茂。

百字令

须社百集，题填词图

信风过翼，数花间序饮，觞咏盈百。历历游仙张广乐，坠梦钧天重拾。风蜡缄愁，鸾襟费泪，谱入蘋洲笛。瓣香题字，须溪同此馨逸。　　却羡老去司农，园林人外，不系京朝籍。风调石湖兼石帚，分占鸥沙吟席。是日集苓泉云在山房。沟水流红，池云凝碧，愁认啼鹃迹。玉台留韵，图成乌帽谁侧。

（以上选自《烟沽渔唱》民国二十二年排印本）

程宗岱（10首）

程宗岱（1857—1924后），字青岳，号少华，江苏仪征人。其父为举人，咸丰八年（1858）死于战乱。生平事迹不详。有《梦芗词》二卷，卷首有作者乙卯（1915）秋所作自序和袁镳丙辰（1916）5月的序，但下卷收词止于甲子（1924）春，故词集可能编于1916年，后又有所补充，实际刊印于1924年之后。作者自称："余自幼而壮而老，伤心事多，家国之恨、身世之感，辄寄于诗词，义不欲显言，往往托诸劳人思妇，吊月悲花，以寓其意。"（《梦芗词自序》）袁镳则以"哀感顽艳，凄然动人"（《梦芗词序》）评其词。

蝶恋花

金陵怀古

把酒登临杯独举。风景依然，凄绝新亭语。十里烟笼堤上路。垂杨犹是前朝树。　　多少英雄争战苦。六代繁华，倏忽今非古。滚滚江流淘不去。钟山山色青如许。

更漏子

京江春望

绛桃芳，丝柳碧。陌上游人如织。乘绣幰，走花骢。江南春色浓。　　天涯客。愁颜色。有泪沾衣欲湿。蹑芒屩，倚孤筇。山川满目中。

满江红

客　感

搔首问天，天生我、樗材奚补。数十载、风尘潦倒，驹光虚度。万事看穿真即假，一身历尽辛和苦。到老来、犹是客他乡，归何处。　　陋室里，权留住。荒圃侧，聊容与。但偶然寄迹，便如安土。性命苟求全乱世，文章不要传千古。且花间、觅醉饮匏尊，消愁虑。

齐天乐

和宣愚公题词原韵

一编凄咽哀蛩语。霜侵鬓丝非故。曲里偷声，空中传恨，不尽平生荼苦。鹃啼处处。忆国破城春，心惊鼙鼓。老去填词，秋娘犹自画眉妩。　　人间本同逆旅，况沧桑劫换，漂泊何据。绮梦荒唐，闲情寄托，几叠吟笺虚负。商音协谱。有同郡名流，赠将题句。古调工弹，解幽人愁绪。

阮郎归

拟　唐

梦回鸳帐半惺忪。春愁似酒酞。杏花消息问东风。画楼深几重。　　眉岫蹙，鬓云松。妆台临镜慵。一川烟水碧溶溶。凭栏惆怅中。

水调歌头

丙辰五月十二日六十初度，用张翥“己丑初度自寿”韵。

忝列杖乡序，高兴撚吟髭。弟兄几辈中表，齐颂九如诗。今届年周花甲，岁纪丙辰五月，将近月圆时。歌啸足娱乐，何碍鬓成丝。　　嗜看书，耽习画，爱填词。阴符熟读，眼中只见斗鸡儿。老我英雄不遇，任彼庸愚冷诮，甘受莫推辞。自寿一樽酒，花满海榴枝。

满庭芳

游于氏园，观隋宫女古棺

蜀岭东隅，平山西麓，于家园子林深。亭台清寂，竹石尚纵横。绕径踏残莎草，湖峰上、细数苔痕。追想到，三千殿脚，应似驻长春。　　掖庭花落后，迷楼粉黛，都已成尘。问玉鱼，金碗怎出幽扃。对此香楠樟木，惆怅久、凭吊芳魂。剩依旧，玉钩斜畔，冷月照黄昏。

贺新凉

题刘挹芬《点红轩词》

等是伤心者。料平生、满怀孤愤，从何说也。麦秀黍离无限泪，聊借乌丝挥洒。趁铁板、铜琶歌罢。一卷青囊权遁隐，霜红龛、别擅诗书画。傅青主有《霜红龛诗》。点红叟，兹流亚。　　名场春梦醒来乍。且逍遥、书城坐拥，醉乡称霸。我亦相怜同病客，把酒花辰月夜。阅世态、真堪笑骂。歌伎词人遗迹近，明伎李亚仙墓、清词家王鹤汀宅，皆在流水桥。吊秋魂、合向颓垣下。尘俗事，都辞谢。

台城路

西湖杂感

西湖风月还依旧，衰年更寻鸿爪。鹫岭皴烟，龙泓溜雨，不尽闲情萦绕。词人已老。似一塔颓唐，雷峰西照。水剩山残，细摹金碧画图稿。　　扁舟几回系缆，数崇祠俎豆，兴废多少。指上楼台，吟边花柳，都趁沧桑换了。蜃云缥缈。怪西子夷妆，暗移襟抱。转忆当年，澹妆浓抹好。

齐天乐

苏小墓

六朝遗迹西泠路，芳名到今不朽。燕子飞来，桃花开处，正是东风时候。同心结否。剩松柏成丛，烟皴云皱。香冢长留，夕阳影里春魂瘦。　　衣香人影驰骤，睇纷纷士女，脂粉妍秀。油壁堤边，香车陌上，莫是苏家身后。湖山如绣。有眉黛常弯，眼波频溜。柳色深深，认风流依旧。

（以上选自《梦芗词》民国石印本）

宋育仁（1首）

宋育仁（1857—1931），字芸子、芸岩，号道复，四川富顺人。中国早期资产阶级改良主义思想家，被誉为四川历史上“睁眼看世界”第一人，重庆维新运动倡导者。光绪十二年（1886）进士，授翰林院庶吉士，改任检讨，1894年任英、法、意、比四国公使参赞。辛亥以后，历任国史馆修纂、成都国学院院长等。工于诗词绘画，著有《哀怨集》。词有《问琴阁词》一卷，清末刻本，收词八十五首，词风凄惘迷苦，得秦观之传，要在慨伤国势，不限一己悲欢。

金缕曲

门巷东风柳。甚长条、系春不住，繁愁依旧。芳草无人深一寸，庭掩绿苔深绣。看扫到、残红一斗。花落如潮春似水，剩楝风、吹梦梨云瘦。听鹂去，载春酒。　　闲情坐与春厮守。镇难忘、影移绛腊，记拈银豆。搁下江关兰成笔，留记春三下九。问子细、春能留否。一架荼蘼开遍了，倚栏杆、怕短铜蠡昼。夕阳院，绿阴逗。

（选自《民国日报》1916 年 3 月 1 日）

魏元旷（15首）

魏元旷（1857—1935），字斯逸，号潜园、潜园逸叟，又号蕉庵，江西南昌人。光绪二十一年（1895）进士。历任刑部主事、民政部署高等审判厅推事。清亡后归乡，以遗民自处，专心著述。有《潜园词》及《潜园词续钞》，共收词一百零六首，大抵送别、抒怀、题画、酬赠之作，多寓故国之思、世变之慨。

高阳台

癸丑早春雨雪，与宁愚夜饮潜园，语及都中旧事，有感。

村酿初浓，园蔬新把，衡门耐可栖迟。醉莫深辞，长安曾共花时。韶光再转春何似，问兵前、草木应知。只年来，乌帽萧条，双鬓如丝。　　从前苦恨为欢短，到如今追话，聊破忧思。满目江山，无人解泣新词。笙歌见说今尤盛，奈王孙、远隔天涯。且消他，寒雪孤镫，寒雨疏篱。

壶中天慢

甲寅春感

村园高卧，渐关河梦断，玉龙金阙。绿满天涯春好在，往事何堪重说。海舰横波，宫莺啼晓，古塞消冰雪。东风困懒，几番沉醉烟月。　　世味薄似年来，轻纱不抵，抵云浮香灭。楚舞吴歈都破碎，漫酬江南花发。十里邮亭，声声杜宇，啼鴂催春歇。故山无恙，料量烧笋时节。

满庭芳

清明有感

冻雪惊雷，凄寒禁雨，恻恻风度裘轻。石泉槐火，未觉是清明。花事匆匆过去，田塍畔、流水纵横。江村老，闭门烟霭，聊共话春耕。　　行行。犹记得，听莺一路，水驿山程。叹生误青袍，寂寞浮名。莫问苑边高冢，英雄尽、谁败谁成。播间路，年年芳草，一样碧无情。

摸鱼儿

闻雁

黯长空、冻云低坠，深宵寒雨无际。四边听彻残镫悄，惟有朔吹横起。惊嘹唳。更塞雁声声，天半呼群至。悲凉憔悴。叹万里关河，衔芦辛苦，身共旅愁寄。　　京华路，寂寞归来身世。金微书问恒滞。南楼过处声相续，只觉咿哑厮慰。怅生事。竟谁信孤茕，羡杀嗈嗈意。愁闻似醉。应料得伤心，仙人汉苑，独自拭铅泪。

秋　霁

乙卯复出长江感赋

过去江山，踪迹旧无心，更理帆楫。卧稳茅庐，起登关堞，鬓丝半憎成雪。世真似隔。风光到眼都非昔。举目极。惟觉乱波，寒共夜嘲咽。　　今古竖子，每自乘时，建康城边，休问沉戟。忆当年、流莺细说。春池绉水断肠碧。神器本来谁氏物。只梦回后，留得夕照仓皇，弄琶商女，倒驴孤客。

摸鱼子

哀　思

小文星、降仍追去，苍苍谁解斯意。蕉盦归日谁曾料，变作断肠之地。无端起。恨催命、鱼缄叠叠邮程寄。形模空记。只一月游踪，伤心歧路，生擘掌珠碎。　　残年在，已是了无生趣。西风枯尽寒泪。开颜喜汝多聪慧，亦犯鬼神之忌。更谁似。老病穷哀，忧愤交并至。畴能堪此。痛少小精魂，月明露白，不共冷萤坠。

瑞鹤仙

次韵答弟寿六十

未遂匡时业。记驿路兵戈，同时去国。扣柴扉不出。倏乱后光阴，五更新律。清尊迤北。只上座、白头赢得。漫频劳，祝噎年年，海宇方新战血。　　树色。梵王宫殿，揽揆筵开，侵寻往迹。如来献寿，争羡花开前夕。便十年一瞬，风流消歇，无复簪裾照席。恨英雄易老，几人终秉旄节。

木兰花慢

退庐院中紫薇花放，有感

书窗朝旭上，桐叶晓、露华晞。隔玻璃掩映，柔条几尺，粲粲红蕤。检校春英秋蕊，觉一般秾艳比来稀。雅称丝纶阁下，黄昏坐对朝衣。　　叹重重雾敛烟霏。天上紫宸非。更杳倚云深，桂流香馥，忆着都迷。惆怅凤皇池好，溯明光视草竟无时。萤火飞腾禁苑，乱鸦栖满宫闱。

木兰花慢

月夜泛湖

四边镫火上，光万点、斗星辉。正荷叶田田，露香无际，凉浸烟霏。几处楼台倒影，尽笙歌茗饮簇游嬉。短棹梭回曲渚，生衣蚁织长堤。　　早银蟾一片如珪。印彻碧波微。喜飒飒金风，新秋天气，玉漏迟催。最好桥西岸北，有鱼罾三两暗相依。一舸载将妇子，等闲休说鸱夷。

水龙吟

丁巳秋月，居退庐作

一回梦境惺忪，几多身后身前事。此庐终退，天末怀人，中心如醉。高树争巢，去年水鸟，不闻宵际。怪春秋犹是，院中花树，也一一、伤憔悴。花多不开。　　漫倚楼头哨遍，望长安、旧欢都坠。穷边车骑，长江潮汐，新亭涕泪。牛斗横空，更无余子，同看剑气。莫伤悲、容易西风，且领略新秋味。

水调歌头

中秋对月感旧，寄弟北京

依旧帝京月，一片烂银光。遥怀士龙，入洛天路不相将。可惜琼台贝阙，不是龙楼凤阁，空照故宫墙。回首十年事，清泪几沾裳。　　更无论，欢游地，久沧桑。暮年江关，词赋谁复与悲凉。莫问美人尘外，莫问孤臣泽畔，身世总茫茫。相望各千里，一样意难忘。

洞庭春色

咏开盒笑

聘礼中所制锦孩之名，又翁媪二，谓之天长地久。女家用与茶糖、喜果，分送姻戚。

喜担挑来，吉人双前，开盒二人，有利市书封，曰："吉人启箧。"群孩拢观。看红褓哑哑，柔荑手捧，朱绳转转，丫髻头攒。盏盖乍擎争莞尔，俨绿女、红男满彩盘。更有那，天长地久，媪叟相欢。　　佳期务多庆语，溯自昔、斯名孰传。任盟庚风谱，果连五色，充庭羊酒，锦簇千端。宾客一堂须引嚎，竟礼俗、相沿久不刊。好分共，茶瓶糖盒，乐意团圞。

高阳台

丙寅八月，归自匡庐，饮于西园。征歌未遂，兵戈分散，忽忽数岁。再至章门，座上惟醇士、公威旅居津沪，栗公、莲士、贞木幸皆如昨。追续坠欢，云英重见，危城相守，话旧凄然。醉别经旬，旗亭复会，则莫不宫移徵换，黄公炉畔，陶写中年。离合如斯，不无怅惘。

庐阜回骖，西园罢宴，兵烽一夕惊飞。大好江南，飘零王谢乌衣。令威不分归辽日，见人民、城郭都非。料年时，高会难寻，俊侣应稀。　　尘中离合谁能数，竟坠欢遥续，座客无违。阅过沧桑，还看翠袖因依。重来仅有经旬别，等匆匆、换了花围。怅尊前，柳絮烟轻，桃叶阴肥。

高阳台

戊辰夏日经旧居法轮庵首句为黎博庵先生隐居时所书

何必深山，城南一角，当时曾住名贤。荷沼菱塘，沿濠仄径斜川。望中仿佛扬州路，猛回思、四十三年。绿阴中，石级层层，苔印依然。　　记经劫火都如故，只禅房花木，换了风烟。二载栖迟，谈经古佛灯前。从游无复相看在，等修罗、分散人天。剩凄然，万家流萤，万树啼鹃。

玉烛新

己巳庚午冬春之交，九旬之中，晴未十日，雨雪交加，阴风冱寒。邮载南北直省冻毙凡数千人，兵祸复不解。苦闷无聊，感而赋此。

频年冬总暖。怪时令多乖，历书疑舛。去冬偏忽，重阴冱、天度陡看更换。寒雪坚冰，复苦雨晓昏凄黯。计坐拥、窄阁红炉，已近春光一半。　　还闻此届严威，竟北极幽并，南连邕管。纵横冻莩，弥平野、战地刚同近远。乍晴几日，早又是风尖雪糁。只枯坐、漫理花畦，莫凭书案。

（以上选自《潜园词》《潜园词续钞》，
《魏氏全书》民国二十二年本）

夏孙桐（25首）

夏孙桐（1857—1941），字闰枝，又字悔生，晚号闰庵，别号悔龛。江苏江阴人。光绪十八年（1892）进士，授编修，历官湖州、宁波、杭州等地知府。民国初入清史馆。又佐徐世昌辑《晚晴簃诗汇》及《清儒学案》。叶恭绰《广箧中词》谓“悔龛填词极早，平生不事表暴，故知者较稀”。夏孙桐与“清季四大家”关系密切，光绪中侨居吴门，“郑叔问（文焯）、刘光珊（炳照）诸君结（鸥隐）词社，始学倚声”；丁酉、戊戌间游京师，参与朱祖谋等的咫村词社。

有《悔龛词》一卷，所收词多作于光绪己亥、庚子间与民国癸亥、乙丑冬，内容多为社集唱和、分韵赋题、感事忆昔、行旅吟咏之作。风格典丽精工，低回沉郁，出入白石、玉田之间，而又能得梦窗神韵。夏孙桐词留存较少，然精品甚多，影响较大，《全清词钞》《词综补遗》《广箧中词》皆收录其词。

烛影摇红

乙丑元日书怀，次邵伯䌹韵。

坐对流光，伴人红萼垂垂老。殷家甲子醉模糊，那辨春迟早。新历本元旦，较万年历差一日。往事蓬山更杳。锁东风、龙楼日晓。杜鹃声咽，未稳寒枝，夜乌同绕。　　乡思花前，况惊驿使今年少。江莺江燕话烟尘，愁入瀛洲草。倦梦华胥唤觉。整残编、漫题却扫。盼春何处，强把屠苏，丁宁青鸟。

尉迟杯

江亭修禊未至，分韵得“黛”字。

疏杨外。渐日暖、薄翠生新霭。愔愔水曲尘香，还聚西园冠盖。题襟郑重，留几个、贞元旧人在。笑孤怀、负了春风，等闲难避吟债。　　追念往迹登临，寻亭畔、题痕藓藓犹带。倦芍愁兰俱非昔，争怪我、看花意怠。空斋对、清尊酒祓，又谁信、王城春似海。只斜阳、恋著遥岑，怨蛾仍扫眉黛。

南　浦

春草，用玉田“春水”韵

春色总迷离，又东风，暗向天涯吹晓。生意烧痕苏，香泥泮、先盼余寒全扫。铺茵渐展，几番潜逗莺声小。回首瀛洲非旧处，断梦倦萦瑶草。　　愁根旋灭旋生，正黏花、衬柳芟除不了。休傍战场青，惊沙畔、难觅采芳人到。烟凝路渺。赋情空对芜城悄。惟见元都葵麦遍，撩乱夕阳多少。

兰陵王

咏　柳

为谁碧。千缕春愁似织。年时见，掩雨弄晴，此树依稀玉河侧。长条覆路直。金勒。犹嘶过迹。东风紧，飘尽暗尘，怊怅携柑倦游客。　　春痕试寻觅。对蔓草瀛亭，斜照铜陌。迟莺早燕沉消息。空青眼抛汝，白头催我，灵和前事付过翼。叹人已非昔。

羌笛。听吹入。又郭黯烽晨，旗闪烟夕。漫天飞絮浮云隔。念千里芳堠，五湖幽宅。声声桥上，唤杜宇，去未得。

瑞龙吟

崇效寺看牡丹，用清真韵

城南路。还见绣陌横芜，绀墙攲树。名花偏傍空王，石坛净扫，来寻胜处。　　小延伫。无恙笑春人面，暖风当户。酣香染彻仙衣，弹烟簇簇，翩翻欲语。　　多少繁华姚魏，酒阑云散，销歌沉舞。难得过门相呼，游侣逢故。钿车锦障，都入伤心句。僧寮外、茶烟歇影，苔茵迟步。寸寸斜阳去。何人向说，凭栏意绪。春事留残缕。休更问，明朝无端风雨。对花慰藉，燕雏相絮。

烛影摇红

九月望后，独游北海，步谭篆青“九日登高”韵。

虚度重阳，迟来霜树红如醉。过塘寒鸭避人行，还借残芦庇。小立石阑自倚。盼晴空、全消水气。萧寥诗境，便作濠梁，悠然心会。　　金粉迷茫，登临怕说先朝事。谁家哀笛送秋声，摇曳苍波坠。柳外斜阳尚蔽。乍闲愁、归鸿引起。怪他张翰，诉尽西风，莼鲈长计。

水龙吟

落叶，用碧山韵

年年摇落如斯，者番倍觉风霜早。飘烟铜陌，凋阴玉井，声凄意悄。动地金商，长年枨触，望穷天杪。又洞庭波恶，吴江水冷，秋心共、南鸿到。　　旧梦梧宫渐杳。怅空枝、夜乌还绕。题红暗诉，回黄有待，几重情抱。漫羡残枫，春花比艳，余霞应少。愿松筠本性，岁寒长守，且闲门扫。

高阳台

残　雪

冰藓迟苏，凇柯尚晕，微茫霁色林端。耐得销凝，封条曾见春前。琼楼陈迹浑如梦，伴斜阳、身世都寒。只星星，吹上繁枝，许恋东阑。　　闲中惆怅年华换，正卧袁门掩，访戴舟还。事远孤鸿，惊心爪印重看。一般流水兼尘土，胜杨花、飘荡随烟。更催人，霜缕盈梳，相对阑珊。

惜馀春慢

崇效寺楸花

怖鸽庭荒，栖鸾枝老，古色郁葱如许。团团缀玉，点点攒星，淡入粉云青雾。为问花时鈿车，红紫丛中，幽芳谁顾。正斜阳深掩，绿阴人静，晚帘香度。　　还念读画呼僧，题襟招客，尘外每移尊俎。浮生白社，阅世苍官，惆怅庾郎重赋。争奈春如梦痕，堆径繁英，东风催暮。叹销沉几辈，词流陈迹，对花追数。

惜余春慢

慈仁寺双松，相传有清中叶重植，非渔洋诸老所题旧物。寺毁于庚子兵燹，松独无恙。社集分咏京师花木，召南拈得，以平生未睹为憾。偶偕访之，一已枯萎，盖昨岁栖止流民爨湢所侵也。慨然同赋。

佛国沧桑，仙根陵谷，太息树犹如此。摊书客去，题障诗传，都付洛阳残记。龙蜕何年复生，溜雨皴痕，拿云腾势。纵苍髯非古，也曾亲见，贞元朝士。　　凭吊劫火迷茫，梵香零落，栖鹤仅留孤翠。空王殿宇，故国风烟，谁省眄柯深意。门外垂杨，送春分到新阴，炊羹堂里。任行吟庭静，清涛凄影，夕阳铺地。

霜花腴

八月既望社集，用梦窗韵。

泥人泪烛，对晚屏，依依倦侣南冠。梧老齐宫，筑悲燕市，秋心诉与应难。借杯自宽。趁菜畦、香足霜前。记今宵、醉渍襟痕，倚楼横管早鸿寒。　　风叶乱翻尘砌，已辞巢催乳，抱树怜蝉。仓猝光阴，萧条人事，慵将剩墨裁笺。梦中画船。正串湖、月皎花娟。奈胥潮、怒绕荒矶，远云天际看。

安公子

丁卯重九，用屯田“远岸收残雨”体。

晚树留暄景。一天秋色催成暝。戏马台高人不见，想郊原如镜。正渺渺、飞鸿远带斜阳影。环蓟门、几点烟螺净。怕庾公尘污，吹帽西风偏劲。　　残蠹诗囊冷。每逢佳节怜清兴。莼梦鲈思空作计，也商量难定。更入市、荆高酒伴无多剩。簪佬萸、白发还羞整。听画角城头，醉归月斜窥径。

燕归梁

史馆东轩，海棠二株，一生一枯，憔悴久矣。今年花特盛，已萎者亦新枝勃发，嫩蕊含烟。右衡昔居轩中，墓草已宿，对花慨然，为赋此解。

忽忽韶光似梦中。又花发、粉墙东。琼枝新茁转葱茏。香魂返、蕊珠宫。　　满庭葵麦还撩乱，觅花下、故人踪。残芳偏傍夕阳红。惜丝鬓、负春风。

湘江静

纪梦。天孙渡河前三夕，余病始闲，梦见一廨前鼓钹喧阗，作鱼龙曼衍之戏。随之游行，所经通衢荒旷，道旁二三老者向余诵数语，谓此道咸间人所作《湘江静》词，有可慨者。余亦未悉所诵，漫应之曰：“梅溪旧作，原凄楚之音也。”既而百戏纷集，招摇而过，最后童子持纸彩为花，愈繁夥，愈幺细。渐至若有若无，衰草凝烟，前望似已无路，惘惘而寤。即以梅溪原韵纪之。

望里银河沉暗浦。倦匡床、剩炎犹驻。迷离梦景，虫沙证劫，诉谁家愁句。陌上沸鱼龙，一波见、一波旋去。行人渐少，郊磷自青，荒烟外、是何处。　　病魄苏，秋绪苦。漫低徊、蓟丘云树。龙蟠气尽，乌啼夜冷，警凄清笳鼓。烛剪怕重昏，扑窗听、乱虫如雨。孤吟到老，闲居赋了，芜城又赋。

高阳台

自题《河桥梦影图》。光绪乙酉秋，奉先太夫人柩，附粮艘南归，于黄河北岸守候盘坝。重九前二夕，有异梦，见元配何夫人布衣青鞋，翩然入舟，默无一语，旁置铜盘及白履一双。内兄少庵亦至，曰：“妹夫喜也。”余瞿然而觉。时族叔薇卿同舟，呼而告之，曰：“殆有再生之缘乎?”后属洪毅夫同年作图识之。终竟无验。余老矣，及泉相见之期日近，追纪其事，弥叹人间泡幻，真有不可思议者。时戊辰七月。

碧海心长，稠桑影短，回思梦境无端。一语难申，惟余脉脉相看。玉箫猜拟重逢约，赚韦郎、到老凄然。剩尘纨。月黯河桥，画意荒寒。　　同谐吉兆终成幻，俗：新婚以鞋置铜盆中，取同谐之意。更履霜入操，承露移盘。翻覆沧桑，徒惊何世人间。白头今日如仍对，怕鸱夷、料理都难。只魂牵。先垄松楸，江上青山。

迷神引

饯金钱孙南归

脉脉乡心春帆路。盼入素秋凉浦。连烽未息，且离筵阻。警西风，莼鲈愿，漫轻误。南雁随阳翼，坠烟雾。珊瀣渔竿拂，问巢父。　　岁月编摩，槁项同辛苦。卷压归装，牛腰数。史亭高筑，宝残帚、千金护。小长芦，烟波杳，唤鸥鹭。今夜当窗月，杯共注。衰杨何堪折，断肠处。

霜叶飞

戊辰重九，江亭登高归，检尘箧有数年前挈家人来游未成词稿。补完之，仍用梦窗韵。

倦游陈绪。惊衰鬓，萧辰来抚秋树。有情山色尚窥廊，遥翠晴如雨。试目极、冲寒断羽。风霜回换成今古。笑袖上黄尘，涴到酒痕深，黯淡不分缁素。　　僧舍半日偷闲，香残瓣冷，问谁糕字同赋。每怜儿女解沧桑，事往鹃魂语。渺城角、炊烟似缕。斜阳车马荒陂去。更万芦、萧萧外，泪滴新亭，倚栏高处。

霜花腴

彭刚直墨菊

赋秋倦笔，对冷缣，偏惊满纸风霜。花淡人豪，墨浓枝瘦，传神妙与相当。醉毫有芒。问傲姿、原薄铅黄。向东篱、吊屈哀荆，定知诗里感柴桑。　　千幅画梅名世，看森森铁石，妩媚心肠。倾国难逢，英雄同调，一般寄托幽芳。故家径荒。望雁峰、乔木凄凉。剩芸缣、护取秋容，魏公题字香。

燕山亭

和道君“北行见杏花作”

芳讯天涯，停马问春，帘外村醪谁注。零乱路枝，雾鬓风鬟，争似绮窗儿女。倦客惊心，易枨触、江南烟雨。清苦。是二月韶光，冷朝暄暮。　　弥望麦秀郊原，更举目何堪，断肠人语。愁红一色，旧日繁华，依依上林深处。燕子无聊，飞絮里、几番来去。休据。春梦好、赚人轻做。

齐天乐

早　蝉

翠阴依旧闲庭院，惊时乍听清响。翳日高栖，嘶风递送，如诉炎凉无恙。声声报爽。到深柳堂中，早荷池上。倦耳醒初，昼长聊复伴孤唱。　　年年丝鬓对汝，露餐空自洁，凄调同赏。消夏光阴，吟秋信息，暗里偏增惆怅。宫魂梦想。任新曲频翻，别枝休傍。抱叶生涯，夕阳红半向。

（以上选自《悔龛词》，《彊村遗书》民国二十二年刻本）

摸鱼子

甲戌七夕社集，和次公

对清光、画屏银烛，新鸿唤客来早。朋簪也有天涯感，今夕坠欢重表。秋意悄。诧阅世、针楼斗尽人间巧。风宵露晓。更莫问支机，休谈誓钿，只劝玉尊好。　　神仙事，难免一般啼笑。误他儿女多少。银河终古无深浅，脉脉此情长抱。差胜了。看东海、尘扬几度红桑老。吟情缥缈。任瓜果庭空，莼鲈梦远，招隐怨芳草。

壶中天

甲戌九秋题《受砚庐图》

石交真契，是传衣留证，声家一脉。雅制端溪琴鹤伴，吟遍五湖秋色。长物摩挲，替人珍重，香火缘难得。残珠余露，玉蟾清泪犹滴。　　不负授稿殷勤，丹铅几度，定本重搜佚。也比词龛题校梦，天外彊山分碧。手泽千秋，心香一瓣，应许渊源识。代兴坛坫，画图谁主谁客。

（以上选自《词学季刊》第2卷第2期）

扬州慢

枝巢全和白石自度诸调，强余同作，病未能也，姑以一阕塞责。

沉锁寒洲，按烽岩塞，远邮阻断来程。便乡心一夕，梦影入磷青。剩无主、哀鸿遍地，念家山曲，难唱休兵。忍看看、金粉东南，都作芜城。　　燎原祸始，更何须、身到才惊。纵燕幕拚摧，昆炎任炽，犹见豪情。半壁渐成孤注，听天堑、黯咽涛声。和桓伊清笛，一般江上愁生。

浣溪沙

白杏花

许为寒梅作后身。却怜眉靥尚含颦。依依别是一般春。　　梦雨飘时如有恨，颓阳抹处了无痕。酡颜羞煞玉楼人。

（以上选自《同声月刊》第1卷第3期）

玲珑四犯

夏夜听雨，用白石体。

玉簟润生，莲檠光掩，凉声惊破残睡。未秋先送爽，入耳烦歊洗。檐花定知暗坠。又芭蕉、傍阶敲碎。坐久添衣，吟阑迟漏，谁解寂寥意。　　西窗语、归期未。早长安倦旅，今旧情异。竹山词笔老，更减中年矣。香沉梦醒凄迷候，念当日、南皮瓜李。偏不待。金风便、销魂此际。

（选自《同声月刊》第1卷第9期）

张仲炘（16首）

张仲炘（1857—1913），字慕京，号次珊，又号瞻园。湖北江夏（今武汉）人。光绪三年（1877）进士，改庶吉士授翰林院编修。强学会会员。官至江南道监察御史，后任江苏尊经书院山长。张仲炘与“晚清四大家”朱祖谋、王鹏运、郑文焯等交往甚密。早年在苏州参加郑文焯组织的壶园词社，入京后加入咫村词社及校梦龛词社，参与“庚子事变”后京师词人组织的“春蛰吟”。有《瞻园词》和《瞻园词续》。

据陈世宜《瞻园词续跋》：“《瞻园诗词》二卷，清光绪乙巳刻于金陵，嗣由宁而皖，而苏而鄂而沪，暂游燕京复归鄂渚。己未秋，谢宾客。晚年之作竟未付刊。”陈世宜求遗著于公家，民国二十五年（1936）九月，得其手稿凡六十首，于是将其刊刻出版。故《瞻园词续》中词作，多为张仲炘入民国后所作，内容多为山川游历、酬答唱和、咏物遣怀之作，“落笔多凄楚”。张仲炘之词，讲究音律词藻，情思婉转，脉络井然，有常州派馀绪。

迈陂塘

和伯平留别原韵

又匆匆、片帆南浦，凉云来劝秋去。元龙气自吞湖海，落笔也多凄绪。愁四顾。抵漆室、哀吟掩泣情如诉。临歧袂举。愿一日双鸿，风传雨送，赓和共吴楚。　　江关梦，庾信愁深待语。天涯能几亲故。斜阳万顷秋潮急，波影荡无重数。孤絮舞。怕招隐、无山空念淮南赋。田园路阻。叹去国情怀，忧时涕泪，同是倦游侣。

鹧鸪天

题《湖棹图》

斜照孤舲傍远天。藕花十丈想红娟。也知流水仍今日，可惜风光是去年。　　秋似客，鹭如拳。数行髡柳半湖烟。龙山高处重西望，落帽风来一惘然。

惜红衣

和白石韵，同古微

倚梦镫孤，笼香袖薄。醉销寒力。鬓影长低，羞窥镜菱碧。燕歌调苦，犹未抵、皋桥羁客。牢寂。翻羡庾郎，得安巢栖息。

红尘紫陌。珂佩音沉，和烟乱愁藉。江头桂棹去国。几南北。风宿水餐滋味，沙上冷鸥曾历。劝钓竿休放，须有夕阳山色。

霓裳中序第一

寒山寺晚眺，用草窗韵

江村翠嶂叠。寺寂庭深空乱叶。天际朔鸿阵结。正孤棹翦波，疏钟催月。芦花喷雪。带冷烟吹恨吟箧。寒山去，尘昏素壁，把笔共谁说。　　幽绝。醉歌还咽。树影飐、斜阳黯灭。江郎长是赋别。泣洒银屏，梦断金玦。旧欢人乍缺。忍再舞、山香怨阕。销凝久，一星渔火，倦对引庄蝶。

隔浦莲近

病中遣怀，用梦窗韵

残酲犹殢睡眼。挥扇凉生腕。梦久忘清漏，风蝉一声催晚。帘底谁念远。斜阳畔，旧绪萦抽茧。　　旅怀懒。青骢系处，花香衣影都换。曲阑小坐，剩有冰泉盈盏。池水蟾光漾静练。萧散。归心飞度江岸。

水龙吟

次韵和古微虎丘

倚空晴塔孤凌，万山环秀舒莲掌。年年载酒，翠微高处，瘦筇无恙。楼阁排云，繁华却羡，昔人佳赏。正箫沉鼓寂，新霜落叶，依然作、琤玐响。　　才悟色空真相。对黄花、梦萦秋想。兴犹不浅，龙吟一曲，临风高唱。联袂京尘，旧欢余几，与君同怅。便萍飘、也好隔篱呼取，尽杯中酿。

声声慢

和叔问

红桑花落，黄竹歌停，惊飙飞度天关。病里愁多，宵长梦也无闲。人间未知何世，阻沧波、空对丛菅。最凄念，是城边北斗，湖上西山。　　衣影十年销尽，几深杯、夕引长铗朝弹。往事沉吟，伤心饼菜春盘。孤桐料无人赏，但哀时、不赋猗兰。背残照，渐江头、吹送暮寒。

清平乐

梦中得句云："镇夜思量较可，只是露凉如水，莫到中庭。"不省其为何调也。因广其意，赋此。

恹恹酒病。心事没人省。风动流苏残困醒。落尽钉花红冷。　　荒苔卧月庭阴。绕阑信步沉吟。不道露华如水，斑斑湿遍愁襟。

鹧鸪天

重过阊门，感旧

浊酒无聊又一倾。夜深白月冷生棱。坠欢翠雀楼边水，残唾红鸳被底冰。　　春半去，泪孤横。凄凄邻笛不堪听。莫言风泊鸾飘苦，薄命如今未是卿。

三部乐

风日清嘉，甚倦倚画屏，望空愁绝。燕随春去，应更无人能说。早难道、芳约终虚，盼素鳞又杳，瑞脑重爇。露桃落尽，直到黄梅时节。　　迟回揽衣对镜，问带围瘦减，为谁磨折。年年断魂驿柳，缄情宫叶。乍栏杆、伴人一霎。烟雨又、纷飞似屑。长念旧日，无端地、花下轻别。

一落索

清露沾衣香润。花飞春尽。早知明月尚多情，悔未傍、雕阑近。　　过却东风芳讯。锦书难问。十年一梦便能醒，已不是、青青鬓。

六幺令

夜来微雨，庭草回新绿。流莺为谁啼老，劝秉西窗烛。无处堪容小隐，翠筱森如玉。行窝权筑。穷途休管，肯学当年步兵哭。
长安闻道似弈，冷劫留残局。槐国几换春秋，梦影飙轮速。何似金尊酒满，一醉陶然足。高歌林谷。斜阳今古，曾照伊谁旧华屋。

一萼红

花步饯春，同古微、剑丞

小楼深。锁璃窗绮户，春色尚沉沉。筝柱弦温，棋枰玉冷，红袖来劝芳斟。乱花过、庭芜自碧，耐絮语、枝底和双禽。十里烟波，万家镫火，都付闲吟。　　欢事觉来如梦，对金杯满引，白发愁侵。燕市春场，秦淮月榭，飘荡还又而今。倦飞绕、南枝几匝，浩歌里、空负故山心。未识明年过逢，底处开襟。

四园竹

对雨，用美成韵

檐声碎滴，渐润洒双扉。笋敲翠玉，蕉飐绣旗，沉寂虚帏。残醉消，疑梦入、秋声馆里。晚凉衰鬓偏知。　　问谁其。窗前细翦镫花，连宵谩数归期。奈更云容翳尽，含睇长哦，杜若骚辞。愁满纸。素浪阔、空江去棹稀。

西　河

十年前曾赋此调，题徐积余《定林访碑图》。今重见海上，积余以图失补写，索书前词，载赓此解。

游宴地。十年短梦愁记。荒岩片石掩幽扃，乱云四起。只今乾道几人知，茫茫沉恨天际。　　看山厌，筇倦倚。玉骢柳底谁系。春城一角戍旗空，但余废垒。似闻朝士半贞元，欢情东付流水。　　遁栖老我海上市。抚危阑、何处乡里。顾影却羞人世。剩长歌、当哭穷途，凄对空吊残灰，溪藤里。

水龙吟

乙卯七月，重至京师，和裴韵珊

浪游别久方蓬，酒边小坐浑疑梦。河山举目，苍茫今古，紫金杯重。秋气多悲，老怀都懒，无聊吟弄。最难忘胜赏，凫潭社散，空萧寺、槐龙动。　　林下追陪还共。乱云飞、碧天微空。昆仑睡里，丁歌甲舞，莺花千种。棋局声喧，客窗烛短，埋忧无冢。又西风竞沸，红尘十丈，似潮头涌。

（以上选自《瞻园词续》民国二十五年刻本）

朱祖谋（53首）

朱祖谋（1857—1931），早名孝臧，后改为祖谋，字古微、藿生，号沤尹、彊村，浙江湖州人。光绪壬午科（1882）顺天举人，癸未科（1883）贡士，殿试二甲一名。历任翰林院庶吉士、翰林院讲学、内阁学士兼礼部侍郎、礼部右侍郎、弼德院顾问大臣、广东学政等。辛亥国变之后，因病假归，不问世事，往来于湖淞之间，以遗老自居。民国辛未年（1931）十一月，卒于上海，年七十五，归葬吴兴道场山麓。

朱祖谋始以诗名，及官京师，交王鹏运，始专为词，与王鹏运、郑文焯、况周颐并称为“晚清四大家”。早年从王鹏运学词时，校《梦窗词》四稿，故其词受梦窗词影响较深，王鹏运即称：“自世之人知学梦窗，知尊梦窗，皆所谓但学兰亭面者，六百年来，真得髓者，非公更有谁耶?”（《彊村词原序》）朱祖谋作词严守声律，作四声词，有“律博士”之称。有遗稿《彊村语业》三卷、《彊村弃稿》一卷、《词莂》一卷、《足本云谣集》一卷、《定本梦窗词集》不分卷、《沧海遗音集》十三卷，又《彊村集外词》一卷，卒前皆授其门人龙沐勋，汇刊为《彊村遗书》。

王鹏运在《彊村词原序》中云“公（朱祖谋）词庚辛之际是一大界限”，称其“词境日趋于浑，气息亦益静”，格调高简，风度矜庄。而辛亥革命又是朱祖谋词风发展的另一界限。相较前期词作，其辛亥后（即民国时期）所作词政治情绪有所淡化，家国之心的表露更为含蓄，词境愈益深厚，与屈子泽畔行吟为类，幽忧怨悱，沉抑绵邈。与此同时，朱祖谋辛亥之后所作词作对遗民身份的强调愈发明显，胡先骕曾举《金缕曲》《夜飞鹊》等作，说其“可见蒿目时艰之忠忱”（《评朱古微〈彊村乐府〉》）。故作于民国时期的彊村词不仅艺术成就更高，所蕴含的思想感情也更为复杂深婉。

金缕曲

井上新桐，植七年矣。周无觉抚之而叹曰："此手种前朝树也。"斯语极可念，拈以发端。

手种前朝树。带虚廊、斜阳一角，阅人无语。乞向西邻斤斧底，曾共箨龙赦取。看玉立、亭苕如许。今日离披银床畔，问孤根、肯傍龙门否。一叶叶，战风雨。　　蟪蛄三两啼相诉。说年来、红凄翠惨，好秋谁主。划地霜芜连天白，栖凤长迷处所。算干净、犹余吾土。眠坐清阴浑闲事，要岁寒、根干牢培护。盟此意，酹清醑。

国香慢

为曹君直题赵子固《凌波图》

一帧湘魂。正捐珰水阔，泛瑟烟昏。江皋几丛憔悴，留伴灵均。日暮通词何许，有婵媛、北渚孤颦。国香纵流落，未许东风，换土移根。　　经年亡国恨，料铜槃冷透，铅泪潸痕。故宫天远，鹅管从此无春。补作宣和残谱，尽消凝、老去王孙。不成被花恼，步入鸥波，满袜秋尘。《宣和画谱》无水仙。

绮寮怨

兵后，海上遇歌者朱素云

乱柳香风吹店，酒帘河外青。傍水陌、细语残鹃，春阴底、唤上旗亭。中年哀丝怨竹，潜催换、鬓雪和梦惊。甚候烽、起灭江关，无人睇、故国尘暗生。　　怅怅病辞茂陵。铜仙去后，劫灰怕问昆明。气挟幽并。旧人是、米嘉荣。江南落花风景，且诉与、十年情。伤怀步兵。浇愁但愿醉，无泪倾。

曲玉管

京口秋眺

野火黏堤，寒云啮垒，霜空竟日飞鸿响。客里登楼穷目，衰柳无行。尽回肠。　　冷眼论兵，愁心呷酒，无多景物供吟赏。最爱青山，也似北顾仓皇。寄奴乡。　　霸气消沉，剩呜咽、回潮东注，永嘉几许流人，惟余叔宝神伤。感茫茫。又玉龙吹起，一片西风鳞甲，江山如此，几曲栏杆，立尽斜阳。

洞仙歌

过玉泉山

残衫剩帻，悄不成游计。满马西风背城起。念沧江一卧，白发重来，浑未信、禾黍离离如此。　　玉楼天半影，非雾非烟，消尽西山旧眉翠。何必更繁霜，三两栖鸦，衰柳外、斜阳余几。还肯为、愁人住些时，只呜咽昆池，石鳞荒水。

水龙吟

麦孺博挽词

峨如千尺崩松，破空雷雨飞无地。京华游侠，山林栖遁，斯人憔悴。一瞑随尘，九州来日，谅非吾事。正苍黄急劫，推枰撒手，浑不解，茫茫意。　　也识彭殇一例。怆前尘、飙轮弹指。长城并马，沧溟击楫，穷秋万里。归卧荒江，中宵破梦，惨春衰涕。更大招愁赋，湘魂纵返，甚人间世。

六幺令

和况夔笙

碧纱烟语，恩怨无端的。分明宋墙东畔，帘箔几重隔。扶梦花灯宛转，不照伤心色。后期今夕。青天碧海，未道相思是无益。　　蜡炬灰犹有泪，惜别筵前滴。罗带诗本无题，出意机中织。千万秦筝素手，莫放危弦急。凤帷鸳席。能拼憔悴，知否金钗未堪擘。

高阳台

花朝渝楼同蒿叟作

短陌飞丝，长波皱麹，市帘江柳争青。中酒年光，买春犹是旗亭。彩幡长记花生日，甚绿窗、儿女心情。尽安排、画桁吴缣，钿阁秦筝。　　白头未要相料理，要哀吟狂醉，消遣余生。无主东风，博劳怨不成声。朦胧几簇东阑雪，算今年、又看清明。怕相逢，社燕归来，还诉飘零。

夜飞鹊

乙卯中秋

金波暖斜汉，流照屏山。桦烛冷散青烟。珠帘欲上美人去，谁家今夜今年。当窗乱云雾，恣霓裳狂舞，换谱钧天。乘风汗漫，问琼楼、何似人间。　　多事桂宫仙斧，七宝尚凌虚，装缀婵娟。阑外秋香泣露，移盘清泪，消尽金仙。广寒殿阙，怕常娥、不许流连。共孤光谁与，不成把盏，北望凄然。

霜花腴

九日哈氏园

异乡异客，问几人、尊前忘了飘零。鸿响天寥，菊迟秋倦，池台乱倚霜晴。坐无老兵。负旧狂、休泣新亭。镇填胸、块垒须浇，酽愁不与酒波平。　　多难万方一概，便知非吾土，已忍伶俜。金谷吟商，玉山扶醉，消磨半日浮生。画阑更凭。莽乱烟、残照无情。要明年、健把茱萸，晚香寻旧盟。

醉翁操

劳玉初避地劳山，赋此寄怀

嶕峣。单椒。诛茅。托而逃。谁招。千年故丘还其巢。白头心国飘萧。歌且谣。把臂旧渔樵。说此中几人我曹。　　令威去后，无梦归辽。幼安涕泪，消与白衣皂帽。山有木而风号。海有涯而波滔。思君无暮朝。心同媒何劳。斗柄带招摇。望京楼望天泬寥。

戚　氏

丁巳沪上元夕

月明中。人间无主是东风。火合银花，绮交琪树，锦成丛。珑璁。好帘栊。歌莺舞燕惜匆匆。沧江倦客吟晚，际此三五几心同。市暖蛾闹，林喧鸦起，蒨霞倒影仙蓬。算金钱换得，流水宵短，扑地春空。　　回首帝里游悰。鳌驾风吹，迤逦趁青骢。瑶台路、翠娇红妩，管叠丝重。万芙蓉。绀蕊镜里衣香，尺咫步绮西东。岁华转烛，悄拍栏杆，把盏北望朦胧。　　未是闲情绪，催霓唱彻，作弄春工。问取孀娥见否，便临花、对酒恁忡忡。年时笑语传柑，醉沾镐宴，一饷华胥梦。费念奴、憔悴清歌送。终古恨、萦损渠侬。剩夜窗、寸蜡衰红。念芳节、袖湿泪龙钟。甚春寒重，蕃街画鼓，曼衍鱼龙。

洞仙歌

推枕秋怀断。乍梦阑徙倚，初寒池馆。绕空廊露叶，远楼风雁。冥冥月气灯辉乱。问几度、安排平圃宴。闲箫管。甚叠遍霓裳，翻恨新生懒。　　辗转。酹愁酒醒，殢睡香消，易感难拚。漫与短发飘萧，冷却故园心眼。良天好夜终须见。要舞袖、联翩花底换。回醉眄。向当筵、击筑哀歌未辞晚。忍坐看。看点拍、江南怨。奈碧云无信，旧丛霜老谁家苑。

紫萸香慢

焦山九日同病山、仁先、愔仲

避尘尘、重阳杯斝，山灵肯惜吾曹。是悲秋扶病，办腰脚、一登高。送尽西风鸿阵，又天边霜信，骤薄青袍。剩松寥、片石乞与客题糕。问块垒、可能酒消。　　无聊。且话南朝。风落帽、手持螯。怕黄花冷觑，高城急雨，著意明朝。眼前插萸人瘦，尽流恨、去来潮。倚樵柯、上皇山路，暮云低尽，玄鹤不许人招。霜鬓自搔。

临江仙

门柳低垂墙杏簇，临津珠箔人家。东风历历十年赊。谁将新社燕，衔送故枝花。　　上枕愁心无倚著，窥帷楼月西斜。细香飘梦泊天涯。天涯何处所，灯外绿窗纱。

金缕曲

寿闰生弟六十

无怪吾衰矣。算阿连、左弧悬到，齐头甲子。湖海平生轻离合，颇负夜寒姜被。溯别恨、峡流牂水。犹有沧江容一卧，便安排、风雨连床计。秋色在，雁行里。　　篆盘婆律香云起。待商量、归心与问，闻思大士。咫尺苕山家何许，茅屋石田而已。且生事、醉乡料理。四海子由真健者，几沧桑、自笑难兄弟。吾意托，小山桂。

虞美人

黄昏笛里梅风起。蔓草罗裙地。满阑红萼总宜簪。不道尊前消减去年心。　　何郎词笔垂垂老。坐被花成恼。月寒江路唤真真。一缕清愁犹著故枝春。

摸鱼子

龙华看桃花

懒能探、劫余芳信，年年闲了游骑。祇林依旧霞千树，娇入上春罗绮。红十里。还一掩一层，淡沱烟光里。东风旋起。悄不似仙源，将家小住，便作避秦计。　　玄都梦，消与金门游戏。梦回惆怅何世。华鬘天也无香色，说甚道场兴废。空徙倚。怕轻薄芳姿，未省伤春意。刘郎倦矣。任题遍花笺，都无好语，剩溅感时泪。

鹧鸪天

越日重游，遂访石芝居士。

百队行春迤逦车。千林步绮浅深霞。阴晴并日如中酒，哀乐临年各为花。　　花梦短，酒悲赊。甘抛有尽送无涯。道人不对东风笑，扫地焚香自作家。

水龙吟

沈寐叟挽词

十年轻命危阑，望京遂瞑登楼眼。虞渊急景，伶俜已忍，须臾盍缓。沉陆繁忧，排阊旧梦，一朝凄断。痛招魂无些，宣哀有诏，经天泪，中宵泫。　　垂死中兴不见。掩山丘、风回云偃。浯溪撰颂，茂陵求稿，湛冥何限。我独悲歌，紫霞一去，凄凉九辩。剩大荒酹取，人天孤愤，觅灵均伴。

惜黄花慢

仁先以旧京移菊，经岁作花，倚声征和。

楚客情芳。镇梦余避得，酹月春觞。闭门成世，悄偎鬓白，托根耐晚，羞染蜂黄。抱花愁问伶俜蝶，旧篱畔、堪此凄凉。念帝乡。荐秋俊赏，飘换繁霜。　　十年卧隔沧江。溅露英数点，老泪柴桑。后期孤许，楚[illegible]晚节，前尘半落，燕麦斜阳。瘦姿不敢伤迟暮，为珍重、帘底秋妆。最断肠。夜衾万感幽香。

薄　幸

后堂芳树。逗一霎、黄昏意绪。未惯得、春魂无检，轻绕河桥风絮。甚卧枝、花发东园，春根重上相思句。便彩笺翻歌，金尊颠酒，催合邻箫新谱。　　也自解、连环误。浑不耐、绿窗鹦语。几曾知门外，飘红无地，等闲却倩游丝驻。不关风雨。但恹恹、泪眼天涯，望断无寻处。危阑遍倚，心结行云成缕。

浣溪沙

和病山、蕙风即席之作

解道伤心是小颦。分明怨恨曲中论。世间原有蕊珠人。　　妙舞折腰翻地锦，清吭飘泪簌梁尘。满衣犹是故山云。

清平乐

何诗孙为《梅兰芳北归》画卷征题

残春倦眼。容易花前换。萼绿华来芳畹晚。消得闲情诗卷。　　天风一串珠喉。江山为祓清愁。家世羽衣法曲，不成凝碧池头。

临江仙

此辛酉岁暮同寐叟作，叟目为调高意远者也。稿佚不复省，慈护世讲检叟遗箧得之。

留与眼前资痛饮，不须遣尽闲愁。徘徊明月在高楼。挥觞疑有待，吹笛未宜休。　　人事音书寥寂久，梦来跃马神州。中宵揽涕不能收。有情歌小海，无女睇高丘。

烛影摇红

乙丑元日和闰枝

野哭千家，闭门不恨春光浅。年时仙仗簇朝正，瞻座香飘殿，投老沧江卧晚。怕安排，黏鸡画燕。尽情灯火，多事屠苏，今朝心眼。　　留命何年，饰巾那计流光换。梦魂犹自点朝班，谁道长安远。再拜鹃声咽断。倚危阑、飘风鬓短。为谁消息，爆竹东邻，青幡孤颤。

小重山

苍虬示《红豆》诗，愧不能和，拈此报之。

南国春芳又一时。背人开玉合、意凄其。枉抛红泪惜前期。愁根蒂，惟有锦鹦知。　　无力护琼枝。东风休再种、有情痴。年来心事在江蓠。浑不称，头白赋相思。

鹧鸪天

广元裕之宫体八首（录四）

生小仙娥不自妍。璧台金层误婵娟。几曾宛转酬千琲，已忍伶俜过十年。　　虬箭水，鹊炉烟。无端芳会散金钱。帘栊早是愁时候，争遣新寒到外边。

闻道婵媛北渚游。东风连苑冷于秋。无多装缀花宫体，禁断排当鞠部头。　　欢易散，梦难留。女床鸾树向人愁。红蚕憔悴同功茧，缫尽春丝未放休。

未必芳期未有期。等闲蜂蝶剧娇痴。侧商小令翻新水，卷地狂香发故枝。　　风雨里，苦禁持。有人低唱比红儿。才知满树金铃系，未省秋人落叶悲。

历劫相思信不磨。亲将双带绾香罗。未灰蜡炬拼成泪，垂绝鹍弦忍罢歌。　　休踯躅，已蹉跎。珊鞭拗折负恩多。人间会有相逢事，奈此青春怅望何。

齐天乐

乙丑九日，庸庵招集江楼。

年年消受新亭泪，江山太无才思。戍火空村，军笳坏堞，多难登临何地。霜飙四起。带惊雁声声，半含兵气。老惯悲秋，一尊相属总无味。　　登楼谁分信美。未归湖海客，离合能几。明日黄花，清晨白发，飘渺苍波人事。茱萸旧赐。望西北浮云，梦迷醒醉。并影危阑，不辞轻命倚。

高阳台

除夕闰生宅守岁

药裹关心，梅枝熨眼，年光催换天涯。彩胜迷离，忘情红入灯花。常时风雨联床地，付冷吟、闲醉消他。更休提，束带鸣鸡，列炬飞鸦。　　惊心七十明朝是，甚两头老屋，旧约长赊。醉倚屠苏，宁知肝肺槎枒。干戈满目悲生事，对阿连、休话无家。却因依，北斗阑干，凝望京华。

一丛花

雨过废园，见杏花。

云阴如墨罨颓垣。匀注锦成斑。谁言窈窕宜宫体，梦不到、飘麝栏杆。消息雨声，无人报与，各自度春寒。　　背飞双燕著花端。欲语会人难。芳春似客垂垂老，断无分、回汝頳颜。怊怅坏妆，消磨闲醉，应胜醒时看。

定风波

丙寅九日

过眼黄花七十场。无诗负汝只倾觞。老去悲秋成定分。才信。便无风雨也凄凉。　　已自上楼筋力减。多感。雁音兵气极沧江。摇落万方同一概。谁在。栏杆闲处恋斜阳。

隔浦莲近

非园盆荷秋放一花，感赋

鸳鸯凉梦过了。秋被西亭窈。罢舞霓裳队，明年约红情绕。霞艳妆避晓。湘娥笑。倩影凌波小。　　为花恼。西风嫁晚，房空心苦颠倒。闲鸥冷觑，分共涉江人老。尘镜敧粲剩自照。凄调。双蕖流怨多少。

瑞鹤仙

雨怀凄不断。又西风飘送，离行江雁。衰镫耿虚馆。正慵抛书帙，病疏醪盏。孤悰易倦。忖相思、春灰宛转。料沉鳞、不寄芳音，怨入最高楼畔。　　须念。带围宽窄，篝被寒温，镜鬟深浅。无人看管。谁料理，梦云乱。怕罗帷烛背，玉钗敲著，不省天涯泪眼。算青骢、便有来时，岁华渐晚。

六　丑

吴门听枫园僦舍，十年来三易主人矣。戊辰闰春偶过其地，海棠一树，摧抑可怜，凄对成咏。

料芳姿记省，护烛底、轻阴池阁。夜深照妆，妆成春妒却。铅黛零落。梦绕秋千地，卧枝红妩，晕锦围成幄。娇多叵耐金铃索。泪点冰绡，颜酡羽爵，十年旧香依约。甚偎阑一饷，情绪还恶。　　银屏珠箔。奈孤根误托。海燕移家惯，无驻泊。绿章负了前诺。有幽单万感，阿环能觉。相思断、锦城天角。才知道、薄幸东风，不管等闲哀乐。斜阳瘦、犹恋红萼。怕缭墙、乱水飘花去，无人念著。

丹凤吟

寄怀陈述叔岭南

俊赏霜花腴谱，韵起孤弦，秋蓬书客。兰荃盈抱，宜称赋情南国。歌成鬓改，老怀慵问，度厄莺花，招人萝薜。自著闲身句里，未忍伤春，春去留泪沾臆。　　却遣天涯怅望，暮云顿合无尽碧。袖底瑶华满，晦鸡鸣风雨，心素能惜。沧洲期在，落月照梁颜色。蔓草王风，身世感、共低垂头白。几时把臂，迎梦江路识。

宴山亭

苍虬邃于词，复喜绘事。一日得宣和御笔牡丹，曰："此词皇画也。"为书"词皇阁"以榜其斋。

倾国春姿，金屋弄妆，照靥娇霞添妩。朱帔翠璎，蘸笔天香，弹压洛阳新谱。换劫燕脂，尚皴染、瑶台风露。分付。伴流落胡沙，杏花词句。　　曾是端冕群芳，又玉案宫绡，尽情抬举。衔花鹿去，挂榜人来，依稀朵云萦护。几阕清平，应未称、倚声家数。愁伫。红萼久、无人为主。

隔溪梅令

己巳元日赋，示诘禅

换年箫鼓沸邻东。故情空。镜里凋颜不媚、烛花红。思悲今已翁。　　闲门芳信比人慵。问东风。留命伤春深浅、酒杯中。去年同不同。

花　犯

巢园樱花，周海泉索赋

弹轻阴，娥娥怨粉，东风殢沉醉。万姝娇睇。浑未谱群芳，催赋多丽。倚天照海摇花气。仙云临镜起。问岛客、移根何许，栏杆心万里。　　南飞寄栖一枝安，藏春处最好、玉窗闲地。香梦稳，浑不羡、绛都芳事。愁心托、晚莺细语，遮莫到、东邻妍睐里。要障取、十围宫锦，金铃从料理。

南乡子

病枕不成眠。百计湛冥梦小安。际晓东窗鹍鸩唤，无端。一度残春一惘然。　　歌底与尊前。岁岁花枝解放颠。一去不回成永忆，看看。惟有承平与少年。

齐天乐

苍虬赴天津，寄示《渡海四十韵》，倚歌赋答。

麻鞋一著无归意，沧溟纵心孤往。尽室装寒，循涯客返，离恨秋潮同长。行吟肮脏。要留命桑田，故廲回向。自理哀弦，北征谁省杜陵唱。　　回风独树渐晚，去舷攀未得，歧路惆怅。鼓角中原，烟波大泽，何地堪盟息壤。孤光近傍。胜愁卧荒江，白头吟望。梦款音书，度楼南雁响。

芳草渡

还乡未旬，旋复别去，经碧浪湖作。

滴梦雨，又涨绿霜波，细尘麹洒。照落枫临岸，丹黄对展岩画。林表蟾镜挂。迎扁舟东下。渐岁晚，缱绻寒卮，却背乡社。　　牵惹。酒悲顿起，倦理双溪渔隐话。便赢取、青山落手。沉吟钓竿把。荡人海气，恣曼衍、鱼龙修夜。问甚日，细听回帆鼓打。

倦寻芳

题映盦藏大鹤山人词墨

断铭鹤蜕，零楮蟫栖，芳卷谁理。头白伤春，词客有灵孤寄。恨墨香沾新箧衍，哀弦心在闲宫徵。旧江南，怕湖山劫换，倚声无地。　　好看取、丛残收拾，一样生平，云海愁思。缃素连情，中有楚兰闲泪。珠玉故多临水感，文章何止藏山事。待招魂，小城限，笛声不起。

东坡引

庚午岁除

拖筇悭雪霁。探梅误年例。一炉商陆闲窗底。瞢腾惟有睡。瞢腾惟有睡。　　椒花罢颂，屠苏无味。更禁断、宜春字。邻儿解叩承平事。新年明日是。新年明日是。

浣溪沙

元夕枕上作

连夕东风结苦阴。通明帘幕却偎衾。病躯无复酒怀侵。　　止药强名今日愈，探芳越减去年心。月华人意两冥沉。

瑞鹤仙

庚子岁晏赋此调，寄悔生长安，今三十年矣。悔生垂老无家，留滞旧京，欲归不得，倚声寄怀，重依美成高平调报之。

处幽篁怨咽。凝望里，一镜缘愁白发。无家更伤别。倚新声，犹恋前尘苕霅。桑田坐阅。任软红、灰外换劫。剩行歌汐社，储稿史亭，此恨销骨。　　莫道长安倦旅，再拜啼鹃，梦迷行阙。神州涕雪。卅年事，寸肠折。怕登楼，眼底流红无地，江南芳草顿歇。解伤心故国，淮水夜深片月。

汉宫春

真茹张氏园杜鹃盛开，后期而往，零落殆尽，歌和榆生。

凄月三更，有思归残魄，啼嘱能红。伤春几多泪点，吹渲阑东。绡巾揾湿，试潮妆、微发琼钟。新敕赐、一窠瑞锦，昭阳临镜犹慵。　　携榼却悭才思，惹津桥沉恨，撩乱花茸。芳华惯禁闲地，不怨东风。鹤林梦短，委孤根、竹裂山空。三嗅拾、馨香细泣，何时添谱珍丛。

风入松

病间戏述

鬓丝微飏药烟尘。倚病得修薰。浮生已觉蘧蘧梦，剩佛香、一分随身。乱帙匡床坐拥，依然栖稳秋魂。　　公言难得绿衣新。天厌苦吟人。扁舟出世非吾惜，问挂帆、底事逡巡。雁外惊波满目，后期多定无津。

应天长

海绡翁客秋北来，坐我思悲阁谈词，流连浃旬，吴湖帆为作图饯别。翁示新章，借其起句答之。

王风蔓草，歧路乱花，萍蓬逝水迟合。老去庾郎萧瑟，相思素笺叠。哀时意，慳问答。漫料理、曼吟囊箧。梦回处，一笑南云，卷送帆叶。　　同抱岁寒心，旧赏新欢，弦外最清发。作弄断鸿踪迹，凉风动天末。芳馨在，双醉颊。悄未隔、美人明月。待飞盏，共酹前修，随分闲业。

鹧鸪天

辛未长至口占

忠孝何曾尽一分。年来姜被减奇温。眼中犀角非耶是，身后牛衣怨亦恩。　　泡露事，水云身。枉抛心力作词人。可哀惟有人间世，不结他生未了因。

（以上选自《彊村语业》民国十三年托鹃楼刻本）

潘飞声（24首）

潘飞声（1858—1934），字兰史，号剑士、心兰、老兰，别署老剑、剑道人、说剑词人、罗浮水晶庵道士、独立山人，斋名翦淞阁，室名水晶庵、崇兰精舍、禅定室等，广东番禺（今广州）人。长于诗词书画，善行书。曾执教于德国柏林大学，任香港《华字日报》《实报》主笔，1907年加入南社。积极参与南社活动，与南社中的高天梅、俞剑华、傅屯良被誉为“南社四剑”。潘飞声年少好学，夙承家学，擅倚声。今人钱仲联《近百年词坛点将录》盛赞潘飞声“才华艳发”。张尔田在《近代词人逸事附录》中更谓其“词笔自是一代作手，求诸近代中，于纳兰公子性德为近”，以为堪称“当时岭南词坛的最高代表之一”。

潘飞声词集原有《海山词》《花语词》《长相思词》《珠江低唱》四种。其后所作，曰《饮琼浆馆词》，曰《花月词》，皆未付梓。后综合选录，名之曰《说剑堂词集》。潘氏入民国后所作不多，除部分收入《说剑堂词集》民国二十三年（1934）排印本外，散见各种报纸杂志。

湘　月

余将出都，陈楚卿大使饯余于禺山馆。出所画山水册嘱题。此越国纪游也。词以写之。

别愁愁说，指湖山曲曲，荷花烟水。曾是伽陵三载住，消受风香无际。染绿苏堤，渲黄妃塔，试画苍茫意。南屏钟冷，打他残照都碎。　　飘然又渡泉塘，桐庐梅驿，客梦魂消未。艳说同年呼小妹，更比珠娘清丽。船载江山，词填湘月，影事应重记。春波潋滟，怜余酒畔行矣。

金明池

题刘语石《留云借月庵填词图》

老去吹箫，闲来侧帽，懒话少年情事。凭唤取、轻绡淡墨，便露出、江南烟水。料壮心、踏遍青山，浑不似、结屋归来花底。更补树留云，隔墙借月，占断白蘋村尾。　　试认先生行卷里。把瓢菜腮鲈，做成乡思。行垆外、寒泉一镜，芦帘处、孤山双髻。算匆匆、一住十年，纵费尽柔肠，卖愁无计。剩画本新装，春风词笔，博得浮名如此。

金缕曲

语石用实甫韵见赠一词，次韵答之。

各有词人泪。洒江潮、零花冷月，残山剩水。挥手黄金燕台去，踏遍秦关百二。除中酒、狂游能记。老我卅年漂泊惯，蓦相逢、客子光阴里。数花信，恰过十。　　玉田俊逸君堪比。荡吟笺、潮船鸭嘴，春山螺髻。草草欢场都成梦，销得同挥麈尾。放画卷、沧溟虹气。彩笔纵横抛绮艳，掣鲸鱼、力更剸犀兕。应起舞，铁如意。

水龙吟

樊山先生于中秋得实甫书，有代琴夫人倚声奉寄之作，次韵和之。

关山同是天涯，年来领尽秋凉意。玉阶伫立，银河净洗，千重云水。梦断金台，潮生黄浦，归期仍滞。偏素娥耐冷，良宵皓月，抛撇在、离愁里。　　又况画屏无睡。对瑶花、香飘仙桂。幔亭张乐，秦箫听否，人间何世。水调铜琶，清辉玉臂，几时同倚。怪文鸳夜夜，双栖不管，羁人憔悴。

绛都春

高姬眉子见过，用梦窗韵赋赠。

帘痕一线。度绣衫麝香，蝶儿随远。人住屧廊，名占苏台吴宫苑。为花为月前生怨。付身世、落红凌乱。画屏罗帐，深深稳护，海棠庭院。　　曾见。眉楼讯病，攲鸾枕、细诉枝栖柔茜。松柏誓心，红泪鲛绡愁相换。圆蟾重照湘娥面。正银汉、双星暗转。劳他软语，教成锦茵坐暖。

浪淘沙

嵩山道，偕月子步月夜归

烟树小重山。微见烟鬟。短桥皓月两弯弯。恰近银河明灭处，不似人间。　　泉石自潺潺。半掩松关。旧家楼阁忆凭栏。抛却湘弦张永夜，云水谁弹。

清平乐

寄月子

故园为客。浑似秋河隔。梦绕红莲烟水白。隐约浦东淞北。　　歌尘暂滞琴弦。苎衣初试凉天。好问茜窗眉月，尽教知道孤眠。

临江仙

赠眉子

五载江南倦客，为卿销尽年华。人间离合尽天涯。玉箫吹别梦，明月落谁家。　　几度妆楼讯病，风神一倍夭斜。情天那隔帐帷纱。红禅同礼忏，不分作名花。

沁园春

苏小墓，次樊山韵

六代文章，千古香丘，其人仙乎。似卞赛埋琴，钟鱼久忏，朝云诵偈，露电真如。松柏同心，鸳鸯并命，曾驻当年油碧车。孤山近，有小青和靖，不叹邻孤。　　芰荷杨柳菖蒲。算堤照、花枝早姓苏。数学士诗名，始传北宋，英雄身后，才占西湖。烟雨湖边，更闻瘗玉，一例争墩可笑无。嘉兴亦有苏小墓。真娘墓，忆樊南诗在，疑信谁欤。有疑虎丘真娘墓为伪托者，然义山集中已有《真娘墓》诗。

沁园春

刘闳青招饮市楼，并以词赠别。再次前韵奉和。

吴市吹箫，更隐芦中，士殆穷乎。看边城抒笑，君为越石，长门卖赋，我愧相如。易水萧萧，胡尘扰扰，憔悴归来薄笨车。重携手，谢平原十日，快慰羁孤。　　僧房馔供伊蒲。有畾饭、清尊仿大苏。曾邀君集禅悦斋。笑铜琶铁板，半生词赋，高楼明月，卅载江湖。莺燕当筵，鸳鸯按谱，百尺珊瑚击碎无。拚一醉，话江南烟水，漫赋归欤。

浪淘沙

王清微《空山听雨图》

流水远潺潺。悄掩松关。道心微处一凭栏。尘海本无听雨地，只合空山。　　惠麓洗烟鬟。鹤静猿闲。拟寻卞赛素琴弹。一卷画图参上乘，莫落人间。

满庭芳

丙辰禊日集愚园，次周梦坡韵

傍水飘灯，凭花引笛，旧游梦堕烟痕。落红风里，一曲惜余春。可奈当时王谢，兴废感、禊事谁论。还相似，丽人行句，草草付吟尊。　　香尘。愁拾缀，鸱夷去远，寂寞湖滨。纵庾郎无恙，瘦尽离魂。哀入江南赋稿，怕鼓鼙、劫后重闻。应自叹，飘零白社，书在不干秦。

高阳台

杏花楼昔年与眉子寻春对酌处

破瑟寻鸾，遗钗拾凤，香尘潮没仙踪。文杏仍花，客来已换愁容。芳尊屡导低鬟笑，霎金迷、梦影惺忪。话松陵、老去词仙，莫过垂虹。　　苍颜白发维摩境，拼散花何碍，玉局缘空。漫说华鬘，天涯双卫难逢。啼莺不管人伤别，劝斜阳、冷入帘栊。算多情、洛浦微波，独驻惊鸿。“白发苍颜，正是维摩境界。空方丈、散花何碍”，东坡赠朝云词也。

阮郎归

费晓楼画《隔花寻梦图》

辛夷如雪过清明。隔阑花有情。偶然寻梦下阶行。唤人鹦母声。　　偎翠袖，薄寒生。画眉新月成。几丝烟柳作春晴。待谁吹玉笙。

阮郎归

题王莼农《十年说梦图》

词人身世半无憀。旧愁心上潮。依然风物过花朝。隔墙听玉箫。　　谁与说，十年遥。客魂凭月招。江湖处处可怜宵。梦痕消未消。

忆旧游

叶小凤在吴江访得午梦堂故址，并拜小鸾墓，归作《分堤吊梦图》。

认疏疏弱柳，曲曲分堤，人在鸥乡。花落无人扫，剩残红几片，独袅斜阳。断垣与谁凭吊，午梦未荒唐。怅野老遗篇，山河劫换，重阅沧桑。　　回肠。笑词客，是异代怜才，百感苍茫。一研樱桃雨，润冰弦几缕，帽影都凉。招魂漫歌楚些，好诵返生香。听玉佩寒声，一弯眉月描嫩黄。

齐天乐

乙丑重九梦坡约集息园，未赴，用古微韵。

天涯同纵悲秋眼，乡关更添离思。坏堞哀笳，连营戍鼓，已是登临无地。吟怀唤起。答旅雁霜蛩，漫言才气。寂寞荒龛，茗炉经卷总禅味。　　老来谁念子美，山头逢饭颗，俊侣余几。石上题襟，风前落帽，我独蹉跎尘事。瑶章拜赐。想萸鬓迎凉，菊尊催醉。后约重游，听铜琶再倚。

汉宫春

吾家海山仙馆在半塘荔子湾，为南汉昌华苑故址。从伯祖德舆公别业也。水榭风廊，迤逦十数里。中有碧瑱，乃仿西湖三潭印月，辟七塘而成者。余足迹遍吴越，曾瞻内苑昆明湖，所称名园未之能及。今人事沧桑，时移景易，维舟凭眺，只余百顷荒塘荷花送晚耳。夏鸣之、田石友所绘二图，犹在友人家。时假披览，尚可指其一二胜概。辛未消夏。偶怀故乡，为括此调。

零落神山，认昌华故苑，丹荔湾头。荒塘绿荷涨晚，荡夏成秋。三潭印月，比西湖、潮定风柔。都换了、断桥废馆，画图收拾芳洲。　　回眄海桑全幻，便齐云结绮，曾几来游。乌衣旧时堂榭，让与闲鸥。金题锦赙，有丛书、人去名留。吾老矣、青蓑办否，归时重理渔舟。

浣溪沙

柳园春感

劫里山河尽可怜。草堂草草赋秦川。老惭无术救颠连。　　四野哀笳盘马地，几家斗酒听鹂天。不知桃柳入新年。

一萼红

憬吾函来，述净土兰若旧游，用白石韵奉答。

佛堂阴。集江湖逸老，蓑笠易冠簪。蕉院敲诗，筠廊斗韵，上方钟磬刚沉。乍弹指、华严劫换，似鹤返、呼起旧冤禽。魍魉犹存，阇黎都散，那忍重临。　　刘应一时俱逝，任鱼笺雁信，难写离心。邻笛惊秋，僧床借梦，休向前度追寻。问莲社、高踪甚处，盼檀越、施舍布黄金。为语词仙，别来只共愁深。

大　酺

重检瑞士、柏林、意大利、萨克逊图画，忆欧西旧游。

话蜃楼高，麟洲迴，天外谁为游客。神鳌同载首，有仙真云际，霎然飞舄。五岳真形，三山虚境，指点峰头曾识。萍踪依然在，但愁看鬓影，卌年重忆。况人老凌波，佩环声隐，坠欢难觅。　　惊鸣还倚侧。从珍重、薇浣佳人笔。尽酒畔、灯前传唱，泪涩琴弦，总销沉、素鸾双翼。待唤华鬘步，凭梦约、翠楼今夕。劝黄鹤、携瑶瑟。明月江上，蛮调沾衣犹湿。画图旧痕咫尺。

（以上选自《说剑堂词集》民国二十三年排印本）

满庭芳

姬人月子画《红梅翠鸟扇》，呈樊山先生，承赠词，谨次韵奉酬。

枝上春回，青禽偷眼，胭脂飞作瑶瑛。记曾点额，小著粉痕轻。十载瞻园词句，熏香读、写上围屏。甘拜倒，仓山史席，问字似书生。　　罗浮双照影，楼台画里，云水空明。认仙家，旧吏翠管雕琼。传遍剑南团扇，身千亿、好赋豪情。孤山约，看梳鹤发，相对共星星。

（选自《中社杂志》1925 年第 1 期）

湘　月

题吕眉生新居，即用眉生前年在关外送余出都韵。

巢痕何处，想轻装载鹤，晒书凭腹。只有湖山抛未去，梦绕云林天竺。秋墓镌铭，孤山煮雪，游约何嫌促。残春过了，客愁都负醽醁。　　却笑去楚吹箫，栖迟市上，翻说从吴俗。荔子光阴归计好，编就湖船名目。问讯麻姑，传书龙女，海水茫茫绿。峰青人远，清冷谁诉琴曲。

（选自《南社丛刻》1996年广陵古籍刻印社影印民国刊本）

天　香

移居沪西，至枫林桥闲步。

积潦浮天，寒烟漾暝，纡回引入溪濑。倦客移家，青鞋布袜，隐约逃秦人在。丹林换翠，度短彴、一筇苍霭。远近松风送合，吹成绛霄仙籁。　　山川俊游未改。寄冥鸿、渺然尘外。寻置杜陵茅屋，鹭鸥无碍。商略闲门傍水，好小辟、轩窗结衣带。野老同来，芝苓试采。

（选自《沤社词钞》民国二十二年排印本）

陈锐（13首）

陈锐（1859？—1922），谱名盛松，庠名锐，字伯涛，又字伯弢、伯韬，号袌碧，湖南武陵（今属常德）人。光绪十九年（1893）乡试中举。次年拣选知县加同知衔，候补江宁（今南京），充两江营务处提调。后任江南乡试同考官、江苏靖江知县等职。辛亥后回湖南。1915 年受谭延闿之聘，出任湖南省长公署政治顾问官。为王闿运弟子，诗词并工。著有《袌碧斋集》《读经史札记》《梦鹤庵诗集》《秋出吟词稿》等。有《袌碧斋词》《袌碧斋词续》，收入 1930 年铅印的《袌碧斋集》四卷《续集》四卷。

西平乐

登鸡鸣寺，眺古伤今之作。

树杪台城，雾中幕府，弥望路插青郊。清角还来，暮潮初上，愁声尽卷前朝。叹霸国山川似旧，宫井燕支未湫，春镫燕子，看来一例沉销。争说东山丝竹，残局里、卧起也无聊。　　令威重到，兰成易老，一发江南，魂断谁招。空伫想、蘅洲露夕，萝洞花时，便有渔翁载酒，野客携琴，官里何将捉尔曹。归去未归，泥涂久滞，松菊徒荒，对此躇踌，物换人非，东风泪湿湘皋。

扫花游

冷枫笑客，照悴影吴波，素霜新染。寺门半掩。拂危墙藓襞，旧题诗黯。醉眼登高，怕有山魈昼瞰。憩游暂。听林叶乱鸦，飘送归梵。　　回望秋荏苒。蓦古事今情，尽来荒槛。莫愁系缆。数齐梁残照，画帘斜飐。看惯江南，剩只狂吟未减。翠微暗。独踟蹰、负他长镵。

六幺令

九日登高，用清真仙吕调写意。

万蝉收响，官柳惊凉燠。台城几行秋影，渐萎前朝绿。词客哀时未了，自惜登临促。群山如簇。斜阳一瞬，凄绝兴亡旧游目。　　因念陶公归去，斗酒怀松菊。佳节且暂淹留，那得公田熟。天外浮云笑我，百事多拘束。安排筇竹。红萸相识，取次明年醉醽醁。

绮寮怨

题鹤道人沽上词卷

对雨当风残夜，早凉吹上衣。暗舞榭、数点狂香，征尘里、怕见花飞。当年旗亭画壁，黄河唱、丽日春送凄。念醉中、玉笛羌条，关山远、怨曲当寄谁。　　怅望去天一涯。昆明旧事，何堪再梦铜犀。露泫云凄。有蝉泪、洒高枝。沧江故人都老，且漫谱、冷红词。悲君自悲。相思待尽处、蚕又丝。

惜红衣

沤尹侍郎、叔问舍人屡言江南之游，迨秋不果，但有愁望。适两君先后书来，兼示倡和近作，勉赋寄意，仍用白石韵。

冷讯通芦，清愁饯菊，雁边风力。细写鳞笺，江天印遥碧。登临倦眼，空伫望、来游佳客。秋寂。琴调酒歌，说残年栖息。
长安古陌。飙骇尘飞，冠裳半凌藉。浮云断送故国。指西北。万一阮狂嵇啸，重认五陵登历。料梦华无恙，凄绝夕阳鸦色。

齐天乐

重游沧浪亭

馆梧霜叶秋飞尽，高城雁回初响。半潦通桥，层烟冠石，吟屐萧萧孤上。寒钟又放。送天末潮音，替人悲壮。倚遍危阑，旧游谁共诉心赏。　　文章流寓自古，水亭风咏地，空肃遗像。土木移形，衣冠换目，时事几翻新样。沉吟片晌。指吴会浮云，晚生千嶂。待语西施，越丝愁细网。

烛影摇红

吴门春雨，得王梦湘浔阳书，并和叔问见怀词，枨触旧游，不能无作，对叔问益念梦湘也。仍同梦窗韵。

门掩昏镫，离觞斟酌愁深浅。城根一夜雨漂花，春老吴娘院。拨尽炉灰坐暖。数皋桥、羁游影遍。旧人谁证，吟鬓星稀，禅心泥溅。　　江上枫青，琵琶还诉天涯怨。眼前同调已无多，休作寻常看。梦里行云未散。采江蓠、横塘寄远。清明过了，糁絮光阴，年年萍卷。

戚　氏

薄游金陵，九日陪诸公登扫叶楼，和樊山布政韵。

五湖秋。蘋花飘雨点轻鸥。古驿荒砧，晚天零雁起新愁。凝眸。望官邮。高城睥睨落帆洲。当时利名奔走，遘此佳景几回头。吴楚迢递，东南羁旅，但看江水悠悠。念悲哉宋玉，魂断千里，何以销忧。　　江左第一名流。乘兴命驾，徙倚面林丘。青山好、赋诗招李，荷锸呼刘。又安求。醉后戏语，前驺若可，唤马呼牛。每逢令节，扫叶阶前，煮茗同试瓷瓯。　　独有河山感，当全盛日，意气云浮。顾我人前渐老，便当歌对酒怕登楼。即今上座衣冠，过江伴侣，客里逢重九。话六朝、风物都非旧。寻往迹、争忍淹留。桂露零、涧罊沉幽。步踟蹰、野色送人不。剩归来后，清凉片影，上了帘钩。

探芳信

灵岩览兴，同古微、诒书、蹇士、剑丞。

画船到。甚采香吴宫，半埋荒草。步翠岩高处，酸风射乌帽。琴台一片平烟里，树隐秋声早。认遥空、黛冷花飘，曲中人杳。　　游旧共清悄。问短发青山，谁定先老。夜火江枫，引渔笛、送归棹。柔波荡得离人醉，梦过横塘晓。剩愁心，寄与回廊自绕。

水龙吟

题大鹤山人《樵风乐府》

十年雪涕神州，气酣西蹴昆仑倒。素商夜起，潜蛟暗舞，危弦苦调。乱插繁花，时温浊酒，自成凄悄。为一闲放汝，掉头高咏，苍茫处、无人到。　　回首东华尘渺。溯题襟、旧游都老。尧章歌曲，玉田身世，最伤怀抱。占得吴城，荒园半亩，尽堪愁了。怕茂陵、他日人间流落，有相如稿。

高阳台

花外鹃髡，楼阴鹤叹，春光电泄烟消。半壁斜阳，是他亲见前朝。登临枉自伤心目，恨旧游、轻薄难招。记从来，雪艇松龛，几费吟敲。　　余生天遣无聊。只长浮范宅，未反原骚。一哭松楸，麻衣短发飘萧。桃源已是寻无路，说避秦、何必今朝。恁无情，江水江花，送我渔舠。

安公子

暗暑催长夜。夜长始觉风无价。烛烬虚廊生竹籁，透闻根潇洒。但细忆、银床旧对多情话。搴画屏、梦冷无痕也。盼碧天云破，可是青鸾来下。　　到此成牵惹。等闲又是秋乘夏。蝉唱千声惊客鬓，感华年如泻。独自个、千愁万恨无休暇。谁料他、粉黛都虚假。认素缣尘涴，尚有崔徽遗挂。

沁园春

侧望神州，白日西倾，江流未央。自周宗既坠，皇舆板荡，永嘉之季，道路豺狼。野哭千家，夷歌四起，禾黍秋风古战场。今何世，苍天已死，黄种云亡。　　柴桑柳老松荒。早枯尽、归来泪数行。痛西台石碎，魂招朱鸟，昆明灰烬，劫换红羊。故国山川，废池乔木，辞辇铜仙也断肠。无家别，仰天歌罢，独立苍茫。

（以上选自《衮碧斋词续》，《衮碧斋集》四卷《续集》四卷，民国十九年排印本）

姜继襄（6首）

姜继襄（1859—1924），字曙东，号劲草词人，别署曙叟，安徽怀宁人。光绪二十年（1894）举人，历任罗田、黄安、江陵、宿县等县县令。晚年在家闲居，从事著述。著有《劲草堂曲稿》《梧桐泪传奇》《劲草堂笔记》以及诗集《劲草集》等。

有词集《天泪庵词》，所收词作均作于辛亥年（1911）的金陵。其时作者困于危城，夜不能寐，千愁万感，流于笔端。原稿两卷，因第一卷伤感失律，有待修改，故刻录后一卷，所作时间从辛亥（1911）十月至岁尾。

潇湘夜雨

辛亥十一月十三日，为太阳历元旦。

天外金乌，扶桑红上，一阳忽换新年。羲和时历，误期愆。桐缀叶、休添岁闰，葭簇管、曾报机先。璇玑改，谈天旧说，甲子新编。　　芳时都误，朦胧睡醒，忘献椒盘。可依然虞腊，尚帱尧天。遮莫问、银蟾朒满，看日影、花气春妍。环球上，隆隆丽旭，壮彩烛中原。

鹧鸪天

卖花声

曲巷深深静暮鸦。炮声才歇乱军哗。白旗蔽日城门启，市语声中听卖花。　　销绛雪，殢朝霞。花田蹂躏马蹄加。吴娘不解兴亡事，带露轻云押鬓斜。

临江仙

闻李梅盦布政入山为道士

乱后百官如鹜散，属车重换新人。紫薇树外节楼新。藩署为江苏都督府。玉梅盦主，缥缈白云深。　　黄鹤夜深江上笛，海天莫问音尘。松风阁下访瑶星。桃花依旧，桑海十朝春。

离亭燕

十二月二十五日，皇帝下诏避位。

五色国旗重换。忽报帝星云黯。飞电诏书传六合，舜禹受终相禅。水火救苍生，圣德娲皇从谏。　　无复趋跄螭殿。花外晓莺啼断。别样千年兴废局，还我神州炎汉。尊俎大和同，海宇从今休战。

南　浦

新历二月十七日，为辛亥除夕。

罗裙雪白，新装束。戴绫花、欢笑过新年。只是沉沉爆竹，飞絮落春联。闲煞蜡梅花朵，闭柴扉、寂寞避戈铤。听说帝尧归政，六军销甲，南北息烽烟。　　忽见六街人静，尚惊魂、飞炮落檐前。幸有春灯箫鼓，人语笑喧阗。盼到太平时节，数归期、待买米家船。看劫灰影里，芳时啼鸟旧湖山。

一萼红

除夕写怀

数更声。尚悲笳烈烈，四海未休兵。黍离歌罢，残山剩水，他年谁哭冬青。岁华换、舆图易稿，问朝士、短鬓几人存。竹碎西台，鹤凄吴市，一例凄清。　　梦里觚棱初日，记神山西海，楼殿蓬瀛。乱后河山，乱前灯火，兴亡立判升沉。想宫花、凄凉铅泪，辞跸路、芳草闭长门。凄怆荒江残夜，薄酒频斟。

（以上选自《天泪庵词》民国元年刻本）

况周颐（48首）

况周颐（1859—1926），原名周仪，因避溥仪讳，改名周颐。字夔笙，一字揆孙，别号玉梅词人、梅痴，晚号蕙风词隐等，人称况古、况古人。广西临桂（今属桂林）人。光绪五年（1879）举人，曾官内阁中书，后入张之洞、端方幕府。一生致力于词，有词集《新莺词》《玉梅词》《锦钱词》《蕙风词》《菱景词》《二云词》《餐樱词》《菊梦词》《存悔词》各一卷，合刊为《第一生修梅花馆词》。另有《玉梅后词》《秀道人修梅清课》《秀道人咏梅词》各一卷，以及与王鹏运、张祥龄联句《和珠玉词》一卷。曾自定词集《蕙风琴趣》，与朱彊村词合编为《鹜音集》，于丁巳（1917）夏秋间出版。晚年又在此基础上，重新删定为《蕙风词》二卷。

况氏学词经历，据其《餐樱词自序》所言，主要受王半塘和朱彊村两人影响，半塘主要影响其词格，强调“所谓重拙大，所谓自然从追琢中出”，使其词“体格为之一变”；而朱氏影响其词律，“壬子已还，辟地沪上，与沤尹以词相切磨，沤尹守律綦严，余亦恍然，向者之失，龂龂不敢自放”。况氏早岁学词，至六十六岁辞世，创作生涯持续五十余年。按其创作风格的变化，大致可分为三个阶段，其中入民国后的创作是其第三阶段，所作主要收入《第一生修梅花馆词》中的《二云词》《餐樱词》《菊梦词》《存悔词》等集子。此阶段抒怀之作较多，往往表露遗民的末世情怀，类似“夕阳衰草，满目江山”句子颇多，有触目伤怀的凄凉之感。况氏后期词作守律甚严，曾自谓“《餐樱》一集，除寻常三数孰调外，悉根据宋元旧谱，四声相依，一字不易”（《餐樱词自序》）。

摸鱼儿

又匆匆、红桑阅尽，天涯无恙芳节。垂杨几费黄金缕，得似寸肠萦结。芳草歇。见无数、残红错认啼鹃血。侵寻鬓雪。怅京雒风尘，沧洲身世，容易故人别。　　仙山迥，信有玉扃金阙。人寰下望愁绝。笙歌不破莺花梦，只是潮声呜咽。清怨切。更谁念、五铢衣薄春寒彻。余香更爇。千万卷珠帘，斜阳过也，著意看新月。

临江仙（八首选四）

子大来申，词事云涌。《临江仙》连句八阕，极掩抑零乱之致。讷翁和之，余亦叠韵。晨夕素心之乐，身世断蓬之感，固有言之不足者。

老去相如犹作客，天涯跌宕琴尊。上阶难得旧苔痕。帘深春梦浅，香冷夕阳温。　　拾翠心情消歇尽，东风不度兰荪。言愁天亦欲黄昏。断魂芳草外，何止忆王孙。

一桁湘帘尘不到，除非燕子归来。昊天畅好碧于苔。月娥琼驾出，流照软金杯。　　明日晴阴君莫问，回镫又见花开。非花非雾即蓬莱。邻娃工度曲，弦管未须哀。

约略琵琶商妇怨，春花秋月蹉跎。貂裘换后峭寒多。江山攲枕梦，风雨缺壶歌。　　明镜晓霜羞短发，负它云髻峨峨。相逢切莫误横波。雍门成旧曲，无计惜韩娥。

杨柳楼台花世界，嘶骢只在铜街。金茎兰畹惜荒莱。无多双鬓绿，禁得几低徊。　　暖不成晴寒又雨，昏昏过却黄梅。愁边万一损风怀。雁筝犹有字，蜡炬未成灰。

满庭芳

帘押寒轻，窗茸暝重，一院浓绿无人。空梁旧燕，来伴倦吟身。又是荼蘼过也，铜驼陌、轧轧香轮。东风里，残花藉草，何处更飘茵。　　前尘。如昨梦，金觞玉柱，鹤岭龙津。念飘零投老，惆怅逢春。便有桃源忍问，不知汉、毕竟知秦。天涯路，关河寸寸，一寸一伤神。

玉楼春

金猊香冷罗衣薄。鹎鵊声中风雨恶。玉奴羯鼓悔催花，花若迟开应未落。　　垂杨只在栏杆角。才隔垂杨便天各。阑干凭到落花深，寒食清明孤负却。

瑞龙吟

甲寅暮春，得子大湘中书，附赠别诗。倚此却寄。

沧洲路。无恙昨梦莺花，故人鸡黍。垂杨西北高楼，砑笺漉酒，相望隔雨。　　黯离绪。容易绿鹃啼彻，玉骢嘶去。停琴极目湘天，也应念我，弦清调苦。　　诗事烟波江上，赠别诗作于大通舟次。落霞回首，浮云羁羽。纫佩楚兰情芳，珍重鱼素。危阑伫立，斜日风催絮。还凄断、青冥海色，黄昏潮语。别后消魂处。更谁问讯，吟边月露。禁得春寒否。凭旧燕，商量和愁同住。茂陵鬓雪，不关迟暮。

沁园春

绿樱花弟三咏

东都妙姬，《芜城赋》句。南都石黛，《玉台新咏序》句。倾国倾城。恁宜笑宜颦，盈盈晚翠，如烟如梦，冉冉春青。妒煞鹦哥，误他凤子，照影前池澹不胜。芳菲节，倩碧云捧出，天外飞琼。　　多情更惜残英。只点上、苍苔辨未曾。算何必成阴，总然葱茜，忍教结子，如此娉婷。中国樱花不繁而实，日本樱花繁而不实。浅晕乡愁，浓分海色，回首东风弟几町。花知否，念荷衣惨绿，似我飘零。

烛影摇红

甲寅除夕

问讯梅花，早春消息残寒外。小窗儿女自团圞，幽恨凭谁解。往事思量莫再。隔朦胧、金炉翠霭。为谁诗鬓，苦恨消磨，年年春在。　　甽好屠苏，引杯不分愁如海。椒红柏绿总依然，谁念朱颜改。梦里风云万态。作去兰夜、笙歌一派。此时情味，减了年时，东阳腰带。

高阳台

和沤尹社作韵，我非社中人也。

网户斜曛，铜街薄暝，窥人柳眼犹青。几换晴阴，东风又绿林亭。流莺劝我花前醉，怕花枝、万一多情。最愁人，何处高楼，今夕残筝。　　韶华不分成萧瑟，奈江关庾信，略约平生。戏鼓饧箫，尊前尽费春声。蘼芜特地伤心碧，算年年、总负清明。更何堪，旧垒红襟，来话飘零。

减字浣溪沙（九首选四）

余赋樱花词屡矣，率羌无故实，偶阅黄公度《日本杂事诗》注及日人原善公道《先哲丛谈》，再占此九调。时乙卯大暑前一日。黄氏诗注云："樱花，五大洲所无。有深红，浅绛，亦有白者，一重至八重。三月花时，公卿百官，旧皆给假赏花。今亦士女征逐，举国若狂也。东人称为花王。墨江左右堤，有数百树，如雪如霞，如锦如荼。"又云："有卖樱饭者，以樱和饭。卖樱饼者，团花为饵。或煎，或蒸，有'团子贵于花'之谣。卖樱茶者，点樱为汤，少下以盐，可以醒酒。花枝或插于帽，裹于袖，系于带，游客归时，满城皆花矣。"又云："墨江木母寺旁，有坟名梅儿。相传古美人梅若以三月十五日化去，是日遇雨，都俗谓之'泪雨'。名流赏花，必吊其坟。" 原氏《丛谈》引安积觉《湖亭涉笔》云："文恭酷爱樱花，庭植数十株，每花开赏之，谓觉等曰：'使中国有之，亦当冠百花。'义公环植樱树于祠堂之旁，存遗爱也。"按：明余姚朱之瑜，字鲁玙，号舜水，私谥文恭。甲申后避地日本，客于水户。水户义公以官师礼厚遇之。

烂漫枝头见八重。倚云和露占春工。十分矜宠压芳丛。　鬓影衣香沧海外，花时人事梦魂中。去年吟赏忒匆匆。

万里移春海亦香。五云扶舰渡花王。从教彩笔费平章。　萼绿华尤标俊赏，绿者尤娟倩。藐姑射不竞浓妆。遍翻芳谱只寻常。

不分群芳首尽低。海棠文杏也肩齐。东风万一尚能西。　见说墨江江上路，绿云红雪绣双堤。梅儿冢畔惜香泥。

何止神州无此花。西方为问美人家。也应惆怅望云涯。　风味似闻樱饭好，天台容易恋胡麻。一春香梦逐浮槎。

定风波

未问兰因已惘然。垂杨西北有情天。水月镜花终幻迹。赢得。半生魂梦与缠绵。　　户网游丝浑是罥，被池方锦岂无缘。为有相思能驻景。消领。逢春惆怅似当年。

戚　氏

檃括近作《减字浣溪沙·咏樱花》九首，词成仅略具所用典，其言中寄托与夫言外之意，得十之二三而已。为“樱花词”第十五。

倚珍丛。落日搔首海云东。锦织鸾情，粉含蛾笑总愁侬。玲珑。占春工。酥搓蕊破一重重。绿华旧日吟赏，驻马何似少从容。阆苑环佩，琼林冠冕，后尘五等花封。算神州载得，西指槎远，何处相逢。　　说与俊约仙蓬。江树玉秀，绮绾岸双通。餐英侣、饭抄霞起，饼擘脂融。吊惊鸿。画舸泪雨，繁华烛转，记省番风。殢莺浪蝶，岛日町烟，眼底著意妍秾。　　舜水祠环绕，凭香艳绝，映带贞松。怪底星幡未改，付花狂絮舞暗尘中。剧怜画省翘冠，翠娥觯鬓，春好人知重。甚醉乡、容易韶华送。风雨横、多少残红。剩倦吟、暮色帘栊。又芳节、茜雪照春空。作去神山梦，琼枝在手，俯瞰鱼龙。

八　归

题张子苾祥龄《半箧秋词》

吴霜鬓点，京尘衫色，如梦事往倦说。何堪蠹纸珍珠字，还付九天哀怨，两潮呜咽。二十年前分袂地，剩惨黯铜驼烟月。渭水曲、莫赋招魂，此恨总华发。　　赓和年时对影，挥豪珠玉，四印高斋清绝。曩寓都门，与子苾、半唐连句，和《珠玉词》于四印斋。远游王粲，少时张绪，荏苒兰荃摧折。访沧桑旧雨，我独中肠杜陵热。知何许、令威华表，瘦损琼箫，香词空半箧。

隔浦莲近

杭州人来，言湖上荷花盛开，为占此调，依梦窗体。

蘅皋不度佩响。飞梦成来往。画里楼台换，迷金碧，千波晃。鸥鹭知怅惘。天机锦，未了云霞想。　　影娥上。含情怕问，玉容别久无恙。夕阳芳草，负了红衣双桨。香色年年送去浪。休忘。踏摇归路妍唱。

风入松（四首选一）

宋徽宗琴名松风

北来征雁带魂消。夕吹咽寒涛。太清楼畔鹍弦涩，空回首、仙乐层霄。旧谱水云舟夜，新声国宝湖桥。　　杏花词事翦冰绡。遗恨付桐焦。音官大晟飘零后，风和雨、送尽云韶。今古人天凄籁，霓裳一例蓬蒿。

《宋史》：宣和四年四月丙午，诏置宣和楼及太清楼、秘阁。

汪水云淮河舟中，夜闻宫人弹琴，赋《水龙吟》词。

太学生于国宝题《风入松》词于西湖断桥酒肆屏风上。

徽宗《燕山亭·杏花》词首句"裁翦冰绡"。

《宋史》：崇宁四年八月辛卯，赐新乐名。大晟置府建官。

音官，乐官也，见《国语》。

西江月

乙卯七月二十五日，梦中哭醒，口占。

梦里十年影事，醒来半日闲愁。罗衾寒侧作去深秋。清泪味酸于酒。　　何处伤心不极，此生只恨难休。眼前红日在帘钩。听雨听风时候。

多　丽

秋　雨

碎秋心，断鸿残角疏砧。更何堪、潇潇飒飒，黄昏付与愁霖。问谁消、虫声四壁，知难醒、蝶梦重衾。败叶阶前，孤桐井畔，丝丝浑似泪沾襟。美人隔、红墙碧汉，尘世自晴阴。重阳近、横空作去暝，见说登临。　　锁姮娥、浓氛惨结，西风消息侵寻。费香添、猊薰恁热，兼露滴、鹤警还喑。变徵无端，移宫未稳，邻家铁笛入云深。向此际、违寒避湿，菊酿索浓斟。沧江晚、斜阳回首，恨满烟林。

紫萸香慢

九日再赋

凭危阑、茱萸愁把，作寒野色凄迷。拌去一回扶醉，便消得，夕阳西。信是无风无雨，甚寥天鸿唳，梦压云低。笑刘郎、恁日搦管怯糕题。指峻路、有人手携。　　秋期。省记疑非。鞶欲损、远山眉。算黄花晚畹，闲情得似，陶令东篱。可无白衣人至，最醒处、易成悲。峭西风、未妨吹帽，茂陵丝鬓，谁惜绿减霜欺。清泪自持。

最高楼

雨夕饯秋

风和雨，呜咽似骊歌。芳节惜蹉跎。高楼何况闻鸿雁，重衾生怕梦山河。说伤心，应更比，送春多。　　钟未到、尚余梧几叶。更欲断、最怜花寸蜡。霜晚畹、鬓消磨。西风树到无声苦，东篱菊亦奈愁何。剩凄清，今夕也，等闲过。

鹧鸪天

如梦如烟忆旧游。听风听雨卧沧洲。烛消香灺沉沉夜，春也须归何况秋。　　书咄咄，索休休。霜天容易白人头。秋归尚有黄花在，未必清尊不破愁。

徵　招

沤尹将之吴门，有书来云：虽小别，亦依黯也。赋此报之。

清琴各自怜孤倚，停云总成消黯。后约几情深，比黄花香澹。客襟凄万感。算霜月、一秋分占。见说将离，绿芜愁到，冷吟阑槛。　　点检。浣花笺，珍珠字、天涯更无人念。咫翠隔吴云，也难为别暂。不辞青鬓减。只尊酒、再携须酽。两潮语、寂寞沧洲，更雁惊寒渐。

玲珑玉

元姚云文，字圣瑞，高安人，有《江村遗稿》，当是倚声传家。《紫萸香慢》《玲珑玉》，皆自度曲。声情悱恻，饶弦外音，余极喜之。今年九日既赋《紫萸香慢》，寒宵无聊，更仿此调。圣瑞咏雪，余则咏霜。此题盖仅有作者。

无恙危阑，染秋色、一夕谁知。林疏日薄，作去寒那更天涯。恼乱丹枫醉舞，甚婵娟青女，犹斗华姿。凄其。亏荒城、侵晓角吹。　　漫惜何郎鬓绿，念江山金粉，一例成悲。懒具鹴裘，向东篱、且看寒枝。葭苍伊人何处，便咽尽、孤琴促节，雅操贻谁。锦书滞，怅南楼、惊雁过迟。

南乡子

秋士惯疏萧。典尽鹴裘饮更豪。况有鸾笙丹凤琯，良宵。不放青镫照寂寥。　　一笠一诗瓢。随分沧洲听雨潮。何止黄花堪插帽，娇娆。江上芙蓉亦后雕。

曲玉管

忆虎山旧游

两桨春柔，重闉夕远，尊前几日惊鸿影。不道琼箫吹彻，凄感平生。忍伶俜。杳杳蘅皋，茫茫桑海，碧城往事愁重省。问讯寒山，可有无限伤情。作去钟声。　　换尽垂杨，只萦损、天涯丝鬓，那知倦后相如，春来苦恨青青。楚腰擎。抵而今消黯，点检青衫红泪，夕阳衰草，满目江山，不见倾城。

醉翁操

一九初交，寒消未几，海滨风日，饶有春意。天时人事，我愁如何。倚此索隘庵、孟劬、沤尹和。

凄然。春妍。含暄。渺风烟。堪怜。南鸿为谁愁惊寒。雪明霜暗何天。凭画阑。有恨付无言。隔软红几家管弦。　艳阳错认，生怕啼鹃。玉去钟翠袖，回首承平少年。花有香而歌前。柳有阴而吟边。何因青鬓斑。多情无韶颜。阻梦万千山。乱云残照春忍还。

浣溪沙

沤尹往还苏沪间，蟾不再圆，骊辄一唱，感时惜别，情见乎词。

身世沧波夕照边。总然相见亦相怜。那更垂杨偏不系，木兰船。　莫向天涯轻小别，几回小别动经年。蚤是无多双鬓绿，况霜天。

金缕曲

海上秋深，炎景逾庚伏，感拈此解。

天也因人热。甚秋风、年年容易，者回奇绝。焰焰烧空云如火，占断沧溟空阔。却付与、乱虫骚屑。空谷断无人倚竹，笑梧桐、何苦知清节。谁障扇，庾楼月。　燠凉也作沧桑阅。便寻常、天时人事，而今休说。门外风沙骄阳路，珍重填胸冰雪。问褦襶、何如吾拙。推枕总然无好梦，又朝暾、红似残鹃血。愁极目，且晞发。

定风波

中秋集愚园，为彊村补祝。

净洗尘氛一雨凉。中秋天气日犹长。把酒祝君千万寿。知否。天教留眼看红桑。　　莫负名园今夜月。清节。未花桂叶亦芬芳。更捩玉去笙铿铁板。休管。绿阴深处万蛩螀。

玉烛新

重阳近矣，倚此为寒花问。

光阴簪菊近。费暗省秋期，几探芳信。故人自别，江山瘦、啚好登临谁分。题糕落帽，忍忘去却、年时疏俊。帘乍卷、笙语霜前，依稀破人酲困。　　安排更把茱萸，怕划地烟尘，放晴难稳。素娥问讯。应不负、占取一天风韵。无情有恨。数旧约、曾无凭准。愁暂倚、风雨壶觞，低徊看鬓。

倾　杯

丙辰自寿

清瘦秋山，斑斓霜树，年年劝人杯盏。浮生事未信，长是似月难圆，比云更幻。便南飞、黄鹤依然腰笛，意懒旧江山，梦沉天远。自惜金缕，沧桑莫辞留倦眼。　　首重去回、承平游衍。怕者回凭阑，斜阳如水，去日蹉跎，青镜鬓丝，较甚文章贱。持此恨谁遣。凭消领、梧叶闲愁，芙蓉幽怨。相期老圃寒花晚。

洞仙歌

秋日独游某氏园

一向闲缘借。便意行散缓，消愁聊且。有花迎径曲，鸟呼林罅。秋光取次披图画。恣远眺、登临台与榭。堪潇洒。奈脉断征鸿，幽恨翻萦惹。　　忍把。鬓丝影里，袖泪寒边，露草烟芜，付与杜牧狂吟，误作少年游冶。残蝉肯共伤心话。问几见斜阳疏柳挂。谁慰藉。到重阳，插菊携萸事真假。酒更贳。更有约、东篱下。怕蹉跎霜讯，梦沉人悄西风乍。

紫萸香慢

丙辰重九

又匆匆、一回重九，菊萸总逐愁新。恁悲哉秋气，惯萧瑟，隔年人。最是无风无雨，费遥山眉翠，镇日含颦。念东篱、俊约迹往越成尘。渺过雁、几重冷云。　　黄昏。忍对清尊。持薄酒、与谁温。甚青娥皓齿，檀痕掐损，毕竟声吞。总然夕阳如醉，算多事、怨浓氛。强登临、自怜衰鬓，故人不见，寥落客里佳辰。霜重闭门。

金人捧露盘

芙　蓉

恁娉婷，真不染，世间尘。似去静女、欧阳文忠《芙蓉诗》：“娟娟如静女，不肯傍阡陌。”晓镜妆新。当楼映幕，未烦初日助风神。拒霜高格与东篱，傲骨同论。　　梦江头，搴木末，谁手把，寄夫君。旧情在、麝度微薰。集裳欲问，水花莫误注骚人。《古今注》：“荷花，一名水花。”后开随分向西风，展尽红颦。

满路花

强村有听歌之约，词以坚之

虫边安枕簟，雁外梦山河。不成双泪落、为闻歌。浮生何益，尽意付消磨。见说寰中秀，曼睩修蛾。旧家风度无过。　　风城丝管，回首惜铜驼。看花余老眼、重摩挲。香尘人海，唱彻定风波。点鬓霜如雨，未比愁多。问天还问嫦娥。梅郎兰芳以《嫦娥奔月》一剧蜚声日下。

塞翁吟

强村屡听歌，鲰生竟弗与。虽旷世希有如《嫦娥奔月》一剧，不足以动其心，信懒不可医耶？抑兴会不可强也。

有约无风雨，不分冷落歌尘。几愁里，掩重门。黯烛泪襟痕。逢花拌去酒年时梦，何处暂许温存。绣隐幕，麝飘茵。为说与销魂。　　冰轮。凭栏见、嫦娥自昔，浑未肯、多情向人。便真个、闻声对影，也无望、点拍霓裳，驻得浮云。相如倦也，只有纤阿，来照黄昏。

蕙兰芳引

秋士多悲，旧游如梦。寻芳倦矣，孤负萼绿华来，销魂黯然，万一杜兰香去，谁能遣此，情见乎词。

歌扇舞衣，早凄断、倦游心目。艳十里秋尘，多恐破愁未足。茂陵病损，意最感、霓裳新曲。悄梦云不度，咫尺天涯丝竹。
玉去雪伊人，星辰昨夜，总付枨触。问能几消磨，何止鬓难再绿。垂鞭侧帽，坠欢忍续。招素娥、来话广寒幽独。

八声甘州

《葬花》一剧，属梅郎擅场之作，为赋两调。

向天涯丝管已难听，何堪恁伤春。算怜卿怜我，无双倾国，弟一愁人。仿佛妒花风雨，逐梦入行云。芳约啼鹃外，回首成尘。　　占取人天红紫，早颓垣断井，分付销魂。拌去随波未肯，何计更飘茵。便三生、愿为香土，费怨歌、谁惜翠眉颦。肠回处、只青衫泪，得似红巾。

西子妆

蛾蕊颦深，翠茵蹴浅，暗省韶光迟暮。断无情种不能痴，替消魂、乱红多处。飘零信苦。只逐水、沾泥太误。送春归，费粉娥心眼，低徊香土。　　娇随步。著意怜花，又怕花欲妒。莫辞身化作微云，傍落英、已歌犹驻。哀筝似去诉。最肠断、红楼前度。恋寒枝，昨梦惊残怨宇。

减字浣溪沙（五首选二）

听歌有感

解道伤心片玉词。此歌能有几人知。《片玉词》句。歌尘如雾一颦眉。　碧海青天奔月后，良辰美景葬花时。误人毕竟是芳姿。

惜起残红泪满衣。他生莫作有情痴。人天无地著相思。　花若再开非故树，云能暂驻亦哀丝。不成消遣只成悲。

莺啼序

梅郎自沪之杭，有重来之约，其信然耶？宇宙悠悠，吾梅郎外，孰可念者。万人如海，孰知念吾梅郎者。王逸少所谓"取诸怀抱""因寄所托"。《乐记》云："言之不足，故长言之。"唯是梦蝶惊鸿，大都空中语耳。不于无声无字处求之，将谓如陈髯之赋云郎，则吾岂敢。

闻歌向来易感，倚孤琴倦语。记曾几、花月因循，自别何事凝伫。费遥夜、红牙按拍，湖天可有痴云驻。为伤春蹙遍，双蛾似怜迟暮。　芳约燕兰，梦里事往，剩沧洲卧雨。渭城唱、禁得何戡，茂陵诗鬓将素。忍重寻、旗亭败壁，最枨触、新腔金谱。翠禽边，昨夜星辰，缟衣仙路。　惊鸿片霎，怨宇三生，此情定念否。人去也、一声双泪，便抵河满，慧业愁根，更谁依汝。玉珰盼断，青衫湿遍，何郎词笔犹萧瑟，再休提、旧曲霓裳序。人天几劫，何曾换却华鬘，葬花怕无香土。　离魂化蝶，到得西泠，要柳丝系住。尚仿佛、江山金粉，未尽消磨，几见娉婷，旧家风度。云涯恨远，霜华愁重，相思休管鹤平更瘦，便瑶台、从此迷烟雾。

淞潮待翦还慵，自拨湘弦，断肠诉与。

莺啼序

题王定甫师《婴砧课诵图》

周颐年十二，受知定甫先师，忽忽四十余年。垂白江湖，学殖益荒落，愧且罪已。丙辰岁暮，晤补园十五兄沪上，出示《婴砧课诵图》。灵均博謇之节，少陵明发之痛，胥寓乎是。展对肃然，增伦教之重。复念吾广右词学，朱小岑先生依真倡之于前，吾师与翰臣、虚谷两先生继起而振兴之，周颐得见虚谷先生手迹，自此图题咏始。又题词中如张兴冶、冯鲁川、顾子山三君，皆工倚声。周稚圭先生尤填词传家。端木子畴前辈，曩同直薇省，奉为词师。有感气类之雅，辄学邯郸之步，矧丁阳九，神州扰离，风雅弁髦，名教扫地，吾人今日处境之难堪，有甚于零丁孤露，饮冰茹檗，又岂吾师及诸先辈所及料。俯仰兴怀，曷能自已。歌哀响繁，不觉言之覼缕也。

定甫师蚤孤，依姊氏，姊孀，家綦贫，有废圃数弓、梧桐一、石二。姊课师读，师展卷，姊捣衣，各据一石。其后，师官京朝，忆姊乡居，绘图征题。时道光乙巳丙午间也。附记。

音尘画中未远，莽沧桑换几。剩依黯、昔日春明，秭归啼处离思。记分占、桐阴片石，书镫惨澹砧霜碎。便兰骚能貌，婵媛未抵情至。　　垂老倸芭，载酒记省，怅华年逝水。为读画、枨触乡愁，梗萍行念身世。数承平、鸾笺象笔，擅荃艳、谁争臣里。向天涯，昨梦重寻，旧家诗事。　　惊秋断杵，映雪寒窗，坐我更凄悱。差胜是、廿年亲舍，戏彩膝绕，蒜发荷衣，那禁清泪。故山雁断，新亭麦秀，唯应月姊知人怨，破书堆、万一埋忧地。披图涕雪，松楸望极南云，涨天可奈尘起。　　趋庭丱角，雅学初程，授诵亦谢姊。仲姊月芬适黄，早逝。曾手抄《尔雅》授颐读。重去怆念、吟边雪絮，梦里昙花，仲姊绮年明慧，曾于秋夜见彩云，俄顷即散，窃以为兰摧之预兆。此恨生离，未应得似。羁孤易感，情亲难再，人生能几年少日，况山河、风景而今异。填胸事往休论，四十年前，绛纱弟子。

摸鱼儿

癸亥八月初二日赋

近尊前、一声河满，声吞和泪肠热。十年花事伶俜甚，禁得彩幡摧折。风雨咽。为已断鹃魂，苦忆啼时血。情天一发。念芳约俱寒，坠欢何望，曲怨玉笙裂。　　花落后，无那佳人又别。胭脂犹有残雪。天涯忍此春消息，不是众芳消歇。千万结。剩弱线衰杨，青眼堪愁绝。倡条冶叶。问底事干卿，一池吹皱，持恨与谁说。

（以上选自《蕙风词》，《惜阴堂丛书》民国十四年刻本）

李绮青（26首）

李绮青（1859—1925），字汉珍，晚年改汉父，号倦斋老人，广东惠州人。光绪十六年（1890）进士。曾任福建安溪及惠安、吉林榆树、河北武邑知县，后为宁安（今黑龙江省宁安市）知府。辛亥革命后，定居北京。著有《草间词》《听风听水词》《倦斋诗文集》。

《草间词》作于辛亥（1911）之后，戊午（1918）之前。正如其《草间词自叙》所云："余于昔贤辨律辨韵，实未能窥其一二也，而无补于国、莫救于时。空山偃蹇，假托咏歌，排遣永日，则与昔贤有同慨焉。爰检壬子以来所作，共得若干首，题曰《草间词》。"词集名"草间"，取吴伟业"草间偷活"之语，寄托其国变后的身世之感。叶恭绰《广箧中词》称其词曰"汉父丈为词卅载，功力甚深，清迥丽密，可匹草窗、竹屋"；钱仲联《近百年词坛点将录》誉其为"天英星小李广花荣"，并曰："汉父为词三十载，《听风听雨词》《草间词》，岭表词场之射雕手。"《草间词》为李绮青晚年作品；词人早期从戊子（1888）到壬子（1912）间的词作汇为《听风听水词》。

木兰花慢

蝉

隐高林翠杪，问何事、独悲吟。正故苑风微，残柯雨洗，戢影槐阴。萧森。夕阳几度，怪轻鬟都被晚霜侵。听到余音断续，石床愁拂孤琴。　　愔愔。汉曲难寻。瑶珥散、钿筝沉。恨树碧无情，叶疏难庇，易到秋深。幽襟。自耽露饮，怕铜仙去后也寒喑。勾引凄凉未了，和愁更有清砧。

霜叶飞

癸丑八月二十六日重到都门

露浓霜瘦。燕山道，西风吹损金柳。夕阳楼阁半凄迷，惟有栖鸦守。记前度、征骖去骤。新刍满野黄如绣。叹客里光阴，又策蹇、重来菊花，相趁重九。　　应是三径荒凉，柴桑人去，秋田抛却秋亩。贞元朝士渐无多，法曲凭谁奏。只霜叶红飞似旧。芳沟流水空回首。漫对将、秋衮看，鬓影丝丝，泪凝双袖。

甘　州

重　九

正连朝风雨满重城，做出一天秋。望翠微云里，萧萧落木，渺渺高楼。欲觅红萸旧佩，绣蚀麝薰收。遥指斜阳处，烟柳生愁。　　谁信天涯孤抱，把酒瓢诗锦，都付悠悠。只多情破帽，将去又还留。且休将、菊花簪鬓，怕镜中、羞见雪盈头。凭栏久、南鸿过尽，流水荒沟。

鹧鸪天

秋　感

琼瑟丁东夜气幽。含情独自下西楼。梧桐枝上三更雨，蟋蟀声中一段愁。　　空怅惘，悔淹留。漫题红叶寄荒沟。庾郎怀抱销亡尽，只有哀吟报答秋。

江城子

过棉花胡同旧宅，即亡姬逝时所居也，凄然有作。

骖鸾人去杳无踪。思无穷。恨无穷。腹痛千回、愁过此胡同。一掬凄凉孙楚泪，流不断，两年中。　　夜深幽梦忽相通。喜相逢。怨相逢。瘦骨纤腰、愁聚两眉峰。依旧行云留不住，窗外月，寺楼钟。

国香慢

癸丑初度有感

霜叶寒赊。正雁回人去，长是天涯。东京梦痕如昨，暗换年华。几夜客窗听雨，冷云重、损尽霜葩。凄凉市朝改，人海深藏，门掩昏鸦。　　紫裘江上客，想腰间竹笛，吹向谁家。烛销人瘦，夜深愁近笼纱。怕检庚寅剩历，楚江远、空赋怀沙。相思老坡宅，因甚年年，轻负梅花。

甘　州

雪夜有怀

正朔风簸动夜窗深，羽葆满青冥。甚一片晶莹，初如炫玉，忽似妆琼。顷刻锡圭分璧，光采照空庭。冷抱残貂坐，吟鼻成冰。　　回想剡溪幽事，恐兴余孤艇，还是空横。把竹炉移近，闲取小茶烹。恨荒寒、众芳凋尽，奈田家、犹误作祥霙。增怀感、疑云疑絮，尚不分明。

探春慢

除夕有怀

翦彩粘鸡，裁簪贴燕，红灯光照街市。卜镜心情，呼卢笑谑，总付梦边愁里。无酒无诗句，只相守、梅花不睡。空将一片凄凉，送得岁华如水。　　帘外雪花如翳，听壶漏频催，几回醒醉。娄尾深杯，桃根春帖，还想旧京遗事。未觉朱颜改，但添却、吴霜鬓底。明日春城，依然满眼罗绮。

瑞鹤仙

客窗寒雨，黯然有怀

峭寒笼琐阁。正雪销成雨，粉痕轻薄。东园断新雀，剩江梅，一树已残红萼。重阴漠漠。听溜澌、细吟屋角。最无聊长昼，愔愔蛛网，半尘罗幕。　　萧索。京华残梦，访迹寻踪，鬓霜催落。残貂待著。寻带眼，畏腰削。奈雾昏、烟暝凄凉未了，何事啼鸠更恶。掩桥扉、又到黄昏，引杯自酌。

夜行船

立秋，夜雨后作

晚鹊催晴残暑歇。帘栊静、乍来眉月。一树凉飙，满林清籁，吹下碧梢新叶。　　带眼屡移宽几折。倚银釭、瘦腰如捻。未到西风，已成秋病，还似玉关时节。

齐天乐

重阳后一日，独游江亭

帝城一夜重阳雨，晴光乍开秋刹。雁拂凉沙，鱼栖暗苇，瘦尽拥门黄叶。销停倦辙。怅杖策迟来，未酬佳节。望眼西山，黛鬟零乱正如发。　　荒亭风景似昔，凭阑怀古意，歌唱先咽。侧帽临流，危襟踞石，楼观重逢都别。羁愁更切。尚记得前踪，老僧能说。渐近斜阳，翠微云万叠。

高阳台

叠鼓催寒，重帘聚暝，疏檐薄雪霏霏。一檠霜灯，愁多翻恨分携。金铃犬吠篱边月，有夜乌、树杪惊飞。又争知，落叶沟深，一字无题。　　江南谁寄梅花信，向山村水驿，空抱相思。怅望寒云，孤鸿独自归迟。玉珰检点秋前札，料黛眉、不似当时。更凄凄，听尽清笳，依旧空帷。

绛都春

甲寅除夕，自酒楼饮归

渠冰未泮。正薄雪满街，宵寒人倦。旋过酒亭，空雾飞香蛾灯乱。谁家箫吹秋娘院。尚轻发、吴声歌缓。小坊喧闹，朱扉未掩，画鸡粘燕。　　曾见。清时乐事，禁城正放夜，钿车雷碾。一枕梦华，灯火樊楼随烟散。残梅难洗春风怨。听断漏、铜龙自转。醉归琢就新词，烛边细看。

烛影摇红

题项莲生《忆云词》后

自拨琵琶，酒边一片伤心语。紫霞凄调半飘零，愁见蘋洲谱。侧帽孤吟最苦。问听残、秋声几度。湖阴落月，似识当年，剪灯情绪。　　玉笥云理，冷鹃怨血春还聚。世间无地著闲愁，只向哀弦诉。画壁凭谁唱与。满江南、犹传恨句。夜阑眠醒，静听疏钟，有人啼雨。

解连环

晓帷寒薄。刚条风送到，数声乾鹊。想西楼、残梦犹留，正烟冷篆销，雾凝妆阁。小燕呢喃，似来报、野桃花著。奈逡巡欲去，絮影半帘，又负深约。　　芳盟几曾忘却。恨春萍化尽，还是漂泊。漫记得、当日徽容，只两地相思，远在天角。去雁还来，总不见、江南红萼。但销魂、听风听水，泪珠暗落。

金缕曲

和古微侍郎原韵

一片斜阳树。旧江山、危阑徙倚，断魂无语。隐约蓝桥星数点，那有灵浆乞取。更塘外、轻雷如许。独立西风参涕笑，怪秋怀、也有人知否。欹枕听，夜来雨。　　故人憔悴愁相诉。话年来、南强北胜，国香谁主。四壁凉阴灯欲烬，难觅兔娥处所。恨玉树、竟埋尘土。杜宇无声精卫死，剩危巢、只有残鸦护。聊复尔，共清酺。

南楼令

乡思黯然，欲归不得，赋此以寄越吟之意。

楼外夕阳明。危阑独自凭。看江心、潮落潮生。数尽千帆来复往，浑不是、我归程。　　鬓发叹星星。乡关无限情。只垂杨、依旧还青。又是海棠开尽后，和燕子、说飘零。

西子妆慢

四月二十六日，亡姬何氏忌日，有感。

梅子未黄，牡丹初过，澹思浓愁疑雾。自移猊鼎爇沉薰，转销魂、断香残炷。垂杨万缕。忍不把、轻花系住。燕归来，认藻梁尘迹，窥帘无语。　　芳盟阻。一片流红，又趁新涨去。几回残梦到灯前，却醉迷、曲屏深处。行云旧路。恐蝴蝶、飞来还误。更伤心，夜夜高楼听雨。

尉迟杯

秋　思

垂杨路。正密霭、布野啼鸦暮。愔愔巷陌人家，还记花骢曾驻。无情燕子，浑不认、珠帘旧门户。念因循、又过西风，水乡愁损羁旅。　　兰成老尚天涯，长追忆、江南旧日词赋。惨绿嫣红俱非昔，惟只见、丹枫醉舞。销魂检、哀歌剩阕，对残烛、凄凉独自谱。更何人、念我孤衾，寄情遥托幽素。

西平乐

秋风转厉，旅思愁人，怅念乡关，黯然欲绝。因仿梦窗作，并和其韵，藉以遣怀。

树接平冈，路回幽渚，栏槛远望依依。堤柳微黄，砌芜犹碧，天涯有梦难归。听几处西风怨笛，一片孤城晚角，斜桥宛转，行人共趁残晖。追念车尘九陌，叹迅羽、鬓发总成丝。　　落槐金井，浮云玉垒，往事情伤，陵谷迁移。谁更念、相如倦辙，庾信衰年，漫说柴桑径悄，阳羡田荒，还似惊乌夜择枝。歌罢断肠，江陵旧恨，愁问杨琼，对此茫茫，自倚筠箫，江梅点点催飞。

月下笛

八月十二夜，倚阑看月，忽然雨作。

笛簟秋清，簁帘露悄，旅怀何许。危阑漫倚。多少楼台隔烟雾。天涯数遍孤鸿迹，生怕认、江南旧路。又邻家箫吹，风前静听，调长偏苦。　　离绪。西风暮。念冷落吟悰，赋归多阻。幽蛩自语。背人无限凄楚。只愁一夕乡关梦，忽又是、潇潇暗雨。正漏永，恨无眠，还有秋声在树。

惜红衣

残　荷

露藻催凉，烟丛减翠，换将秋色。褪尽红衣，无言小池侧。香筒殢酒，谁问讯、佳人消息。凄寂。欹盖尚倾，诉西风踪迹。
凌波步窄。明月芳心，相思寄瑶席。冰丝万缕待擘。重珍惜。为问彩鸳何在，愁认旧时凝碧。有夜来清梦，萦绕水西云北。

秋　霁

秋日独游天津公园，有作。

依旧园林，看老柳枯蘋，变尽烟碧。高树藏鸦，疾风驱雁，独游最怜羁客。岁华自惜。鬓霜衰落成秋色。又蜡屐。惆怅、雪泥还印断鸿迹。　　应念倦旅，杖策幽寻，那堪重来，人去花寂。动孤吟、阑干徙倚，江关愁绝庾郎笔。破帽布袍谁更识。最恼人处，一片暮景凄凉，远山斜照，小楼残笛。

一萼红

红　叶

渺江干。甚千林黄落，残锦复翩翻。夕蛛狂飞，余霞散舞，似为秋色增妍。趁斜日、枫林两岸，系轻缆、同舣小吴船。倦辙句留，归樵徙倚，乌臼村边。　　回想旧宫遗事，但荒沟流水，谁寄题笺。冷艳争春，芳情弄晚，空叹倦客长安。换几度、西风尘世，共湘竹、一样染成斑。生怕绀绡卷尽，雪地愁看。

金缕曲

倦鸟知还未。笑归来、柴桑一叟，昨非今是。除却琴书无长物，闲向松窗料理。早观破、人情机械。堪怪汉阴矶上客，尚到头、不解沙鸥意。谁领略，此中味。　　空山老耳毋须洗。问古来、高人几辈，竟抛尘事。我自身藏人海住，但把荆扉紧闭。任门外、云飞风起。莫说桃源无路觅，便路通、想亦同人世。斟白醑，且沉醉。

念奴娇

重　九

翠微旧路，记年时登蹑，屡携轻屐。又是小窗疏雨过，一片西风吹急。露草年光，霜花词卷，老尽天涯客。凭高欲赋，雁声惊落吟笔。　　安得晋孟参军，临风露顶，睥睨桓公侧。戏马层台何处认，谁问寄奴陈迹。故国茱萸，他乡丛菊，荏苒头都白。古来重九，料应亦似今日。

（以上选自《草间词》民国七年排印本）

汪兆铨（1首）

汪兆铨（1859—1928），字莘伯，别署苌轩，晚号惺默，室名惺默斋。广东番禺（今广州）人，为汪精卫从兄。光绪十一年（1885）举人，官广东海阳县教谕。1902年，创办教忠学堂，任校长十余年。工诗词，擅骈文，著有《惺默斋集》《苌楚轩词稿》等。

壶中天

斜阳庭院，正屏风倚处，离愁千里。冷落秋江芦荻岸，幻出一枝明媚。鹤顶深痕，鹃啼恨血，洒入西风里。一般红叶，几行新试题字。　　横舍相约寻秋，叹迟来作客，飘零如此。不是芙蓉江上影，也自向人沉醉。绛树歌残，茜窗事杳，剩有书难寄。老来颜色，那人应怨蕉萃。

（选自《词学季刊》第2卷第3期）

陈蜕（4首）

陈蜕（1860—1913），原名范，晚年更名蜕，字叔柔、蜕庵，号梦坡、退僧、退翁，别号梦通、忆云、锡畴、瑶天等。原籍湖南衡山，生于江苏阳湖（今常州）。光绪十五年（1889）中秀才，后连试不第，纳粟为江西铅山县知县。光绪二十年（1894）因教案被劾，退居上海。光绪二十六年（1900）购得《苏报》产权，遂办报鼓吹变法，并渐倾向革命。因“苏报案”被清廷缉捕，出亡日本。1905年返国，在上海被捕入狱，于次年获释。辛亥后主持上海、北京的《太平洋报》《民主报》笔政。为南社社员，有《蜕词残稿》，收入其《蜕翁诗词刊存》。另，《蜕翁诗词文续存》辑有《蜕词续稿》，收戊申（1908）至庚戌（1910）所作词十首。

迈陂塘

二十日

又伤心、一声啼鴂。昏昏忘了朝夕。梦痕飘尽风前絮，还共柳丝摇曳。春雨急。怕怨碧凄红，转眼成追忆。似曾相识。是燕诧花残，莺迷草长，可解向人说。　　江州客。都有青衫泪迹。销魂偏我重叠。酒醒人远宵宵度，一度回肠一折。何处觅。便盼到星桥，还为微波隔。素心如月。应照我愁心，人天无恙，记取几圆缺。

沁园春

漫道前生，便是今生，几番销魂。记东风力薄，钿盟久负，落花吹转，镜约仍分。倩女低徊，神娥窈窕，前度阮郎空问津。虚名误，算龙楼凤阁，无此深沉。　　飘零影事分明。只薄幸、零星数不清。叹楚些九赋，灵均忍死，挂钗几度，臣玉余生。咽血还苏，凌波缓渡，风引蓬山阻上升。卿须记，待哀猿肠断，认取冤禽。

金缕曲

题红拂墓

可是当垆侣。又无端、红尘同谪，华堂一顾。旧约三生都不省，万古情魂一缕。更莫怨、当朝杨素。堂上将军原负腹，是名花、便合遭风雨。相逢晚，亦天数。　　天涯何处埋香土。想如今、渌桥无恙，但为卿故。锦瑟华年愁里过，那更冲冠起舞。问今日、扶余谁主。红袖青衫漂泊久，便相逢、只劝公毋渡。誓同穴，愿逢怒。

迈陂塘

听雪，赠文娘

正宵深、漏沉灯烬，依依情话如哽。纸窗风翕檐冰坠，知有玉龙飞近。还自省。记二十年来，常拥孤衾听。客怀易冷。况咽岸潮生，打篷霰集，景与情相称。　　而今更。雨泊风飘一梗。天涯沦落谁问。腰围持比文君黛，各自为情消损。君可信。试悄倚双肩，待晓临明镜。韶华转瞬。恐一夜青山，堆琼垛玉，头白已难认。

（以上选自《蜕词残稿》，《蜕翁诗词刊存》民国三年排印本）

魏戫（10首）

魏戫（1860—1927?），初名龙常，字幼芝，又字铁珊，亦作铁三，晚号匏公，别号龙藏居士。浙江山阴（今绍兴）人，生长在广西桂林。系学者魏润亭之子。光绪十一年（1885）举人，候选知府。晚年蛰居津沽，生活潦倒，以鬻书度日。工书法，尤擅魏碑。通诗词声律，精于乐、曲。著有《寄榆词》一卷，1937年由袁氏济美堂刻印。

锁窗寒

露草啼蛰，风篱吟蟋，满庭清境。银钉背倚，掩乱一窗愁影。数关山、千重万重，几重不觉高楼迥。算有情皓月，昨宵今夜，尚来相近。　　还听。僧庐磬。正塞雁南飞，漏沈香烬。潇湘望远，怕寄凄凉秋信。拥罗衾、句隐梦来，梦中路隔人又醒。料明朝、瘦损朱颜，鬓白差青镜。

满庭芳

汀蓼红疏，井梧青坠，秋气初到江城。后堂芳树，凄咽暮蝉声。曾记招凉往事，尽装点、池沼荷英。重来赏，半欹翠盖，作意舞风轻。　　余酲还未醒，酒辞玉斝，歌冷银筝。问前度，萧郎那处闲行。欢会何时再展，愁花帔、不耐桃笙。黄昏近，寒云天末，时有断鸿鸣。

浪淘沙

帘外夕阳斜。门外香车。去年今日在长沙。芳树阴阴蝉噪晚，撩乱筝琶。　　独客又天涯。无酒无花。西风暗柳有啼鸦。一样秋声听不得，海上悲笳。

八声甘州

听边城萧寺度疏钟，斜阳下旗亭。正残蝉乍歇，昏鸦又噪，卯酒初醒。欲认海天何处，烟树渐冥冥。惟有秋原草，一路萦青。　　忍便扶筇经过，更低回郊野，凝想沧溟。问谁人鼓瑟，幽怨似湘灵。盼遥空、太君可接，怕捧来、不是旧云軿。归也好、上层楼去，细数繁星。

高阳台

堤草青黏，池萍碧聚，秋心知到谁家。塞雁南飞，独怜人在天涯。怀人莫上层楼望，正夜来、风雨催花。总凄然，下了帘旌，掩了窗纱。　　边城不解离愁苦，把秦丝楚管，换却悲笳。拼得朝朝，酒杯与度年华。无聊欲作鱼书寄，又生憎、醉墨欹斜。更难禁，夜听啼鹃，晓听啼鸦。

法曲献仙音

擎日松高，簸风榆古，树杪遥翔鸳甃。翠岭蟠龙，绀墙环雉，方舆上符星宿。看燕子飞来后。依依傍朱牖。　　听钟漏。问铜仙、故宫何处，铅泪尽、盘远又移露走。寂寞汉诸陵，话沧桑、闲共田叟。望极天涯，送斜阳、重酹杯酒。任笳声凄断，算有石人能守。

买陂塘

偕伯荪、季裴登角山亭怀简盦

倚危亭、塞垣一角，海山青尽何处。云罗不碍高飞鸟，同是倦游羁旅。须记取。尽检点、残砖秦汉无凭据。风铃自语。和隔水笙簧，丛祠钟磬，隐约乱笳鼓。　　干净土。多少元都旧树。刘郎曾记前度。举头西北浮云远，莫问铜仙清露。天又暮。算只有女萝，山鬼愁堪诉。离悰更苦。好说向边鸿，输他社燕，认汝故巢去。

莺啼序

秋思，用梦窗咏荷词韵

凉蟾乍升树杪，晃空庭似水。塞垣冷、倦客思家，背灯羞看花蕊。画阑外秋声渐急，萧萧露井青桐坠。又栖鸦中夜，惊啼动人归思。　　孤鹤南来，粲然素羽，正香飘桂子。步阶砌，闲立花阴，唳天遥送音至。羡仙禽，蹁跹健翮，任万里，飞腾弹指。悟心观，身相无凭，顿添禅意。　　羊城象郡，上接潇湘，问几人独寐。嗟路阻，旧情难遣，静想当日，卧拥牛衣，对倾铅泪。匏瓜星暗，鞠劳药费，一春霖雨东南积，念姬姜、异地同憔悴。西风太恶，还怜稚子号寒，并入乱愁丛里。　　百年过半，万事无成，尚俪青匹翠。试翘首神州四顾。海水群飞，怕是蓬莱，暗尘扬起。幽忧诉与，金波鸩鹊。红墙横隔银汉影，望天涯，莫更危楼倚。缠绵待写新词，太息无端，付之片纸。

水龙吟

寄榆生

几时陨下天星，汉陵大树青难了。深根似铸，密阴如盖，迎昏拒晓。点染繁华，销磨风雨，凄凉多少。叹辞柯坠叶，鸠抢鹊舞，都付与、南飞鸟。　　恰又蔓生小草。尽年年、萝牵藤绕。钻林火冷，买春钱尽，径荒谁扫。空抱冬心，渐疏生意，婆娑将老。算多情、尚有东邻月色，惯来相照。

解连环

寄蜕盦

十年磨剑，叹霜锋未识，壮心先死。念旧侣、久别逢稀，问风雨，对床那时曾记。怕寄相思，怅望断、江南云水。但中宵递数，鹃啼冷血，鹤传清唳。　　休夸海东俊鹘。正摩天翅倦，欲停还起。看十里、葵麦迷烟，好却避矰罗，自怜毛羽。丁令重来，漫误认、人民犹是。待西风帘卷，黄昏红楼共倚。

（以上选自《寄榆词》民国二十六年袁氏济美堂刻本）

丁立棠（5首）

丁立棠（1861—1918），字禾生，号切斋，祖籍江苏镇江，迁居东台（今属盐城）。其家为当地望族，一门四翰林，其父丁绍昌为举人；其堂兄丁立钧中进士，官至浙江学政。丁立棠为清末贡生，光绪三十一年（1905）与学者吉城一起创办东台“能群学堂”，该学堂废除书院“八股式”教学法，采用新式教学科目。清末任东台县商会首任总理，辛亥后任东台县首任民政署财政长、军政支部司令。著有《寄沤词稿》，收词三十六首，与杨世沅《止厂词钞》合刻为《寄沤止厂词合钞》。

高阳台

壬子春仲，犹御重裘，中夜端居，悄然不乐，漫赋此解，以写我忧。

倦旅天涯，惊心岁晚，庾郎萧瑟何堪。无限韶光，都从腊鼓催残。东君著意传芳讯，送春归、又酿春寒。看楼头，陌上连番，风雨阑干。　　雕梁燕子曾相识，叹新巢未稳，旧寐仍酣。且下纤帘，莫教霜悴幽兰。柳堤盼煞晴光暖，问何时、春满江南。恁凄清，多少新愁，又上眉端。

水调歌头

壬子新秋，邗江舟次感赋

落日照城阙，鼓角动清秋。长淮千里南下，此地古扬州。便少江山天堑，忆昔功成谢傅，百万破貔貅。大好广陵国，雄镇在吴头。　　鱼米盛，盐荚富，本无俦。况当间世奇杰，揽辔砥中流。任说楚歌四起，半壁东南事业，未必一时休。漫用竖儒策，杯酒共君谋。

酹江月

闻金陵收复，感赋

惊涛乍歇，叹周遭山色，空围故国。两度竞争弹指事，赢得疮痍满目。钟阜苍凉，秦淮呜咽，磷火宵飞绿。啼痕到处，可怜江岸南北。　　忆昔铁锁千寻，降幡一片，频逐中原鹿。自古兴亡皆浩劫，那有苍生幸福。灶下中郎，烂羊都尉，一一勋书帛。临流击楫，问谁支此危局。

临江仙

甲寅初春，于役昭阳，乡人假拱极台觞余及姜君证禅，即席赋此。

回首髫年游钓，高台今复登临。昭阳自古厌言兵。樵歌渔唱地，笳鼓不堪听。　　飞到双双旅雁，烟波无限乡情。沧桑身世总关心。家山何处是，落日下孤城。

南柯子

珠湖舟次晓起

客里春将老，愁时梦未酣。篷窗晓起怯衣单。都道昨宵、风雨不胜寒。　　弱柳频吹折，夭桃半落残。多情燕子语呢喃。似说天涯、帘幕总难安。

（以上选自《寄沤词稿》，《寄沤止厂词合钞》

民国二十九年鹤天精舍刻本）

李孺（9首）

李孺（1861—1931），原名宝巽，字子申，后更名孺，字思徐，晚号仑暗，河北遵化人，世隶内务府正白旗汉军籍。光绪十一年（1885）举人。李孺先任职地方，后赴日本为留学生监督。回国后以道员候补湖北，辛亥事发，一度遭革命党人囚禁。后辗转至天津，以鬻文卖画为生，颇为蹙迫。与三五耆旧结词社，诗词唱酬。

李孺属遗民之列，念旧伤往是其词的情感主调。其词风与其性情类似，豪迈伉爽，直抒胸臆。除此之外，李孺还写了相当多情致宛转的词作，颇得五代、北宋词之精髓。有《仑暗词》一卷。

貂裘换酒

辛亥春，吴汇香词人客武昌，以《竹屋填词图》属题。簿书鲜暇，阁置几上，秋间乱起，遂付劫尘。壬子同客海上。

秋信闻黄鹄。恁匆匆、楼头风景，一时陵谷。地老天荒今何有，何有数间茅屋。更何有、数竿修竹。海角飘零憔悴甚，似彦高、泣听梨园曲。写幽怨，几枨触。　　江头莼菜篱边菊。怅而今、天涯同是，归期难卜。一尺新图愁千叠，中有泪珠盈掬。只梦里、家山路熟。楚炬无情图籍尽，话劫余、比似秦燔酷。甲乙稿，待重续。

月下笛

许五儆忆幼随父任，久客扬州，壮年奔走四方。辛壬之岁，避兵海上，近复归扬书来，赋此答之。

九曲池荒，甘泉井竭，故人如故。残山剩水，犹是儿时钓游处。春风无恙归来燕，觅旧巷、新巢又住。念天涯之子，欢情冷落，旧盟鸥鹭。　　凝伫。浑无据。但北望家山，草萋迷路。江南倦旅。暮年心事难诉。记曾载酒青楼上，已老却、江湖小杜。更夜夜，听鸡声，魂断凄风晦雨。

六么令

杜鹃声苦，凄黯愁如织。东风几番花信，到此都无力。万紫千红眼底，怎忍轻抛掷。驹光过隙。留春不住，漠漠浓阴已欺日。　　相逢多半梦里，辛苦成空忆。沟水依旧西东，坠叶沉消息。只道天涯万里，怅望红墙隔。依稀陈迹。雕梁宛在，燕子归来不相识。

踏莎行

和陈苍虬韵

袖渍啼痕，笺书恨字。缠绵苦语知心悴。一回搔首一回肠，梦梦难问苍苍意。　　原草春生，川波秋逝。无情白发如期至。旧愁未涤又新愁，眼前多少凄凉事。

祝英台近

咏　苔

玉阶前，金井畔，夜夜湿秋露。云覆松阴，又过几番雨。故国倘许归来，经行旧地，试认取、屐痕前度。　　昔游处。愁看满壁蜗涎，不见旧题句。寂寞花开，径滑已迷路。伤心别后春宫，青青一色，空付与、江郎词赋。

齐天乐

丁卯重九，李氏莹园登高

重阳自昔多风雨。阴晴更无凭据。雁路云高，蛩阶露冷，寥阔今秋天宇。呼俦命侣。访绿水名园，旧家林墅。曲径深深，一亭巍起最高处。　　龙山昔曾小住。几回伤往事，愁共谁诉。眼底云烟，闲中岁月，只道河山如故。清尊绿醑。对冉冉斜阳，碧天将暮。负了黄花，鬓丝无一缕。

忆旧游

寄答麦蜕厂

记红炉煮茗，白战分曹，小住蓬莱。那便催人去，趁浮槎泛汉，轻逐潮回。楼头频问芳信，消息碎车雷。望天涯万里，美人不见，独步苍苔。　　低徊。梦游处，是西园载酒，东阁吟梅。夜夜相思苦，奈春阴漠漠，做定愁媒。玉钩低锁云影，花径几时开。怕已近黄昏，斜阳一点凄半阶。

祝英台近

访李易安故居，限“藕”字。

碧梧高，黄菊冷，秋色入红藕。流水楼前，愁思系垂柳。当时赌句烹茶，填词写恨，共销尽、几番清昼。　　试回首。年年帘外西风，犹是古重九。苔院尘梁，寂寞燕来否。而今处处销魂，湖山满目，算惟有、泉声依旧。

沁园春

夏日携童孙游张氏园，效刘后村体。

饭罢携筇，信步行来，夕阳在山。笑新声入耳，是何狗曲，游人觌面，多半猴冠。青眼看天，白头飘雪，太息春秋付等闲。欢场地，但荷风香处，有水清涟。　　草间萤火星繁。又阁阁、蛙声出井栏。指莓苔砌侧，战酣蚁垤，槿花篱角，推转蜣丸。笑谓童孙，翁翁告尔，世事如今这样看。归途上，见绿槐高顶，新月眉弯。

（以上选自《仓暗词》民国二十二年排印本）

汪兆镛（14首）

汪兆镛（1861—1939），字伯序，号憬吾，晚号清溪渔隐，为汪精卫兄，广东番禺（今广州）人。两次进京应试，不中。辛亥后侨居澳门，闭门著述。汪氏曾于壬子（1912）春刻《雨屋深镫词》一卷，与《微尚斋诗》合刊，收乙酉（1885）至辛亥（1911）年间词四十二首。后以其为底本，并增补《雨屋深镫词续稿》一卷，于民国十七年（1928）铅字印行，《续稿》收词二十五首，作于壬子（1912）至丁卯年（1927）间。后汪氏去世，其家人又曾辑其晚年词作，于1940年刊行，名《雨屋深镫词三编》。汪兆镛早年科场蹭蹬，后期又为逃避战乱，寓居澳门十余年，一生幽怀独抱，排遣无门，故其词作忧世伤离，吞吐不尽。

点绛唇

壬子冬暮，偶过学海堂，壁间石刻为乱兵椎毁，此君亭竹亦摧残尽矣。裒裒凄感，倚声写哀。

苍雪亭空，山斋凄冷无人到。梅边月小。画出伤心稿。　沧海归来，我亦垂垂老。莓苔扫。旧题尘杳。悄听哀蛩叫。

柳梢青

雨暗烟昏。故园何处，花落成茵。几日离愁，闲抛笛谱，懒拂筝尘。　尽教燕去莺嗔。休忘去却、东风旧因。梦里还寻，愁边独写，忍说残春。

买陂塘

晚出北郭，同忏盦韵

蓦西风、江山如此，客愁吹堕何许。参军写出芜城怨，肠断夕阳沉处。闻鹤语。怕丁令、魂归莫辨江头树。登临怀古。只苔绣残砖，螿啼败瓦，萧瑟甚情绪。　林泉约，安得罗浮屈五。梅花同访溪路。棕鞋桐帽平生惯，不耐羌笳胡舞。心独苦。忍北望、中原尘暗凄神虎。幽栖计阻。待剪取吴绫，红棉坏堞，重把画图补。

金缕曲

姬人娴芬生平绝爱梅花，十月十二夕怛化，时庭梅将萼。顾景凄然，因作《梅梦图》，词以志悼。

篱角梅开矣。恁凄凉、看花人杳，孤愁无寐。翠羽罗浮原是幻，谁遣辛酸情味。记不尽、风憔雨悴。待向寒香浇一盏，可还知、滴滴伤心泪。如泡影，十年事。　　今番已了盟来世。好相依、空山冰雪，同生同死。只惜落英红似血，尚少绿阴青子。算重见、除非梦里。想像归来环珮冷，黯销凝、疏影濛濛地。终古恨，几曾弃。

高阳台

春雨，和莘伯兄韵

柳院征歌，兰舣载酒，年来意兴俱非。抛却韶光，且堪听雨深帏。画图省识空山趣，倩何人、摹取清微。尽凝愁，淅淅潇潇，冷扑帘衣。　　半生漂泊江湖老，忆声声篷背，久倦征蹄。茅屋沽春，几时还约芳期。郊原一片愁霖色，又依然、绿暗红稀。祝东风，早放晴来，莫放春归。清微道人有《空山听雨图》。

水调歌头

寄题玫伯后凋草堂

草木乍黄落，惨澹竟如何。只是贞松千尺，盘郁自岩阿。阅遍冰霜况味，历尽沧桑身世，谁与定风波。三友岁寒在，抚景足摩挲。　　理经卷，近泉石，眷烟萝。偶葺纸窗竹屋，随意作吟窝。不识春风桃李，笑指小山丛桂，抱膝独高歌。爱此远人境，犯雪约相过。

水龙吟

春晚过百花冢，吊张二乔。冢志为黎烈愍公遂球撰，弘光元年六月立。

冷烟春锁芳阡，瘦筇犹记埋香处。南园拂砚，西楼弄镜，怀仙谁赋。坏碣萧萧，苔纹翠蚀，晴眉妍句。数千红万紫，吹残片石，浑难辨、相思树。　　自古英雄儿女。最伤心、杜鹃啼苦。兴亡弹指，可堪重说，美人黄土。一卷清词，百年遗老，泪痕如许。算斜阳马鬣，小梅凄窈，胜真娘墓。《莲香集》有《怀仙小志》，彭孟阳于墓上植杜鹃花，诗云："望帝哀何极，荒山白日昏。"盖恸思陵也。

贺新凉

戊午十月十八日，莘伯兄生朝

六十平头矣。计老来、吾家兄弟，今还余几。风雨联床前夕梦，赢得江湖身世。又饱阅、惊花浪蕊。披发更无山可入，冀时平、曝背茅檐底。东西屋，居同里。　　去年避地蕉园里。幸归来、今朝握手，幡然色喜。箧有藏书樽有酒，左右桐孙瓠子。此大是、人间佳事。生后放翁才一日，卜诗名、寿考同前例。称觥祝，掀髯醉。

少年游

广州承平时，镫事甚盛，内城亚婆塘大珠镫，正南街莲花镫，天平街大树镫，其最著也。乱后物力凋敝，一切罢去。庚申元夕，衰哀巷陌间，慨然兴怀，倚小令纪之。

金荷银树绣珠香。镫事记闲坊。一样东风，莺慊燕户，都恋春光。　　十年今夕丛祠路，暮雨暗桄榔。隔篱有客，白头相对，共话沧桑。

木兰花慢

三月十六日为张二乔生日，同人小集城东金氏园，贯酒酹之。

一春花事了，感陈迹、意沉冥。想画笔烟销，琴弦尘寂，犹荡精灵。凄凉翠楼侠艳，向荒山、写怨入冬青。摹取幽芳小记，招魂傥下鸾輧。　　松惺。佳节近清明。洗盏酹椒馨。算市骨千金，埋香千古，才不虚生。人间即今何世，听玉龙、哀怨不成声。白发故人三两，浇愁分付飞觥。

水龙吟

澳门送友人返扬州

庾郎萧瑟江关，兵戈满地年光驶。浮踪栖泊，团茅掩映，寒涛翻翠。几日闲吟，故人来也，琴丝重理。向芦湾倚月，松巢听雨，谁识我、苍茫意。　　闻道蒲帆归矣。望邗沟、一篙春水。绿杨城郭，红桥箫鼓，旧游应记。如此江山，可堪回首，乱烟无际。待他时、重访竹西佳处，把扁舟舣。

三姝媚

丙寅偕今婴登万松山，有紫花数丛、不知其名。询之花佣，言来自海西，以棠梨接之，花色益艳，因名以“海紫杜鹃花”。今婴绘图寄词属和，依王碧山韵。

琼蕤笼绣葆。讶东风吹晴，落霞多少。姹影撩人，漫误猜、寒信雁来秋老。西域移根，才做就、盈盈轻小。几度销凝，鹳眼微舒，凤毛低袅。　倦客扁舟归早。忆野色林边，暗余残照。露泣烟啼，便梦飞天末，怎生抛了。一捻鹃痕，还惹起、伤春幽抱。望尽芳菲谁寄，丹青写好。

天　香

友人仿佛香阁制香饼，云是内监李承恩所传也。眇怀凄感，不能无词，依唐艺孙韵。

飘篆经幢，吹薰梵宇，高寒昨梦如水。巧制双花，新调百和，辗出内家遗字。白头阿监，翻旧谱、凄凉说起。紫麝芳蕤细爇，金凫缕烟斜指。　氤氲泥人欲醉。似司农、秘方闲试。忍忆汉宫炉暗，碎珠零佩。几日瓶梅影里，待小炷、熏篝伴清睡。为惜温馨，空偎纸被。洪刍《香谱》有郑康成注《汉宫香方》。

蝶恋花

丁卯十二月，澳门病中作

蜃雾漫空吹不定。浮海年年，身世同飘梗。有客谈瀛多异境。藜床病眼谁堪省。　归梦迢遥思越井。满地风烟，漠漠迷三径。经卷药炉销昼永。未妨腰瘦成孤另。

（以上选自《雨屋深镫词续稿》，

《雨屋深镫词　雨屋深镫词续稿》民国十七年排印本）

王嘉诜（6首）

王嘉诜（1861—1920），原名如曾，字少沂，后字劭宜，晚号蛰庵。祖籍山西闻喜，曾祖王体仁来徐州经商，遂定居徐州铜山。曾参与《铜山县志》的纂修。为文博丽，不屑于唐以后只字，诗宗李商隐，出入于梅村、竹垞之间。词则走浙西一路，晚清名家冯煦以为其词“有双白遗义，东南作者莫之先也”（《王劭宜墓志铭》），给予很高评价。有《养真室文存》二卷，《养真室诗存》三卷，以及《养真室文后集》《养真室诗后集》各一卷。词有《蛰庵词》《劫余词》各一卷，分别收录晚清和民国时期的词作。

二郎神

江干看红叶

绀霞烘晓，乍点破、半江秋暝。正澹日鸦边，清霜雁外，几树萧疏做冷。一抹殷红汀洲曲，映滟滟、澄波如镜。怜野色剧浓，春华同绚，倚风妆靓。　　记省。舣舟断岸，卯醒初醒。笑老去诗人，袖携残句，怕向吴江照影。是处白云，何人招隐，空指远山斜径。只恨不、把荆关画笔，细描清景。

齐天乐

西湖秋泛

蘋花摇散西泠雨，晴光乍浮林表。水碧开奁，峰青点黛，妆出秋容娟好。年时梦到。认楼阁参差，尚疑壶峤。翠羽飞来，六桥深处引兰棹。　　沉沉钿车去远，笑长堤游客，犹话苏小。葛岭寒芜，南屏夕梵，都入孤烟残照。莺花换了。算如此湖山，几番昏晓。欲采芙蓉，断肠人易老。

浣溪沙

苏小墓

秋草凄迷墓道荒。西泠桥畔土花香。美人一去恨茫茫。　　无复娇娆藏柳色，只余萧瑟对湖光。最销魂处是斜阳。

浣溪沙

过扬州

廿四桥边一棹过。竹西十里自笙歌。杜郎豪气久销磨。　　从古曾闻明月好，即今惟有夕阳多。玉人不见奈愁何。

水调歌头

沪上小住，方夔尹出示旧作《题寒江独钓图》“金缕曲”一阕。次日别君北渡，江空岁晚，风色凄然，对此茫茫，百端交集。却吟此解奉简。

携汝好词句，来眺大江流。一吟声动寥廓，惊浪起潜虬。昨夜尊前同醉，今夕船头独啸，清梦落沧洲。回首暮天碧，烟水使人愁。　　古今事，潮汐里，几悠悠。问君何处垂钓，冷眼看浮沤。似此江山如画，又是天寒日短，风雪撼孤舟。且著渔蓑去，沙际狎闲鸥。

高阳台

题北固甘露寺

旁挹金焦，平临吴楚，压城山色青苍。兰若沉沉，依然绀宇红墙。高楼览尽无边景，接遥天、烟雨微茫。惹清愁，佛殿尘昏，磴道苔荒。　　凭栏北顾今何世，甚游人题句，尚说萧梁。第一江山，无言几阅兴亡。当年玉辇曾临处，但凄迷、古木斜阳。黯销魂，头白残僧，冷话沧桑。

（以上选自《劫余词》民国十三年彭城王氏刻本）

董受祺（14首）

董受祺（1862—1921），字绶紫，后改名受祺，江苏阳湖（今常州武进区）人。光绪十五年（1889）举人。官山东候补道。有《风风雨雨轩骈散文集》。词有《吪雪词》《铸铁词》《碧云词》各一卷。

百字令

丙午中元，为亡妇韵眉营奠，空花一梦，不知涕之何从也。

野鹃啼月，怅孤坟松柏，几经寒暑。今古清才归一尽，枉说谢庭咏絮。佳节中元，人生泡幻，曾历相思苦。白云乡里，为君今且留住。　　纵使幽梦重寻，鬓毛全改，相对翻无语。已是伤心泉路隔，何况连宵风雨。锦瑟罢调，银屏自冷，红萼谁为主。便劳营奠，一杯空酹黄土。

摸鱼儿

隔院听歌

怯秋凉、画屏斜掩，何人闲拍檀板。香风渐送歌声近，遥想当筵歌扇。眉翠展。料得是、行云遏住还重转。眠迟醉浅。待顾曲人来，看花兴好，此意未容懒。　　霓裳断，只许人间绻恋。莫教香烬帘卷。侬今老矣风情减，犹向夜深消遣。还自忖。又恐怕、东邻宋玉秋怀倦。金尊谩款。看月落横江，峰青未了，袅袅半天远。

燕山亭

小清河送友

送客烟波，波上去舟，日暮连烟都翠。霞共雁飞，浪逐鸥轻，乍试别离滋味。借酒浇愁，怕愁酒、并成清泪。须记。是异日归来，载将新薏。　　流水征驿哀吟，似人醉新亭，便悲时事。千里路遥，此去江南，为问百忧消未。落落生平，都拼化、海山云气。

天外。看渺渺风帆，梦中心际。

徵　招

西风又过平陵路，危楼翼然高峙。暮雨黯垂杨，更萧萧如此。种瓜人老矣。漫空洒、一襟清泪。雁去辽阳，带将多少，剩山残水。　　千里隔燕云，惊清梦、黄昏角声到耳。冷月自空明，照名泉七二。老夫聊尔尔。借花事、暗消英气。但长恨、未了前愁，又惹新愁起。

满江红

赋呈林右丞前辈

落拓江湖，空自负、须髯如戟。君可记、青梅煮酒，长倾肝膈。每恨英雄多屈抑，何须更献平戎策。任听他、邓禹笑人来，谁相逼。　　天可问，灵均泣。千古憾，愁如织。叹山阳笛冷，不堪萧瑟。自古蛾眉谣诼入，倾城倾国无颜色。纵长门、买赋费千金，空怜惜。

凤栖梧

东溟飞到相思鸟。繁碎声中，惯把眠魂搅。直过残春方倦了。幽人空自伤怀抱。　　如今处处生芳草。人纵凭高，不见长安道。浊酒新亭时一啸。猿啼冷月江山晓。

法曲献仙音

月凉如水，小舟夜泛，颇足畅怀，赋寄郢生。

一舸闹红，半窗虚白，波影摇翻金镜。如此湖山，最宜箫管，此时有客高咏。又夜鹊忽惊去。天风自清冷。　　澹秋景。碧菰蒲、一望千顷。人老矣、犹恋玉尊清饮。唤起谪仙人，问而今、风月谁领。桃叶桃根，漫寻将、绿柳指证。甚团栾扇底，偏与伊人相并。

花　犯

茉　莉

碧纱橱，那人睡里，浓芳透云鬟。隔窗重认。觉分外晶莹，点缀娇韵。并刀拟剪层冰尽。无情还有恨。道怎似、一枝留取，人间幽梦稳。　　冰肌玉骨自清凉，暗香萦水殿，又传秋信。秋自近，玉容偏、易柔肠损。叹花蕊、而今仙去，深院静、何人重倚枕。待化作、钗头么凤，余香消泪粉。

浪淘沙

羁寓长沙，倏将秋尽。湘随月转，岱促云移，不无客感。

梦里怯衾单。帘外秋残。菊花天气雨潺潺。侬自怜花花惜别，一样相看。　　倦对冷江山。独倚危阑。一天雁影过长干。欲写银笺烦雁寄，雁转偏难。

如此江山

三湘昔称繁盛，劫余萧瑟，举目凄然。

潇湘帝子归何处，灵均为吟悲赋。深院惊秋，空庭吊月，引起伤心无数。羁怀最苦。怕独自凭阑，偏又延伫。清角声中，吹寒都在绕城路。　　西风惯催暗雨。问黄花已坼，明日开否。拚把新愁，并归旧恨，尽付湘波漾去。宫门远树。待补送云烟，顿成尘土。如此河山，忍吟肠断句。

浣溪沙

客梦无端到翠帷。醒思梦境转迟疑。拥衾不寐枕头攲。　　最不耐烦残月影，了无可奈落花时。个中情味自家知。

金缕曲

丹　枫

染尽江枫翠。经几番、霜华点缀，晚秋娇媚。添上连宵风兼雨，已觉工夫煞费。方做得、流光如此。一色赤城霞绮散，想沉吟、改换河山意。长虹晚，亘天际。　　漫抛海外孤臣泪。听声声、枝头杜宇，魂消恁地。战士沙场挥残血，犹是深闺梦里。道盼汝、封侯归矣。消受征袍红锦艳，笑呼觞、任觅丹林醉。梦初醒，心都碎。

满江红

闻风琴声顿触旧感

何处琴弹，恰正是、窗暗上灯。情无限、曲中细论，怨语分明。国破家亡同一感，残山剩水叹重经。莽乾坤、镇日荡烟云，犹未停。　　箜篌韵，君且听。和瑶瑟，泣湘灵。况羁人谪宦，异地愁生。顿把冰弦重改调，金戈铁马突纵横。最堪怜、人在小红楼，珠泪零。

台城路

湘中寓斋，梧阴浓荫，遽伤摇落，物犹如此，人何以堪。

绿阴阴地深情赋。飘零有如斯树。小阁风寒，空庭月冷，做不成秋秋去。梧桐院宇。听黄叶摇枝，红楼疑雨。倦客重来，此时难著甚情绪。　　杜郎已消绮语。看垂垂结子，新恨无数。傥续前游，为提往事，添得愁怀几许。相逢怨侣。漫雪上纤条，霜凝烟缕。溯尽流光，欲留留莫住。

（以上选自《碧云词》民国十一年武进董氏诵芬室刻本）

凌学敫（3首）

凌学敫（1862—1918），原名霄，字伯升，号溉泉，江苏无锡人。肄业于江阴南菁书院，又从俞樾游。光绪七年（1881）秀才，附贡生，候选州同知。喜游历，通经史，藏书甚富。为文幽深峭拔，生面独开，取法左、孟、庄、列，诗则以孟东野、李昌谷为宗。亦能词。有《溉泉楼诗集》《溉泉楼诗文词稿》。

卖花声

溪　泛

残暑小寻幽。爱向溪头。白鸥飞去水边楼。风卷蘋香荷打雨，泊上吟舟。　　坐石钓矶留。千古悠悠。晴空天气月华浮。隔渡人来鱼唼影，花落菱秋。

卖花声

杨　花

风碎纸窗虚。扑到琴书。去来卷地起徐徐。一片如飞残月白，淡淡疏疏。　　絮诉落花余。离恨相于。更无人处触吟裾。眠雨撩烟愁去路，牵惹溪渔。

诉衷情

憩大观亭望南屏诸山

遥山不断抹轻霞。江水带趋斜。波心帆影轻折，正掩映、入芦花。　　云雨轶，翠微遮。夹清沙。凭栏唤酒，隔棹吹箫，坐石煎茶。

（以上选自《溉泉楼词》，《溉泉楼诗文词稿》
民国十二年环溪草堂排印本）

高翀（4首）

高翀（1863？—1920），原名莹，清光绪二十三年（1897）考取秀才后改名翀，字莹玉，号太痴，别署太痴生、侣琴、怅花、玉琴仙侣、漱芳斋主等，室名悟轩、退藏斋，原籍苏州，后落籍江苏松江（今属上海）。曾任江苏按察司书记，后被辞退。先后任职于《时报》《申报》《沪报》《苏报》等。后转入商界，为中英大药房秘书。1912年在上海与程棣华一起组织希社，自称“三十年前旧太痴”，与报界老友诗酒唱和。1913年《希社丛编》创刊于上海，主要登载社中同人诗词文钞、杂著、小说以及社友唱和等旧体文学。1920年，社刊出到第7期时，高翀去世。工诗词，著有《退藏斋题画诗》《百盆花斋词剩》《希社题衿词初集》。

酹江月

题卢公耀桥桥在甬江上，铁路工程师卢君公耀死事处也

怒涛澎湃，讶中有、白马素车来往。此是卢君身殉处，不藉伍胥灵爽。肢体摧残，声名震铄，指点虹腰壮。飙轮飞驶，过桥争起瞻仰。　　回想监理工程，尽缒幽凿险，敢辞劳攘。安轨架梁亲奏手，谁料灾生无妄。苍昊难凭，青年可惜，一霎归泉壤。甬江终古，动人无限凄怆。

（选自《希社丛编》1914 年第 2 期）

重叠金

题君博画稿

阿侬生小江干住。朝朝拏著扁舟去。容与向中流。还停古渡头。　　一枝柔橹响。载尽人来往。郎莫畏风波。只须经验多。

减字木兰花

题君博画稿

晚妆初罢。宝马香车犹未驾。步出园扉。恰喜凉生薄薄衣。　　悄持罗扇。细数花砖行缓缓。蜂蝶怜香。莫遣相随趁夕阳。

（以上选自《游戏新报》1920 年第 1 期）

浣溪沙

忆得妆楼雪未融。山茶满树吐苞红。并肩遥望隔帘栊。　蚁子吹开金盏面，貍奴抱入锦茵中。怯寒犹自倚薰笼。

（选自《紫罗兰》1926年第1卷第5期）

姚倚云（5首）

姚倚云（1863—1944），名蕴素，字倚云，安徽桐城人。为姚鼐侄曾孙女，姚莹孙女，姚浚昌女。年二十六归南通范当世为继室。著有《蕴素轩诗集》《沧海归来集》。

虞美人

赠吕美荪

西风萧瑟梧桐落。纤月明楼角。春申江上雨初晴。往事凄凉怕听是秋声。　　自伤皓首苍江上。相顾能心赏。羡君诗境得清闲。长吟潇洒游遍好湖山。

浣溪沙

除夕驱车至校，与同人度岁。忆去年填小词，今复填此，以志欢乐而赠诸弟。

逝水光阴一瞥中。去年今日醉颜红。飞花如絮舞回风。　　驱车来听弦歌美，年华虽异喜情同。岁寒始识后凋松。

菩萨蛮

赠马妙光居士

良宵漫说无生话。桐阴竹影真堪画。皓月照高楼。虫吟满地秋。　　也知空是色。色里参心得。且志故乡情。妙光泼眼明。

南柯子

秋　夜

林薄秋声散，黄花遍地开。雨余微月入帘来。嘹唳冲云、过雁数行排。

滴滴金

题易君左《半月报》

凭将眼底江山影。笔端描、芳菲景。倾写遨游消昼永。惜孤怀谁省。　　优游文史嗟萍梗。释清愁、舒新颖。风月无边供诗境。任主人长领。

（以上选自《沧海归来集》民国三十二年排印本）

张学华（10首）

张学华（1863—1951），原名鸿杰，字汉三，晚号闇斋，广东番禺（今广州）人，原籍江苏丹徒。光绪十六年（1890）进士。历任翰林院检讨、国史馆协修、山西道监察御史、山东登州知府、济南知府等。辛亥革命后，隐居故里，杜门著述。曾保存整理吴道镕所纂《广东文徵》遗稿。长于诗文、书法，著有《闇斋文稿》《采薇百咏》等。有《闇斋词》一卷。

百字令

丙辰正月十二日，妙高台玩月，用山谷韵。

看灯节近，正月华如水，春波摇绿。放眼海天同一色，俯仰快然意足。旧梦偎红，少[illegible]以旧作艳体诗出示。新词刻翠，咳唾成珠玉。闲愁阁起，与君共泛芳醁。　　怜伊风露宵深，素娥倩影，伴庭前花木。一样清光千里共，试问天心谁属。横槊当年，吹笙何处，莫唱南飞曲。时滇南起兵讨袁，战事方急。疏狂容我，楼头醉倚横竹。

山亭宴

和黎季裴，用张子野韵

画楼一片喧箫鼓。送流光、暗移琴柱。芳景逐人妍，酿花气、风轻雾煦。客中春思倍缠绵，更莫问、春来何处。胜日共流连，忆旧约、斜川路。　　暮云不隔天边树。放明月、照人庭宇。花信几番风，怕吹起、香尘暗雨。尽欢今夕更何辞，喜海外、故人重聚。酒罢倚栏杆，却忆长安否。

浪淘沙

癸酉饯春，和汪觉公

婪尾一樽开。游屐重来。故山愁听杜鹃哀。撩乱林亭斜日影，门掩苍苔。　　莺燕语相催。欲去徘徊。东风有约梦中猜。分付玉关杨柳色，留待春回。

疏　影

见寒鸦作，和季裴。

寒林古驿。有暝鸦万点，惊起羁客。云黯烟凄，渐入昏黄，年光又换陈迹。南枝已是无栖处，更望断、霜天消息。趁夕阳、掠影归来，未改那时颜色。　　犹记春明故事，旧巢零落尽，残梦难续。莫上城头，举目都非，独自怆怀今昔。平芜一片伤心赋，待认取、墨痕狼藉。怕白头、重听乌啼，几阵晚风萧瑟。

扫花游

题《龙榆生受砚图》

井桐昼暝，有一片云腴，白头亲付。玉蜍泪注。是词仙点笔，制蘋洲谱。绝业空山，省识传衣意苦。黯风雨。但天外梦沉，歌哭何处。　　孤抱谁可语。剩碧血留痕，万言曾疏。沧江岁暮。渐浮沤社散，怆怀啼宇。写入丹青，合是声家掌故。试凝伫。看凄迷、画中烟树。

石湖仙

市楼小集，望海珠木棉，同六禾、霞盦、词博。

天涯萍聚。乍游倦归来，重挈词侣。烽火正漫天，向尊前、歌翻绛树。亭台非昔，剩十丈、霞城标举。凝伫。有海桑、旧梦回处。　　千年霸才顿尽，问何时、赤熛一怒。北胜南强，只是等闲花谱。正色长留，倚天撑拄。那惊尘土。吟望苦。春光却倩谁主。

蝶恋花

钱二南见示《蝴蝶落花图》题词，倚此和之。

几日东风频换信。倦客重来，踏到醿醾径。唤起花魂添旧恨。一场春梦蘧蘧醒。　　风絮天涯浑不定。金粉飘零，往事无人省。写入滕王新画本。画成翻悔留残影。

金缕曲

伯端以词寄示，适余重到澳门，儿辈西行，老怀枨触，即用其调为赋一解。

己分三休赋。尽流连、故山猿鹤，怕吟羁羽。倦倚藜床仍作客，坐阅浮云如许。最难遣、离愁千缕。身似飘蓬风转急，算人生、那得长相聚。寥落意，共谁语。　　西流不断征帆去。蓦惊心、十洲残劫，苍茫何处。新燕离巢浑未惯，莫向东风轻诉。只怅望、天边云树。白发江湖吾老矣，问扁舟、底是桃源路。归及早，独凝伫。

齐天乐

再咏白菊，和六禾，用原调。

孤山合作梅花主，寒泉荐偕秋菊。玉女妆成，金仙解脱，疑是芳踪相续。新醪乍熟。恰送酒人来，冷香盈掬。鬓雪飘萧，倚篱东肯伴幽独。　　人间缁素莫问，怕西风起处，轻污尘俗。梦入秋清，香留晚淡，羞学逢时妆束。霜丛一簇。笑异种纷纷，近时菊花有日本种，烂如云锦，他花所未见也。总输高躅。转绿回黄，又沧桑几局。

高阳台

曩岁和伯端落花词，二十余年矣。顷伯端复以落花词索和，感伤时事，唯有悲愤，为填一阕。

琼苑妆妍，金铃护稳，常时占领春光。逝水华年，谁知几度沧桑。杜鹃空谷留残劫，诉烦冤、难问东皇。更休论，坠溷飘茵，一样荒凉。　　伤春费尽冬郎泪，但香销梦冷，何地寻芳。去逐飞蓬，关山万里途长。天花散后无归处，况人间、敢怨风狂。最堪怜，故蝶跉竮，犹恋斜阳。

（以上选自《闇斋词》民国三十七年排印本）

李宝淦（14首）

李宝淦（1864—1919），字经畦，又字经彝，号汉堂，晚号荆遗，江苏武进（今常州武进区）人。光绪初以诸生官湖南候补道，署湖南提学使。后赴日本考察。辛亥后隐居沪上，杜门读书。博学工诗文，著述颇富。有《问月词》一卷。

念奴娇

题恽季奁《翦红词》遗稿。惟时兵戈满地，寰宇沧桑，薤露九原，桐心半死，屋梁落月，洒泪招魂，疑睹故人颜色也。用集中薇孙学士题辞韵。辛亥十二月十七月夜。

牙琴凄断，问人间地下，何世何年。剧饮雄谈如昨日，伤心空睹遗编。珠玉才华，绮纨身世，草草北邙阡。黄垆长别，园林分付啼鹃。　　几度月夕花晨，推襟送抱，文字缔深缘。年少荀郎偏早逝，千秋知待谁传。驼泣荆丛，鹤归华表，铅泪总如泉。茫茫尘劫，鲍坟唱向何边。

浣溪沙

夜坐感怀

灯火房栊夜渐深。玉阶虫语已消沉。白头长把一编吟。　　红叶风前供写意，黄花霜后当知音。茫茫人世去来今。

踏莎行

草弱栖尘，花寒怯雨。人生怊怅还如许。春光盼到牡丹时，惜春人又天涯去。　　梁燕多情，笼鹦谩语。闲愁枨触浑无据。华灯桂树夜何其，重帘莫隔行云住。

唐多令

时节过端阳。淋漓梅雨长。奈客愁、云气两茫茫。欲擘蛮笺将意写，几许事、费思量。　　蛙鼓沸池塘。苔衣青上墙。石榴休、便洗红妆。料得绿窗凉似水，移睡鸭、爇心香。

望　梅
旧　笔

白头微露。叹韬锷藏锋，更无人顾。溯几回、患难相随，况拔戟词坛，飞书戎幕。食叶蚕声，仗著出、英思壮语。尽花笺剩迹，败楮成灰，往事难数。　　珊瑚架山曾住。记露酣烟饱，银管深护。笑江东、罗隐平生，为金榜无名，负伊辛苦。力尽相捐，知入握、暗伤迟暮。又何堪、天荒地老，断肠写句。

湘　月
旧　衫

斑斑尘土，更酒痕汗印，几回渍透。北马南船，风又雨，随我十年奔走。宽不宜时，轻偏适体，弄笔乌沾袖。无言相喻，近来腰围频瘦。　　多少纨绮翩翩，风流惨绿，笑指田家叟。捐故栽新，愁福薄，且免捉襟见肘。浣濯何妨，渲弹尚可，又过花时候。春风飘漾，当伊池水吹绉。

念奴娇

夏　夜

湘帘一桁，是娟娟花影，扶来明月。团扇多情长在手，人定夜凉初入。鱼跃三更，犀灵一点，酒醒文园渴。游仙枕悄，梦魂应化胡蝶。　　闲数历历疏星，不眠倚树，桂露香垂叶。未怅红墙银汉远，只隔纤罗如雪。榴膜红鲜，蕉心绿卷，芳意还纡结。娇云欲度，篆烟袅作千叠。

齐天乐

重阳节到，风雨凄其，孤馆兀坐，怅然有作。

一庭烟草凝寒碧，浓阴半凋芳树。篱菊花初，渚莲落尽，容易秋光如许。年年羁旅。说佳节题糕，枉添愁句。衰鬓难簪，茱萸细看悄谁语。　　输他陶令老去。有殷勤送酒，故人情绪。海上随蜻，隍中梦鹿，惟对无情风雨。登高念侣。笑落帽龙山，也成终古。渺渺江天，断鸿声正苦。

满庭芳

丙辰上巳，值清明节，周梦坡庆云招集愚园修禊，拈此调索和，次韵答之。

花外游骢，天涯吟侣，团来鸿雪泥痕。而今何世，裙屐尚嬉春。典午风流已矣，兰亭序、墨妙空论。经行处，寻常门巷，也换旧琴尊。愚园亦屡易主。　　欢娱如梦里，栽桑种柳，悄住江滨。只丝丝，霜鬓还系愁魂。难祓风波身世，临衰耳、鼙鼓重惊。何情绪，羽觞金剑，遗事话周秦。

蝶恋花（二首）

一树幽花含泪雨。嫩蕊柔香，惆怅春光误。芳草别来添几许。愁痕撩乱丝千缕。　　欲把红英牢系住。药店飞龙，难疗中心苦。青鸟殷勤凭寄语。绿章好乞通明护。

庭院无情风雨骤。见说秋来，骨共香桃瘦。红泪无声沾翠袖。梦回斗帐灯如豆。　　断尽离肠非病酒。盼到归时，寂寞还依旧。珍重新寒香熨手。关心明月来时候。

买陂塘

和双井韵

渺天涯、寒禽枯木，危栏空自凭遍。梅花东阁无人赋，闲煞雀台霜砚。车走钿。只醉梦、乾坤不许愁相见。水劳山倦。恨没个方平，为伊细说，桑海霎时变。　　抬病眼。一片斜阳红恋。输他海市楼殿。烂柯聊把樵夫戏，尘世流年如箭。多少怨。怅锦绣家居，撞坏同飞电。浮生怎遣。有江上鱼虾，云间鸾鹤，招入醉吟卷。

摸鱼儿

题吴沤香《竹屋填词图》，即次旧题元韵。

是何人、此中抱膝，芸笺工写幽楚。回塘风过凄成韵，翠袖薄寒犹妒。愁万缕。看泪点、斑斑梦影潇湘阻。零钟断鼓。纵白纻能歌，红牙重按，不是旧游处。　　兵戈后，极目荒洲野渚。悲哉秋气空赋。渭川千亩封侯比，壮志都成尘土。难再睹。承平日、风流觞咏池台树。疏篁漫补。待万个成阴，三椽改筑，更把风箫谱。君先客武昌，辛亥之乱，旧图已失，今客海上，补图征题。

临江仙

玉簪花

凉露娟娟风悄悄，数枝绕砌横斜。玉卮丰韵自仙家。嘉名谁肇锡，生是女儿花。　　绿叶离披疑翠袖，姗姗倩影非耶。韦郎旧梦渺天涯。无言知有恨，何处寄瑶华。

（以上选自《问月词》民国十一年排印本）

廖恩焘（24首）

廖恩焘（1864—1954），字凤叔、凤书、凤舒，号忏庵、珠海梦余生、珠海客余生、忏绮庵主、半舫翁，广东惠阳（今属惠州）人，廖仲恺之兄。曾三任古巴领事，晚居香港。其域外词，尤以古巴词蜚声中外。著有《忏庵词》《忏庵词续稿》《半舫斋诗余》《扪虱谈室词》《影树亭词沧海楼词合刻》。

廖氏自谓五十岁始致力为词，也就是说作词始于1915年前后，但收入词集中的词则出现于十年之后。廖恩焘学词从柳永入手，进而悟出柳永、周清真、吴文英三者词之间的精神联系。在精研三家之外，出入温、韦、苏、辛等，以梦窗为本，转益多师，实属善学梦窗者。朱祖谋评其词“胎息梦窗”“惊采奇艳”“得于寻常听睹之外，江山文藻，助其纵横，几为倚声家别开世界矣”（《忏庵词题辞》），对其域外词激赏如此。

琵琶仙

沪上候船渡太平洋，挈家人游西湖。归，枚叔、咏霓设祖饯。枚叔有诗送行，舟次，报以此解。

西子西湖，我曾记、载鹤携梅来别。花里催发轻舟，残年怕闻笛。春未老、东风柳绿，已纤尽、舞腰无力。雪点袍斑，霜丝镜影，人况迁客。　　又谁信、灯阁杯光，映寒夜、歌衫好颜色。知否诘朝相送，黯千山云碧。忧患在、文章底事，误毕生、几緉吟屐。且向吹角龙沙，醉魂将息。

摸鱼子

寓斋修竹百竿，夏日益浓翠可喜。

翠筼筜、小窗敲遍，隔花环佩疑近。逍遥倦枕闲床在，争奈西风催紧。眠怎稳。闹一片、雨淋铃曲凄清韵。啼禽也哂。道梦里封侯，先生休矣，垂老更无分。　　云行处，沙雁平安莫问。篱根萌得新笋。天寒袖薄人谁倚，曾记泪弹银粉。高不尽。何必向、竿头百尺还前进。潇湘画本。待月转回廊，石苔为纸，挥帚与君论。

贺新郎

稼轩词："起望衣冠神州路，白日销残战骨。叹夷甫、诸人清绝。夜半狂歌悲风起，听铮铮、阵马檐间铁。南共北，正分裂。"古今事如出一辙，黯然和韵，即用原句作收。彊村老人云："天涯别有凭栏意，除是杜鹃能道。”蹈袭云乎哉！

忍对西风说。渐人间、笙歌梦里，换裘抛葛。秋远中原迷落雁，云拥寒天欲雪。渺一线、吴山如发。负壑舟藏今不见，恐巨灵、擘破千江月。杯掷去，劝弹瑟。　　漫教折柳轻伤别。看横刀、桥头断水，澌还冰合。记否吹笳城边路，沕穆腥尘沁骨。恨无故、当年裾绝。泪铸黄金都知错，又懵懵、错铸神州铁。南共北，正分裂。

点绛唇

一晌心情，思量半晌都无着。霜红飘落。满地燕支薄。　　镇日啾啁，檐闹争枝雀。新来觉。酒怀偏恶。消瘦浑如昨。

三姝媚

十二月十八日立辛未春，夜过派克湖，感赋。

麹尘波影外。记青骢，教人锦障泥解。故国千林，渐笑声偷换，燕莺无赖。皓首韦郎，空眷念、玉箫难再。岁近天寒，灯夜谁招，好春同载。　　腊鼓辛盘都改。只戍角西风，皂貂裘在。冷落池台，问水流花放，几番朝代。画鹢飞来，却又道、将军横海。未见如云幡胜，钗虫髻赛。

绛都春

社日饮郊市，夜归，室人以瓶花供案上。

花分酒气。似灯影殢人，华妆羞倚。社鼓罢喧，聊赏芳辰谋春醉。玉壶沽向蛮村里。正绣阁、停针无寐。夜阑归去，钩帘暗度，胆瓶香细。　　长是。文园病渴，赋情懒、那更斟红酌翠。取次相看，消得禁持流年驶。东风偷换闲桃李。便莫问、缁尘何世。晓来邻又湔裙，径鸳到未。

八声甘州

夜登逆旅楼，上最高层。岛国风光，奇瑰万态，以梦窗“游灵岩”韵写之。

引天梯缥缈，溯虹河、飞杯载行星。正纤云连袂，华灯低阁，寒蜃荒城。化杖骖风好唤，剑水洗鲛腥。鸾鹤烟中语，铃塔千声。　　尘世漫漫长夜，问几人绣幄，蝶梦初醒。笑温犀燃后，留得怪峰青。峭栏干、残笳吹上，看雁猜、弦月落遥汀。谁收了、半痕涛线，江又奁平。

西　河

游马丹萨钟乳石岩，次梦窗“陪鹤林先生登袁园”韵。岩在古巴，距都城二百里，平地下百三十余尺。道光末叶，吾国人垦地海岸，得隧道丛莽中，告居人，相率持火入。蜿蜒行十馀里，峭壁四起，滴水凝结，累累如贯珠，如水晶，如玉，作山川神佛、珍禽异兽形状。又肖笙磬琴筑，叩之铿然有声。美利坚人沿径曲折环以铁栏，涧谷则架桥通焉。电灯照耀如白昼，洵奇观矣。相传岩由海底达美国边界，迄未能穷其究竟也。

烟景霁。钩藤瘦杖融泄。闲寻禹穴下瑶梯，冻岩渗水。素妆仙女散花回，千灯猿鸟娟丽。　　绕危槛，看堕蕊。袜罗剪露层碎。晶虬细甲近娜嬛，洞天似咫。有人击壤按商歌，鸾箫吹又何世。　　汞成鹤氅半委地。沁残云、雕粉屏绮。壶里沽春无计。向冰泉试约，长房一醉。青玉簪宜寒光洗。

（以上选自《忏庵词》民国二十年排印本）

秋　思

十二年前，亡弟仲恺为季公题《秋庭晨课图》一词，图旋失去，而词独存。季公倩人补图，并词重付装潢。览之泫然，为题此曲。

瞰影砖花觉。正艳晨、闲课绾蛇儿学。萱带露姿，桂饶风意，庭石如濯。早濡墨挥毫、案头摇腕动五岳。砚皱波、眉灿萼。料象尺停裁，荻芽添画，空有引雏檐燕，向人商略。　　图索。慈晖杳邈。检笥尘、粉本无着。故山猿鹤。凋零空剩，旧题一角。问尺幅谁还写生，情况长记昨。待对烛、聊唤酌。怕酹湿秋魂，城乌啼梦更恶。片霎愁萦恨缚。

蓦山溪

癸酉岁未尽十日，立甲戌春，玄武湖上作。

游船多少，长是城根舣。飞梦著湖天，杳闲年、沿堤歌吹。渡江梅柳，早早约春回，莺未巧，燕犹痴，怎会提壶意。　　阴晴不定，猜遍云行止。独立吊苍茫，洒烟芜、词人费泪。夕鸦啼后，还剩几斜阳，桃李下，渐成蹊，莫问今何世。

三部乐

榆生书来，言彊翁《语业》将付印，属题词，黯然抚此，声依梦窗。

鹎鵊声沉，早泪眼问春，断红谁续。蠹余蜗剩，百辈词流同哭。甚还惹、邻笛吹愁，记梦边校稿，夜窗消烛。练裙不忍，点检墨污残幅。　　热阑旧曾醉倚，对半髡岸柳，翠烟如沐。那堪小楼隔水，斜阳移谷。好帘栊、语鹦占却。人恰是、棋收冷局。兰佩自结，千秋下、无限芬馥。

高山流水

甲戌禊集玄武湖，分均得“羲”字、鹤亭约红豆馆主度昆曲，一座为之黯然，因赋。

种湖一一柳初荑。赏佳辰、吟绪纷飞。英气仗花销，芳樽正祓愁宜。当歌地、有竹无丝。何戡在，犹恨翻残渭曲，翠笛声移。似开元座上，白发话轩羲。　　墙西。春来久阴雨，群雀已、闹尽争枝。闲剩采香人，笑踏远岸青归。算兰亭、往事休提。逐云去，看遍烟螺拥髻，背郭山姿。任林鸦噪晚，苔滑杖藜迟。

（以上选自《词学季刊》第 2 卷第 1 期）

倾　杯

限屯田“木落霜洲”体

鹤栅烟新，兔园霜老，依前迸作灯色。旧雨梦入，咫尺正怯，隔冷枫荒驿。琼筵夕敞群仙在，也不堪吹笛。吟壶纵倒，和泪绮、轧轧愁肠同织。　　乍忆。封侯垤蚁，肘悬金印，头上垂蝉翼。甚院落春回，莺声频唤醒，湘帘眠客。柳北云飞，花南淮溅，极目盘雕迹。会倾国。空月影、满江摇碧。

（选自《如社词钞》民国二十九年排印本）

龙山会

重九后三日，最高楼上晚眺书感，仍次梦窗均。

忽放登楼眼，凭遍阑干，字总排成亚。冷云和泪看，斜雁影、几与残阳齐下。秋水一痕飞，骤横破、江烟翠冶。沁乾坤，诗愁万斛，纵情挥洒。　　携笛到此休吹，怕引仙軿，驭紫鸾如马。染霜髭鬓满，还怎忍、浮白笙边连夜。须爱惜分阴，叹华镜、流尘迅泻。意未舍、似百仞断，崖藤倒挂。

虞美人

江天尺幅丹青稿。添个渔翁好。石矶西畔立多时。看煞落霞孤鹜一齐飞。　　红蕖正自新妆了。对镜盈盈笑。鸳凫穿叶出偏迟。直得双鬟打桨又来催。

风入松

甲戌清明，粤中赋此调。今于乱离之际，又逢佳节，新愁旧恨，何以为怀?

花朝才过又清明。寰宇未销兵。斜阳流水寒鸦外，惜燎原、劫火飞星。不见降幡招展，笙歌残霸宫城。　　村帘出杏为谁青。巢燕殢春程。家家灶冷愁时节，甚行人、还管阴晴。啼到杜鹃无血，铜驼依旧荒荆。

绿盖舞风轻

乞巧前一日，午社召集于李文忠公祠，拟弁阳老人作。

约客醉深杯，故相祠堂，荷风透窗绮。昆劫吹灰，阑干残染得，断袂愁倚。莽莽中州，记烟草、红心曾系。燕归迟，落遍江花，菱镜千蕊。　　天底。又促佳期，浪影耿星河，几见戈洗。点滴盈腮，泣铜仙、恁地似花飘泪。淡已忘言，紫霄迥、封章谁寄。雁飞回，书带九关秋气。

（以上选自《半舫斋诗余》民国二十九年排印本）

紫萸香慢

夏吷老以社课选调，酬余《琐窗寒》，追赋昔年放琴客之作，步均媵一解报呈。索同社诸君和章，因寄榆生金陵、海绡翁粤中。

暮年抛、芬芳秾绪，壁蛛懒作盘丝。诵君贻佳咏，啭莺舌，隔墙枝。唤起幽窗闲睡，又春怀撩动，未觉吾衰。恨青山、无故玉瘗剧多时。姬琵琶别抱后，紫玉成烟八年矣。杳镜里、两痕淡眉。　　寻思。感旧成词。休历历、叩前期。记章台走马，垂鞭拾取，飘粉零脂。几回笑桃人面，悔崔护、浪题诗。想娇禽、绣笼愁闭，放教飞去，林壑随处生机。红翠四围。

紫萸香慢

入秋溽暑如盛夏，单衣汗犹浃背。重阳前二日，忽朔风料峭，寒气砭骨。是夕社集，公议拈姚江村此调。九日，劳敬修约登高，辞未赴，夕赴潘梓彝家赏菊之宴，归寓三鼓，挑灯泚笔成词。

闹重阳、虽悭风雨，隔帘冷彻灯唇。漫今宵犹报，卷残劫，入炎氛。正待霜鸿飞下，向东篱呼醒，梦蝶花魂。记茱萸、旧插玉损一簪云。早染了、断愁几分。　　孤根。叵耐黄昏。浑不觉、是佳辰。念鲈乡蟹港，朝烟夕火，难掩烽屯。酒无白衣谁送，任陶令、自关门。懒登高、怕还吹去，孟嘉乌帽，头秃何有参军。青嶂笑人。

琐窗寒

昔年放琴客，口占送之云："到底游丝总情薄，耆然轻放落花飞。"梦窗词涉及去姬事，数见不鲜，诚有如《海绡说词》所引证者。渺兮予怀，黯然成均。

絮影漫天，黏花惹蝶，此情今改。王孙恨草，野火劫残犹在。

算腰刀、对河便抽，乱流断若春冰解。但酒香染得，青衫痕旧，浣除须待。　　无奈。伤怀倍。见梦翠盈窗，怨红入海。云裳幻想，顿渺徽图容彩。只钗鸾、还抱故恩，几曾为惜歌舞买。记当时、范蠡湖边，早约吴舣载。

玲珑玉

梓彝园中看菊听歌，主人新购得牡丹一盆，花大如碗，红艳欲绝，座客咄咄称奇。据云沪上有二盆，价逾百金，其一已属沙吒利矣。秋斋索词，因赋，亦社选姚调。

花对笙筵，早从菊、博得清讴。仙香忽泄，绛纱浅护灯篝。我也浮云在眼，问东篱高士，谁肯低头。娇羞。非人间、红粉一流。　　恨煞花神醉笔，向牌名轻点，教殿残秋。倒凤颠鸾，愿情天、谱漫鸳修。争知孤芳寒瘦，再添个、环妃国色，本可消忧。两蛾黛，怕难容、还斗未休。座中某君将营金屋，故借以调之。

（以上选自《同声月刊》第2卷第1期）

西　河

明孝陵，美成均

争战地。钟山王气犹记。艰难大业矧偏经，布衣创起。祚移鹘鹤守荒陵，青苔残篆碑际。　　偃虬树，驰道倚。昔年仗马曾系。铜驼卧月泣酸风，旆摇戍垒。横去声江铁未锁长淮，可堪东去流水。　　弛樵禁后野有市。聚村翁、谈旧邻里。换尽劫灰人世。却来游、最惜无端，空对开落樱花，颓垣里。

虞美人

观演某国剧，有感

山河寸寸春蚕叶。此恨和谁说。翠笼娇鸟独能言。叵耐如弓月影正横天。　　停杯替把干将拭。血认苌弘碧。酒浇不到黛眉愁。镫火笙歌花泪几曾收。

水调歌头

吾乡罗浮飞云顶，奇境也。余年十九往游，今别六十二年矣。忆及纪以此解。

四百卅峰外，云气忽飞来。罗浮有约难到，谁叩玉扃开。潭自五龙腾去，鳞爪了无痕迹，丹灶夜生苔。六十二年影，入梦不须猜。　　蝙蝠岩，蝴蝶洞，总消才。记曾空桑三宿，诗倘换仙胎。拥得吹笙低髻，放出持螯左手，肩试拍洪厓。一览众山小，大地只纤埃。

（以上选自《扪虱谈室词》民国三十七年排印本）

王渭（18首）

王渭（1864—1942），字忆莪，号孟培，江苏奉贤（今属上海）人，为清末举人。1923年，王渭词兴大发，一年内作词百余阕，后为纪念花甲一周，裒辑词作，名为《花周集》；又因王渭自署所居为“一粟居”，词均作于癸亥年（1923），故词集一名《一粟居癸亥词稿》。王渭词学观念与其师朱家驹相似，作词“取适吾性，必拘拘声律奚为者？文章一道，主乎气盛言宜，词何独不然”（朱家驹《花周集序》），词以苏、辛为典范，词格俊朗。与清末遗老词不同，王渭词体现了强烈的时代性，对当时的社会现象多有反映。

念奴娇

有　感

悠悠身世，剩残书几卷，蠹鱼丛窟。到眼云烟容易过，阅尽春花秋月。金鼎香沉，玉壶冰冷，有酒难消渴。登楼望远，凄凉隔代宫阙。　　蓦地拔剑高歌，临风起舞，泪洒金瓯缺。壮志消磨侵老境，对镜愁添白发。风雨鸣鸡，尘寰逐鹿，凄历重重劫。浪沙淘尽，千秋多少豪杰。

虞美人

怀　旧

情场回首欢多少。一霎红颜老。无言兀自暗消魂。泪湿江州司马故衫痕。　　繁华旧梦尊前误。对影愁难诉。珠帘寂寞卷高楼。看遍花开花落几春秋。

满江红

观欧阳予倩新排之《卧薪尝胆》剧

越霸吴亡，收拾了、残棋一局。剩青史、几行名姓，耐人披读。石室三年甘牧马，苏台千古悲游鹿。问谁把、旧事再翻新，庐陵族。　　编剧本，调丝竹。衔国耻，佯臣仆。耐卧薪尝胆，深仇誓复。粉墨登场争黑白，河山易姓余歌哭。只愠淫、失败苦成功，分荣辱。

卜算子

风　筝

身段太轻盈，欲去回头顾。借得春郊一缕风，便上青云路。
才遇好风吹，又被狂风误。错道吹来一样风，两样升沉数。

沁园春

读《长生殿传奇》

一曲霓裳，犹说明皇，天宝当年。记沉香亭榭，花枝露重，承恩韩虢，第宅云连。七夕情长，六宫梦短，孤负明星双照圆。悠悠叹，叹渔阳鼙鼓，蜀道风烟。　　谁怜戎马间关。旋白发、梨园停管弦。痛香销玉陨，冤沉古驿，零淋雨透，泪湿征鞭。乐府翻新，歌场感旧，写尽悲欢离别天。千秋恨，恨野花衔鹿，夜月啼鹃。

菩萨蛮

梦

尘寰扰扰浑如梦。多情枉把相思种。种果幻成因。梦中寻梦身。　　黄粱炊熟了。梦境刚才到。有梦不相干。不如醒眼安。

南　浦

紫藤花，用《白香集》“程韵”

压架绿阴浓，似柳丝，三眠三起情绪。叶底悄攒香，风吹暖、莫便低随飞絮。困人天气，阑干小立浑无语。美人迟暮。春如梦伤心，落红前度。　　繁英逐水缤纷，似送别当年，绿波南浦。蜂蝶黯销魂，几经过、阵阵槐风梅雨。绿余庭草，飘零犹拂无人处。翘瞻衡宇。新巢燕枝头，衔泥来去。

苏幕遮

夜半闻笛

漏催壶，灯吐穗。明月三更，独自阑干倚。碧玉谁家宵奏技。曲按凉州，暗洒征夫泪。　　亢穿云，低度水。高下从心，碧海龙游戏。一曲霓裳偷不易。梦入深宵，好倩红红记。

风入松

本　意

乔柯百尺结龙鳞。寂寞伴吟身。虬枝倒拂帘纹动，风谡谡、万壑泉喷。涤尽胸中烦恼，瑶琴一曲翻新。　　天涯吹律是何人。南北莽风尘。栖栖六月连笳鼓，问何似、长夏江村。携枕北窗高卧，做他怀葛遗民。

齐天乐

蝉

绿槐高处枝栖稳，迟迟汉宫秋信。吸露朝凉，吟风夕爽，络绎诗肠徐引。闲中破闷。似一曲薰风，琴调玉轸。韵戛帘钩，波纹荡漾暑催尽。　　齐女丰姿薄鬓，夕阳摇曳处，残声隐隐。蚓曲三更，蛙歌两部，输尔悠扬沉静。珠喉比润。只暮暮朝朝，空传幽恨。似我耽吟，凭高无此分。

忆秦娥

新　秋

声声咽。蛩啼日夕梧桐月。梧桐月。飘零金井，照人离别。　　金风玉露凉时节。关山万里音书绝。音书绝。玉阶抬首，广寒宫阙。

渔家傲

秋　思

蛩絮阶前秋满地。西风拂径炎凉异。万里征衣何处寄。抛客泪。声声愁听边笳起。　　雁度衡阳书带未。飘零白发遭时忌。剑匣龙吟灯结穗。人半醉。宵凉梦断匈奴臂。

祝英台近

秋　夜

柝声残，凉意透，霜信暗滋袖。零露团团，夜静湿窗牖。陡闻声戛帘钩，一年容易，秋未老、西风吹又。　　人依旧。素丝沾鬓，宁堪惨绿少年斗。灯下沉吟，对影耸肩瘦。无端雁度南楼，声声嘹亮，似诏我、天寒时候。

渔家傲

落　叶

霜叶经秋红似火。无端摇落风前簸。古寺寒钟敲佛座。声碎琐。马蹄闲踏千山破。　　得过光阴君且过。寒鸦阵阵啼相和。指日春风迎道左。飞盏贺。绿阴深处花枝亸。

水龙吟

柬汪瑞粟孝廉

桃花潭水盈盈，踏歌一阕风光腻。主人高雅，栽松莳菊，四时苍翠。余事丹青，闲中破闷，拨云消翳。任蛮触纷争，燕鸿来去，誓不逐、风尘里。　　云树怀人尺咫。记相逢、一方秋水。别来无恙，声声旅雁，离怀勾起。欲慰相思，聊凭尺素，暗传双鲤。正鸡鸣不已，挑灯寻梦，朵云飘止。

唐多令

四腮鲈

吹老九秋风。渔舟网五茸。晓霜寒、三泖波通。红叶满滩人唤卖，说此味、冠吴中。　　百里付邮筒。尝鲜盛馔充。认四腮、快豁双瞳。恰似家乡塘鳢好，可分取、誉声隆。乡间塘鳢，形似四腮鲈，味亦不让。

菩萨蛮

即　景

风吹古渡芦花白。经霜橘柚玲珑色。色比晚霞鲜。暗垂馋客涎。　　深林窥叶绿。摘尽枝头玉。苦李道旁留。却无人取求。

拂霓裳

酿　雪

阵鸦呼。同云万里匿阳乌。飞集霰，朔风怒卷钓舟孤。酒怀刚酿秫，花气混飘芦。望长途。似天公、准备玉平铺。　　故园问讯，梅耐冷、著花无。冰结砚，十分寒意且围炉。欲开银世界，还滃墨糊涂。醉提壶。待一鞭、闲跨灞桥驴。

（以上选自《花周集》民国十三年排印本）

杨锡章（2首）

杨锡章（1864—1929），字几园，又字子文、至文，号了公、蓼功、了王、紫雯、乳燕，室名藕斋。江苏松江（今属上海）人，为南社社员。少颖悟，善谈名理，博涉子史，擅诗词古文，工篆法。光绪年间为宝山县训导，后与美国教士创城西孤儿院，筹募经营数十年。1927年，任奉贤县（今上海奉贤区）县长，寻归，侨居上海，鬻书自食，1929年卒于寓所。著有《杨了公手写诗词稿》《杨了公遗墨》等。

点绛唇

半淞园即事

轻漾菱舟，微风吹瘦诗人袂。柳摇烟起。争傍斜阳睡。　　游遍名园，如在西湖里。君知未。小栏花底。有个那人倚。

疏　影

秋风至矣。看荷衣褪粉，莲子香未。别有遐思，微雨初过，正是晚凉天气。芙蓉绿瘦鸳鸯梦，忆梦里、音书如寄。料朱帘、熨得重温，几度伊人闲倚。　　明月菰蒲一片，冷萤三两个，轻点凉翠。伫立多时，恍唔红裙，玉立亭亭江水。横塘空系瓜皮艇，怎载得、六郎憔悴。更逗来、点点芳愁，花外雁声斜坠。

（以上选自《南社词选》，《南社丛选》
民国二十五年国学社排印本）

周庆云（17首）

周庆云（1864—1933），字景星，号湘舲，别号梦坡，浙江吴兴（今湖州）人。清光绪七年（1881）秀才，曾例授直隶州知州，未就任。后绝意仕进。家族世代经商，为江南巨贾，梦坡又雅好金石文辞，曾与王蕴章、陈匪石发起春音词社，推朱祖谋为社长。著有《梦坡词存》。

《梦坡词存》二卷，民国二十二年（1933）刻本，封面由竺大炘题签，前有朱祖谋辛未年（1931）初秋序、戴振声四绝句题辞及王蕴章壬申年（1932）清明日序，卷末有作者自识。据朱、王二序及作者自识，知此集最初由朱祖谋删定，都为一卷，然未及付梓，朱氏病故，周庆云遂益以近作，分两卷刊行。其词叙情状物，章法宛然，故朱祖谋称其词作"言情则萦纡善达，体物则婉约多姿。不泥琢雕而能律谐吕协，真清真之贤裔也"（《梦坡词存序》）。叶恭绰称其词"清拔殊俗"（《广箧中词》）。

烛影摇红

赋唐花，春音社集

落尽天花，旧时笺奏通明误。是谁空界造华鬘，烘托春无数。新筑瑶台蕊府。袅炉烟、天姿自许。几重香窨，一片孤根，漫言温树。　　歌舞深宫，洛阳轻贬飞尘去。等闲商略到熏修，翻把红妆妒。谁省芳期易阻。警东风、垂镫叠鼓。水仙清丽，肯受斜封，和伊同贮。

齐天乐

檗子庞君遗稿题词

故山萋碧蘼芜老，华年镜中催去。竹屋情多，蕢洲韵冷，谁省兰成词赋。移宫换羽。仗客路莺花，强排幽绪。醉墨分题，峭寒阁梦又春暮。乙卯上巳，词社初集，君见示修褉诗，备极沉郁，今用诗意。
灯窗暗惊夜雨。一编余泪血，无限酸楚。骨早飞龙，魂应化鹤，黑塞青林何处。旗亭俊侣。怕车辙重经，按歌金缕。抱得牙琴，曳危弦自语。

新雁过妆楼

酒楼闻歌，用梦窗韵。春音社集。

翠管吹寒。闲情绪，无端尽入中年。懊侬声里，肠断九折回环。荡魄东风欹枕外，照心皓月倚屏间。莫愁眠。几番刻烛，拍遍阑干。　　低徊兰成赋笔，向画筵选墨，醉写便娟。楚云一片，流恨不到吴天。宫娃漫歌旧事，有多少、吟魂消翠鬟。风怀減，仗浣襟题燕，扶袖飘鸾。

秋　霁

丁巳上海中秋。春音社集。

仙幔泠泠，又清光万里，倚楼闻笛。瘦菊催诗，倦荷禁雨，芳菲最怜秋色。西风故国。怨吟自理今何夕。谩共惜。闲步珍蘪，愁把画阑拍。　　尊前涕泪，眼底河山，怕点新霜，鬓华先白。叹如今、天香梦冷，婆娑凉影沁空碧。玉垒翳云浑似昔。斧痕谁补，分明座隔春星，广寒灵境，可传消息。

霜叶飞

丁巳九月，偕词社同人至苏台，登天平山看红叶。春音社集。

缀霜疏锦。秋如醉，吴妆新点明镜。瘦筇携向画中行，人语蓬壶顶。俯杰阁、危栏倦凭。筝弦惊雁凉风劲。数万笏梯云，傥许得、高寒静占，结庐仙境。　　游事最忆吴皋，官桥野火，旧客重理烟艇。断红流梦到荒沟，剩数峰青迥。渐落叶钟声暗省。盂泉分茗禅心永。待共寻、幽栖处，烟雨登楼，更乘清兴。

绿　意

预祝荷花生日。春音社集。

陂塘映彻。看彩鸾起舞，衔花兜叶。叶是如来，花是六作平郎，红坠粉房香屑。亭亭不语风微定，怕别浦冷侵罗袜。谱众芳、却记初辰，渐入嫩凉时节。　　宫畔吴娃艳影，为谁更打桨，廊空留屧。镜妒新妆，湖水湖云，都被卧箫吹裂。尊前独写婵媛意，且拍到、长生歌阕。尽爱莲、心贮壶冰，只有旧篇能说。

瑞鹤仙

西溪秋雪庵侧，附建词人祠堂，恽瘦兰赋词落之，即用原韵。

招提缘未了。但独客徘徊，断垣荒草。山园破烟晓。尽扁舟容与，橹枝声悄。溪流映缟。记当日、精蓝地好。甚匆匆换却，沧桑陈迹，十年催老。　　香渺。涌楼弹指，与客携壶，几回舒啸。千丝织到。珊瑚网，不须钓。趁寒泉初荐，仙踪犹在，漫说尘心竟杳。只天涯、身世飘蓬，听歌易恼。

鹧鸪天

和彊村香严宫体（四首选三）

检点罗衣认酒痕。灵蕤秘帙记难真。红心草短成长恨，蓝尾花残惜好春。　　莲作寸，麝成尘。玉楼歌舞易黄昏。愁根只是生来种，才画双蛾又学颦。

小梦惊残冷碧河。玉容憔悴看星娥。珍珠串散同心结，钿盒盟寒得宝歌。　　休怅惘，禁蹉跎。璇宫消息近如何。三千花界逢摇落，未必春风隔座多。

曾几欢场醉玉钟。一春心事梦魂中。无穷香叶遮天碧，别样宫花向日红。　　妆阁外，桂堂东。蓬莱从此隔东风。回鞭笑指长亭路，又听花阴嘶玉骢。

小重山

西溪泛舟

溪水西流拍岸平。遥山如画挂、黛眉横。万芦深处警秋声。孤篷底、中酒梦松惺。　　鸥鹭结新盟。楼台随指点、溯空明。款招词客酹仙灵。新霜近、禅榻鬓星星。

鹧鸪天

题刘翰怡《京卿笠屐图》

笛外高楼望眼空。登临翻恋絮云松。晓霜叶印苔痕浅，流水花涵箬影重。　　新嶂绿，夕波红。江山无语画图中。沧浪亦有清兮曲，未必明朝雨是风。

临江仙

题胡宛春《霜红簃填词图》

残月晓风江上笛，笛声吹皱鸥波。伊人散发刺船过。远林霜后绚，秋槛倚高歌。　　换得红羊桑海恨，余生谁补蹉跎。浣愁天亦奈愁何。夕阳斜恋树，烟外乱鸦多。

齐天乐

莫干避暑，偶填此解，适夏吷盦、黄公渚重集沤社，限此调。

琅玕叠翠流尘隔，萧然万峰深处。剑气霄腾，岚光烟幻，看惯阴晴朝暮。幽踪暂驻。算猿鸟寻盟，一年一度。小筑行窝，攀跻漫诩得云路。　　闭门休问许事，占松涛一枕，静悟琴谱。绘景题图，裁笺写韵，自得山中吟侣。荷衣漫赋。莫又遣秋来，顿催离绪。梦恋巢痕，日长如太古。

瑞鹤仙

怀超山宋梅

悄东风过驿。山意懒，欲误芳期历历。虬枝炼冰魄。记冬青、前度江南同客。支亭甃石。念好春、樽畔易掷。恼飘窗细雨，还噤翠禽，缓引游屐。　　忆自溪桥揽胜，扫藓寻碑，听松卧席。林幽涧涩。斜阳路，总轻惜。剩诗情，几许寥天吟望，湘妃蛟背冻立。怕寒香动月，吹起玉龙怨笛。

三姝媚

南湖晚眺

风梳烟柳媚。傍红栏桥扉，暗撩吟思。乍怯春寒，正俯波明镜，古衫新试。燕语商量，离岸后、舷唇还系。塔影销残，夕照依然，碧天沉水。　　回首禅关遥闭。剩唤侣鸥凫，澹如人意。断霭苍茫，衬两峰健处，倒涵湖翠。立尽黄昏，渐散去、南屏香市。半饷闻根才静，钟声又起。

天　香

康桥居赏菊

零叶凋荷，残丝曳柳，秋风院宇如扫。送酒人来，传香诗寄，点出翠攒金绕。淡妆耐晚，谁只说、重阳最好。春露濡根共挹，寒霜着枝还傲。　　沧江卧游思悄。远车尘、画屏深窈。记得几番疏雨，几回斜照。三径幽芳自抱。尽瘦蝶、伶俜梦难到。郑重东篱，年光未老。

（以上选自《梦坡词存》民国二十二年刻本）

程颂万（10首）

程颂万（1865—1932），字子大、鹿川，号定巢、石巢、十发、十发居士、十发老人，湖南宁乡人，为程千帆叔祖。光绪十七年（1891），与易顺鼎、易顺豫等人结湘社。光绪二十一年（1895）报捐官湖北补用通判，二十七年（1901）报捐湖北知府。后创办广艺兴公司、造纸厂等。1911年执掌岳麓高等学堂。1927年寓居上海。著有《美人长寿庵词集》六卷、《定巢词集》十卷、《鹿川词》三卷。

程氏晚清词作，“清丽绵至，取径白石、梦窗、清真，而直入温韦，得夔笙微尚专诣以附益之，宜其相得益彰矣”（王鹏运《美人长寿庵词集题词》）。况周颐亦称其“于宋人近清真、白石，其致密绵丽之作，又似梦窗……清而不枯，艳而有骨”（《美人长寿庵词集题词》）。辛亥清亡之后的《鹿川词》，受时代激荡影响，苍凉激楚，情蕴深厚。《定巢词集》将其词作重新精选编入全集，无疑是作者晚年面对世乱纷纭和词学观念更定而产生的结果。

木兰花慢

题四峰《仙源归棹图》

九州鸦外尽，更何路、引人还。指岫碧簪螺，溪红衬绮，柯烂前湾。秦人傥相见也，笑今番、能几汉衣冠。双桨谁赓余曲，一篙拚走曹瞒。　　投闲。空际烟峦。花煮粥、黍为餐。但斜阳低处，小桃流水，不够河山。渔郎莫兜棹转，阻溪重、无计叩花关。傥共瞿仙晚寤，半窗月白炉丹。

兰陵王

壬子仲春来别石巢，用美成韵。

女墙直。回阚山亭路碧。东风紧，饥哢画眉，飞扑帘旌旧红色。无家任去国。谁识。寻巢倦客。灵岩畔，双柳胜人，发辫春梳谩寻尺。　　迟徊见欢迹。几划蜡堆屏，翻酒莹席。橱书鼠与蟫交食。更钿阁脂渗，绣床绒乱，惊魂飞似箭过驿。剩堂阖南北。
凄恻。素尘积。又故燕伤心，来话岑寂。兼旬欲去无情极。黯近戍挝鼓，废楼闻笛。铜龙宵涸，似送我，泪慢滴。

高阳台

赠仲可，用夔笙韵

放酒酬莺，驮香信马，襟欢尚忆芳时。坐暝帘栊，一词商遣灯知。暖尊回照江湖梦，更何人、掌上腰肢。怪兰荃，不共春娇，却话年迟。　　晦潇廿载飘萍侣，记湘弦警夜，乡语何其。眨眼斜阳，玉窗谁弄参差。坠巢劳燕惊相讯，道浮生、不是无涯。唤吴船，访柳湖西，莫任东吹。予将往游西湖。

绛都春

海上遇夔笙，赠词答和。

云涯恨里。对短鬓夕阳，缁尘浮世。种柳汉南，同赋消魂人无几。琅玕芝馆经行地。怪巢燕、衔泥争坠。乱钟催客，虬壶赚取，两襟冰泪。　　英气。年时酒祓，倚危槛、几度问天还醉。古镜贮愁，侧管吟商乌阑字。蠡舟春黯湖阴睡。等抛却、人天闲事。奈他草阁江深，乱蛙又起。

水调歌头

十日归舟，望黄鹤楼，六叠辛韵。

人昔去不作平返，天讶鹤冲开。凭高争寄遐想，巨笔插峨嵬。千古楼头崔李，未肯题诗九日，更赌阿谁来。天水莽一色，远唾净无埃。　　予生晚，恨不共，古人杯。虚夸谢朓战胜，去剪北山莱。几度废池乔木，暗触江东兵气，如月灌楼台。与击渡江楫，去住总徘徊。

水调歌头

九日与顾印伯携榼渡江，饮王病山斋中，和稼轩“九日”韵赠印伯。

流浪复流浪，城晓一门开。问君今日，携盏甚处陟崔巍。毁却乾坤我在，剩有中流诗艇，招汝定能来。风雨失盲怪，楼阁影纤埃。　　惊落帽，添野水，向金杯。阑干迷望，平楚战骨满蒿莱。白发新芟更短，今岁簪萸非昔，不敢径登台。拼照江苍莽，且共月徘徊。

摊破浣溪沙

题刘葱石《枕雷图》（四阕选一）

逻逤檀槽肯化灰。海藏楼阁有奔雷。一片楚园红叶水，接天来。楚园，葱石所居。　　曲换桃花成小劫，祸原甘露是谁胎。又到旧时亡国地，莫登台。

鹧鸪天

有个盈盈画不真。楼台风袅上京尘。暂倾帘底酴醿酒，错认梢头豆蔻人。　　天小有，月斜分。花前争拥玉昆仑。江南芳草无多地，请试娉婷马上身。

点绛唇

曲栈寒云，法郭河阳

剑外何如，人烟鸟道穷相附。重重栈树。穿近天低处。　　关有谁当，十万争豺虎。中原阻。髻云堆户。那便鹃啼曙。

卜算子

春江待渡，学李营邱

柳浪渡江分，岸迴天如网。两点金焦似髻明，几辈桃根桨。　　花月苦争晴，好趁闲官舫。若个洲边白鹭心，看煞人来往。

（以上选自《定巢词集》民国十八年刻本）